성채 2
Citadelle

성채

생텍쥐페리 지음 · 배영란 옮김 · 이림니키 그림

2

112

물건들을 대대적으로 없애버려야 할 때다. 이제 그대가 범한 중대한 오류에 대해 말할 때가 온 것이다. 바스러지는 빈약한 농익은 과일들이 그러하듯 태양볕의 세찬 공격을 받고 돌에 살갗이 찢겨나가던 저들이, 진흙 깊숙이 파고들었다가 다시 올라와 막사 아래 헐벗은 채로 자러 가던 저들이, 1년에 한 번은 다이아몬드 원석을 캐내며 살아가는 저들이 나는 열정적이고 행복하다고 여겼다. 반면 사치스런 생활 속에서 다이아몬드와 쓸데없는 유리 세공품만을 갖고 있는 자들은 불행하고 마음에 가시가 돋쳤으며 분열된 존재라고 생각했다. 그대에게 필요한 건 물건이 아니라 신이기 때문이다.

물건을 소유하는 건 항구적인 일이지만 그로부터 양식을 얻지는 못한다. 물건이 유일하게 의미를 지니게 되는 때는 그대

가 성장을 이룩할 때인데, 그대는 물건을 소유함으로써 성장
하는 게 아니라 정복함으로써 성장한다.

따라서 나는 산을 오르게 하고 시를 가르치며 닿을 수 없는
영혼을 매료시키는 등의 어려운 정복 과제를 자극하는 이 사
람을 존경한다. 그리고 그대 또한 이렇게 되기를 요구한다. 하
지만 쌓아 둔 재산을 이용하는 사람은 경계하기 바란다. 그대
가 얻을 게 아무것도 없기 때문이다. 이미 손에 쥔 다이아몬드
로 그대는 무엇을 할 수 있겠는가?

• • •

나는 잊혀졌던 축제의 의미를 되새겨보려 한다. 축제는 축
제의 모든 준비과정의 마무리 단계며, 축제는 등반 끝에 희열
을 느끼는 산 정상과도 같은 것이고, 다이아몬드를 캐내어 손
에 쥐게 되는 순간이며, 전쟁의 대미를 장식해 주는 승리의 순
간이다. 기력을 회복한 첫날 환자가 첫 식사를 하게 되는 때가
바로 축제고, 그대가 고백을 하고 그녀가 지그시 눈을 감아 사
랑의 언약이 이뤄지는 때가 바로 축제다.

그대에게 가르침을 주기 위해 나는 이런 걸 생각해 냈다. 마음만 먹으면 나는 그대에게 열정적인 문화를 만들어줄 수도 있다. 작업장 분위기가 기쁨으로 충만하고 삶에 대한 강한 의욕과 함께 방금 일터에서 돌아온 노동자들의 해맑은 웃음소리로 가득하며, 이튿날 그대의 머리 위에 별이 머물도록 해줄 기적에 대한 열렬한 기다림으로 꽉 차 있는 그런 문화를 말이다.

하지만 그대가 하는 일이란 오직 이 다이아몬드, 땅속에서 소리 없이 변해 결국 빛으로 반짝일 다이아몬드를 캐내기 위해 땅을 파는 것뿐이다. (태양에서 탄생하여 고사리가 된 뒤 암흑기를 보낸 다이아몬드는 다시 빛으로 탄생된다.) 따라서 그대에게 다이아몬드 캐는 일을 시키고 다이아몬드 봉헌식이 될 중요한 축제일을 하루 선사하면 나는 그대에게 열정적인 삶을 담보하는 셈이 된다. 땀으로 얼룩진 사람들에게 다이아몬드는 화려한 빛을 발할 것이다. 그대 내면의 움직임을 지배하는 것은 손에 넣은 물건의 사용이 아니며, 그대의 영혼을 살찌우는 것은 사물 그 자체가 아닌 사물의 의미다.

물론 다이아몬드를 그대의 호사를 위해 공주를 화려하게 장식해 주는 데에 사용할 수도 있다. 혹은 은밀히 사원의 금고에 넣어 두어 눈이 아닌 마음에 더 강한 빛을 발하게 만들 수도 있다. (금고 벽을 통해 영혼이 양분을 얻을 수 있을 테니 말이다.) 하지만 내가 이를 그대에게 준다면 나는 그대에게 본질적인 건 아무것도 못 주는 셈이 된다.

나는 희생의 깊은 의미를 깨달았다. 희생이란 그대에게서 무언가를 앗아가는 게 아니다. 반대로 그대를 더욱 풍요롭게 만들어주는 게 바로 희생이다. 물건을 향해 팔을 내밀면서 의미를 구한다면 그대는 번지수를 잘못 찾은 것이다. 내가 그대에게 매일 밤 다른 데서 채취한 다이아몬드—차라리 조약돌을 풍성하게 나눠 주는 게 더 낫지만—를 나눠 주는 제국을 준다면 그대가 원래 얻고자 했던 것은 찾을 수 없을 것이다.

다른 곳에서 이뤄진 결과물을, 저저 주어지는 결과물을 받기만 하는 사람보다는, 1년 내내 바위와 씨름하고 1년에 한 번 자신이 얻은 결실의 반짝임을 맛볼 수 있는 자가 더 풍요로운 사람이다. (나인핀스 놀이에서도 마찬가지다. 그대는 핀을 쓰러뜨리는 데서 기쁨을 얻는다. 마치 축제의 순간처럼 느껴진다. 하지만 쓰러진 핀에서 그대가 기대할 것은 아무것도 없다.)

따라서 희생과 축제는 공존하기 마련이다. 축제를 통해 행

위의 의미가 드러나기 때문이다. 그러나 축제가 나무를 태우며 기쁨에 차오르거나, 드넓은 산의 품 안에서 행복해하거나, 다이아몬드가 그 빛을 발하는 모습을 보거나, 여문 포도를 수확하는 것과 다르다고 할 수 있겠는가? 쌓아둔 물건 탕진하듯 소모적으로 즐기는 축제가 가능할 거라고 생각하는가? 축제란 목적지에 도달하듯 거기까지 걸어온 발걸음의 대미를 장식해 주는 것이다. 한자리에 머물러 있다면 그대에게 일어난 변화에서는 아무것도 바랄 게 없다. 그대가 음악에서도 시에서도 마음을 사로잡은 여자에게서도 높은 산들 사이로 엿보이는 풍경 속에서도 머물지 않는 까닭도 이와 같다. 매일매일 똑같이 그대에게 나누어 준다면 나는 그대를 잃어버릴 것이다. 나는 어딘가로 향하는 배와 같이 명령을 내리지 않으면 안 된다. 힘들여 한 구 한 구 뽑아낸다면 시 그 자체도 하나의 축제다. 그대가 사소한 근심거리를 풀어놓을 수만 있다면 사원 그 자체가 하나의 축제다. 짐수레로 그대의 허리를 끊어지게 만들었던 도시 때문에 그대는 매일매일 힘들어했다. 다급한 일도 생겼고 빵도 구해야 했으며 병도 치료해야 했고 산재된 문제들도 해결해야 했다. 여기도 가야 했고 저기도 들러야 했으며, 여기서는 웃다가 저기 가면 울어야 했다.

곧이어 조용히 축복의 시간이 주어졌다. 그대는 계단을 올라 문을 연다. 그대 앞에 펼쳐지는 건 오직 광활한 바다와 은하수의 경이로운 풍경과 침묵의 재산과 일상의 승리뿐이다. 그대에게 양식과 같이 필요했던 것들이다. 그대를 위한 게 아니었던 대상과 사물로부터 고통을 겪었기 때문이다. 사물들로부터 하나의 얼굴이 그대에게 나타나고, 일상의 산만한 풍경들을 통해 사물들에 의미를 부여해 주는 하나의 구조가 세워질 수 있도록 그대가 변해야 한다. 도시에서 그대가 아무런 경험도 하지 않았다면, 애써 투쟁하고 시구를 지으며 고생스런 삶을 살지 않았다면, 무언가를 세우기 위해 비축해 두었던 돌들을 가져오지 않았다면, 그대가 사원에 와서 무엇을 하겠는가?

나는 그대에게 전사들에 대한 애정에 대해 말한 적이 있다. 만일 그대가 진심으로 사랑하지 않는다면 연인은 그대에게 싫증을 느낄 것이다. 오직 전사만이 사랑을 할 수 있다. 만일 그대가 목숨을 걸고 싸우는 전사가 아니라면 그대는 금속 껍데기를 뒤집어쓴 벌레에 지나지 않는다. 애정을 품은 사람만

이 사람으로서 죽을 수 있다. 언어적 상황이 아니라면 여기에 모순은 없다. 열매와 뿌리는 모두 나무라는 공통의 기준을 갖고 있다.

113

우리는 현실에 귀 기울이지 않는다. 내가 현실이라고 부르는 건 저울로 잴 수 있는 게 아니다. (사실 이런 생각은 우습기 그지없다. 나는 저울도 아닐뿐더러 저울질하는 현실은 별로 중요하지도 않다.) 현실이란 나에게 영향을 주는 것이다. 슬픈 표정의 얼굴이나 칸타타, 제국 내의 열기, 사람에 대한 연민, 제대로 걸어가는 발걸음, 삶에 대한 의욕, 모욕, 회한, 이별, 혹은 포도 수확할 때의 단결심 등이 내게 영향을 미친다. (수확된 포도송이보다 내겐 수확의 단결심이 더 크게 와 닿는다. 다른 곳에 내다 팔더라도 내게는 그 본질이 남기 때문이다. 왕으로부터 훈장을 받아 축제에 참여해서 한껏 후광을 뽐내고 주변의 찬사를 받으며 승리의 기쁨에 도취됐던 이자 또한 마찬가지다. 그의 가슴팍에 쇠붙이를 달아주기도 전 왕은 낙마하여 세상을 떠났다. 그렇다고 해서 이자가 아무것도 받지 못했다고 말할 수 있겠는가?)

개에게 현실이란 개에게 영향을 미치는 뼈다귀가 되며, 저울에게 현실이란 저울질에 영향을 줄 수 있는 주철의 무게가 된다. 하지만 그대에게 현실이란 또 다른 성격을 지니고 있다.

그러한 까닭으로 내가 금융업자를 경박하게, 무희들을 이성적으로 보는 것이다. 금융업자들이 하는 일을 우습게 봐서가 아니라 이들의 교만함과 확신에 찬 태도, 자족감을 경멸하기 때문이다. 이들은 하인에 불과할 때에도, 무희들을 위해 일을 할 때에도, 스스로가 목표이자 목적이며 본질이라 생각한다.

• • •

일의 의미에 대해 오해하지 마라. 왕궁의 주방일같이 시급한 것으로 분류되는 일이 있다. 먹을 게 없으면 사람도 존재할 수 없기 때문이다. 사람은 일단 먹고 입어야 하며 몸을 피할 집이 필요하다. 이런 것들은 시급한 일로 분류된다. 하지만 중요한 건 이게 아니다. 중요한 건 그 질적 수준이 어떠한가의 문제이다. 주방에서 이뤄지는 일들로 말미

앎아 가능해지는 춤과 시와 고급 세공사와 기하학자와 천체 관측가 등이 인간의 명예를 높여주며 특별한 의미를 부여해 준다.

그러므로 음식이라는 게 개의 뼈다귀와 같이, 저울의 주철 무게와 같이, 현실적인 문제와 연관되어 있긴 하나 먹을 것밖에 알지 못하는 사람이 있다면, 나는 그가 사람에 대해 논하지 못하도록 할 것이다. 이 사람은 무기를 다루는 솜씨로만 사람을 평가하는 부관처럼 본질을 도외시하기 때문이다.

무희들을 주방으로 보내면 그대의 배를 채워줄 음식이 더 늘어날 텐데, 이들을 왕궁에서 춤추게 하는 까닭은 무엇인가? 금 세공사들을 주석 물병 작업장으로 보내면 더 많은 물병을 가질 수 있을 텐데, 이들에게 세공 작업을 시키는 이유는 무엇인가? 다이아몬드 원석을 깎아 보석을 만드는 이유는 무엇이고 시를 쓰는 이유는 무엇이며 별을 관측하는 이유는 무엇인가? 이들을 전부 다 밭으로 보내어 밀을 타작하게 하면 더 많은 빵을 얻을 수 있지 않겠는가?

하지만 그대가 사는 도시와 마찬가지로 그대에게는 감각을 위해 존재하는 게 아닌, 정신을 위해 존재하는 무언가가 부족하게 될 것이다. 하여 돈이 되지 않는 마음의 양식을 만드는 일을 할 수밖에 없을 것이다. 그리고 그대는 눈에 보이지 않는 양식을 만들어낼 제조상을 찾아 헤맬지도 모른다. 시를 제조하는 사람이라던가, 춤을 제조하는 로봇, 유리에서 다이아몬드를 뽑아내줄 요술쟁이를 찾아 헤맬지도 모른다.

그렇게 되면 사람들은 자신이 살아가고 있다는 환상을 가질 것이다. 마음속에는 작위적으로 꾸며진 인생의 그림밖에 없으면서 말이다. 그건 춤과 다이아몬드, 시가 갖는 진정한 의미를 축사의 사료 따위와 혼동하고 있기 때문이다. 춤과 다이아몬드, 그리고 시는 공들인 과정을 거쳐 눈에 보이지 않는 무언가로 그대의 영혼을 살찌워준다. 춤은 전쟁과 유혹, 살인, 회한을 보여주고, 시는 산을 오르는 기분을 맛보게 해주며, 다이아몬드는 수개월이 지난 끝에 돌이 별로 변했음을 알려준다.

하지만 저들에게는 본질이 빠져 있다.

　나인핀스 놀이도 마찬가지다. 상대의 핀을 쓰러뜨리는 데서 즐거움을 얻는 그대라면 수백 개의 핀을 쓰러뜨리는 기계를 만들어 더 큰 기쁨을 맛볼 수도 있겠지…….

114

그대가 필요로 하는 것들을 내가 무시한다고는 생각지 마라. 그대가 필요로 하는 것들이 그대의 의미에 반하는 것이라고도 생각지 마라. 사실 나는 내 뜻을 잘 설명하여 그대에게 필요와 과잉, 원인과 결과, 주방과 무도장 등 서로 반대되는 단어로써 진리를 입증하려 한다. 하지만 유감스러운 언어의 장난에 불과한 구분을 나는 믿지 않는다. 이는 옳지 못한 산을 선택하여 생긴 결과다. 그래서 내가 사람들의 움직임을 읽으려는 것이다.

도시의 의미에 다가갈 수 있는 건 오직 신께서 보초병의 반짝이는 눈과 귀를 도시에 잔뜩 섞어둘 때에만 가능하다. 그렇게 되면 갓난아이의 울음소리는 더 이상 장례식장의 곡소리에 반대되는 것이 아니고, 시장이라고 해서 사원과 반대되는

개념이 아니며, 홍등가 또한 어딘가에서 지켜지는 사랑의 정
절에 반대되지 않는다.

외려 다양성으로부터 도시가 태어나 도시에 속한 것들을 결
합해 하나로 융합시킨다. 이와 마찬가지로 나무는 나무를 이
루는 다양한 요소들에서 하나가 생겨나는 것이고, 사원은 수
많은 석상과 기둥, 제단, 궁륭들을 본연의 탁월한 침묵으로써
다스린다. 노래하는 사람과 밀 타작하는 사람이 다르게 보이
지 않을 때, 춤추는 사람과 밭고랑에 씨 뿌리는 사람이 다르게
보이지 않을 때, 못을 단련하는 사람과 별을 관측하는 사람이
다르게 보이지 않을 때, 바로 그럴 때에만 나는 사람을 만날
수 있다. 내가 그대를 구분지어 생각한다면, 나는 그대를 이해
하지 못한 채 잃어버리는 것이다.

하여 나는 내 사랑을 내색하지 않은 채 도시 안의 사람들을
관찰했다. 도시를 이해하고 싶었기 때문이다.

17

117

이웃 나라에서 일어난 일과 이런저런 일들의 상태, 제도, 목적 등을 살펴본 건 유익하지 못했다. 그곳에는 단지 기호나 성향만 있었을 뿐이다.

만일 그대가 내 제국을 둘러본다면, 그대는 못의 아름다운 노랫소리를 들으며 대장장이들이 열정적으로 못을 제련하는 모습을 발견할 수 있을 것이다. 또한 나무꾼들이 나무 패는 일에 열정을 갖고 나무를 패는 모습도 발견할 수 있을 것이다. 처음으로 우지끈 소리를 내며 나무의 위엄이 무릎을 꿇을 때, 신이 난 나무꾼이 기쁨으로 충만해 있는 모습도 보게 될 것이다. 별에 대한 열정을 가진 천문학자들이 별들의 침묵에만 몰두해있는 모습도 발견할 수 있을 것이다. 저마다 스스로 그렇게 존재한다고 생각한다. 내가 그대에게 "제국에서 앞으로 무슨 일이 일어날 것이며, 내 집에서 내일 무슨 일이 일어날 것인가?"라고 물으면 그대는 이렇게 대답할 것이다.

"못을 제련하고 나무를 패며 별을 관찰할 것입니다. 따라서 못은 비축해 둘 만큼 많이 생길 것이고, 나무도 그리 될 것이며, 별에 대한 관측 기록도 많이 나올 것입니다."

근시안적인 시각을 갖고 바로 코앞의 것밖에 냄새를 맡지 못하는 그대는 배가 건조되는 모습을 알아보지 못했기 때문이다.

물론 저들 가운데 그대에게 "내일 우리는 배를 타고 바다 위에 있을 것이오."라고 말할 수 있는 사람은 없을 것이다. 저마다 자신의 신을 섬기고 있고, 여러 신들 가운데 '배'라고 하는 신을 그대에게 노래해 주기에는 부적합한 언어를 사용하고 있기 때문이다. 사실 배가 못을 만드는 이에 대한 못들의 사랑노래가 될 때, 배의 풍요로움이 생겨난다.

만일 그대가 이런 산발적인 조합을 간파하고, 바다로 나가고자 하는 백성들의 숭고한 영혼을 고려했더라면, 그대는 미래를 조금 더 멀리 볼 수 있었을 것이다. 그리고 못과 널빤지와 나무줄기의 조합으로 만들어진, 별의 지배를 받으며 항해

하는 배가 말없이 스스로 형태를 만들고, 바위의 염분과 진을 빨아들여 햇빛 속에서 자라나는 백향목처럼 제게 필요한 요소들을 규합하는 걸 볼 수 있었을 것이다.

반박할 수 없는 이 결과물에서, 그대는 내일로 향하는 의지를 알아보게 될 것이다. 여기에는 오해랄 게 없다. 성향이라는 건 보려면 볼 수 있는 것이다. 가령 내가 손에 쥐고 있던 돌을 놓았을 때, 바닥으로 떨어지지 않는 돌은 없다. 여기서 우리는 돌이 땅에 대한 성향을 갖고 있음을 알 수 있다.

만일 산책을 하던 사람이 동쪽으로 걸어간다면, 나는 그가 앞으로 어디로 갈지 예측하지 못한다. 그는 왔다 갔다 서성거리는 것일 수도 있고, 한곳에 정착했다가 갑자기 방향을 우회하여 종잡을 수 없게도 한다. 반면 내가 목줄을 놓았을 때 개가 어디로 갈 것인지는 금세 알 수 있다. 개가 나를 잡아끌고 가는 곳은 동쪽이다. 그쪽에서 사냥감의 냄새가 나기 때문이다. 내가 개를 풀어놓으면 아마도 개는 마구 뛰어다닐 것이다. 손에 쥐고 있는 줄 하나가 천 걸음보다 더 많은 걸 알려준다.

나는 앉아 있는 것인지 축 쳐져 있는 것인지 모를 이 죄수를 곰곰이 살펴봤다. 그 같은 상황에서도 죄수는 자유를 생각하고 있다. 그의 성향을 알아보는 건 쉽다. 벽에 구멍 하나만 뚫어놔도 그는 전율을 느끼며 근육에 다시 힘을 모아 주의를 기울일 것이다. 구멍을 통해 산이 보이는데 이를 보지 않을 자가 누가 있겠는가.

그대가 만일 이성으로 추론한다면, 그대는 구멍 한두 개쯤은 외면할 것이고, 다른 데로 주의를 돌리는 척 이를 쳐다보지도 않을 것이다. 아니면 구멍들을 보면서 삼단논법으로 구멍이 쓸 만한지 아닌지를 따져보다 너무 늦게 결정을 내리게 될 것이다. 미장이들이라면 벽에 그런 구멍이 있을 경우 바로 구멍을 없애버리고 만다. 물이 담겨 있는 물탱크에 균열이 가 있다면 이를 메우는 것 말고 무슨 다른 수가 있겠는가?

하여 적절한 말로 표현할 수는 없지만 내 생각에는 성향이라는 것이 이성보다 더 강력한 힘을 갖고 있는 것 같다. 오직 성향만이 다스리는 힘을 갖고 있는 것이다. 그러기에 내가 이성은 영혼의 시종일 뿐이며 이성이 일단 성향부터 변화시키고 이후에 논증과 격언을 만들어낸다. 그러면 그대는 조악한 생각들이 그대를 지배했다고 믿게 된다. 그럴 때면 나는 그대를 다스리는 것은 오직 사원과 터전과 제국과 바다로 향하고

21

싶은 성향과 자유의 신뿐이라고 말하노라.

· · ·

나는 산 너머를 다스리는 이웃 친구의 '행위'를 관찰하지 않을 것이다. 한 번 날아오른 비둘기가 집으로 가려는 건지, 바람을 타려는 건지, 갈피를 잡을 수는 없다. 집으로 향하는 남자의 발걸음에서도, 그가 아내가 해달라는 대로 해줄 것인지 해야 할 일들 때문에 지겨워할 것인지, 그의 걸음이 이혼 쪽으로 향할 것인지 행복한 결혼 생활 쪽으로 향할 것인지 알 수가 없다.

하지만 이자를 감옥에 잡아둔 상태라면, 내가 열쇠를 깜박 잊고 두고 왔을 때 기회를 놓치지 않고 아무도 모르게 열쇠를 가로채 발밑에 숨겨두고는 철창살을 더듬어 어디가 흔들리는 곳인지를 간파한 뒤 간수들의 동태를 살필 것이다. 그가 자유로운 전원생활을 꿈꾸고 있으리란 건 짐작이 가고도 남음이다.

그러므로 이웃 친구에 관해서는 그가 무엇을 하는지 알고 싶은 게 아니라 그가 결코 까먹지 않고 하는 게 무엇인지 알고 싶은 것이다. 그래야 그가 무의식 중에 어떤 신의 지배를 받고 있는 것인지, 그의 미래가 어느 쪽으로 나아갈 것인지 알 수 있기 때문이다.

118

매서운 눈을 가진, 심지어 사시였던 예언자가 기억난다. 그는 머리끝부터 발끝까지 싸늘한 노여움에 가득 차 내게 이렇게 말했다.

"저들을 말살시켜야 합니다."

그가 완벽함을 좋아한다는 건 익히 알고 있었다. 사실 죽음만큼 완벽한 게 없지 않던가. 그는 이어 말했다.

"저들은 죄를 짓고 있습니다."

나는 입을 열지 않았다. 나는 칼날같이 날카로운 영혼을 가진 그를 내려다보았다. 하지만 내게는 이런 생각이 떠올랐다.

'이자는 악에 대항하여 존재한다. 만일 세상에서 악이 사라져버린다면 이자는 어떻게 될 것인가?'

나는 그에게 이렇게 물어봤다.

"행복해지기 위해 그대가 바라는 게 무엇인가?"

"선의 승리입니다."

이자는 거짓말을 하고 있었다. 이자는 내게 칼날이 녹슬어 쓸 일이 없어지는 게 행복이라고 했었기 때문이다.

• • •

자고로 선을 좋아하는 사람은 악에도 관대하기 마련이며, 힘을 좋아하는 사람은 약자에게도 관대하다는 분명한 진리가 조금씩 보이기 시작했다. 단어로만 보면 서로 상반되는 뜻을 갖고 있는 듯하나 기실 선과 악은 서로 섞여 있는 것이며, 실력이 떨어지는 조각가는 실력이 뛰어난 조각가를 위한 밑거름이 되고, 전제정치는 반대로 형제애를 다져주는 계기가 되며, 기근은 빵을 나눠 먹는 법을 가르쳐주고, 나눠 먹음의 미덕은 빵보다 더 달콤하다.

나에 대한 음모를 꾸미다 병사들에게 쫓기고 자유와 정의를 위하겠다며 위험하고 비참한 생활을 기꺼이 수용하다 빛 한 줄기 들어오지 않는 지하 골방에 처박혀서 죽음에 근접한 상

태로 남을 위해 희생하는 이자들은 내게 더없이 아름다워 보였다. 이들의 아름다움은 형장에서 타오르는 불길만큼 화사하게 피어올랐다. 내가 죽음으로써 이들의 기를 꺾어두지 않은 이유도 여기에 있다. 다이아몬드가 깊숙한 곳에 자리하고 있지 않다면, 그래서 굳이 갱도를 깊이 파고 들어가야 할 이유가 없다면, 그게 무슨 가치를 갖겠는가? 적이 없다면 검으로 무엇을 할 것이며, 빈자리가 없다면 뭐하러 돌아갈 것이며, 유혹이 없다면 지조를 지키는 게 무슨 가치가 있겠는가?

선의 승리라는 건 여물을 뜯는 얌전한 가축들이나 하는 승리를 말한다. 제자리에 머물러 있거나 배를 불린 자 따위는 내 관심사가 아니다.

그에게 나는 이렇게 말했다.

"그대는 악과 맞서 싸우고 있는 것이며, 모든 싸움이 하나의 춤과 같다. 춤을 추면서 즐거움을 느끼듯, 악으로부터 즐거움을 얻을 수 있으니, 나는 그대가 애정으로 춤을 추어주면 더좋겠다.

만일 내가 시에 열광하는 제국을 만들어준다면, 사람들 위에 군림하며 궤변을 늘어놓는 논리학자의 시대가 올 것이다.

이들은 시에 위배되고 시를 위협하는 위험요소들에 대해 깨우쳐줄 것이다. 마치 세상에 존재하는 건 그 무엇이든 반대적 존재가 있기라도 하듯이 말이다. 그렇게 되면 시에 대한 애정과 시에 반대되는 것에 대한 증오를 혼동하며 사랑하는 일이 아닌 증오하는 일을 돌보는 경찰들이 생겨날 것이다.

올리브나무를 파괴하는 게 곧 백향목에 대한 애정이라고 생각하는 것이다. 이들은 대기의 미세한 떨림과 빈껍데기에 불과한 말의 장난에 휘둘려 음악가든 조각가든 천문학자든 닥치는 대로 감옥에 쳐넣어버릴 것이다. 그렇게 되면 제국은 쇠락의 길을 걷게 될 것이다. 올리브나무를 파괴하고 장미 향기를 거부하는 게 백향목을 살리는 길은 아니기 때문이다. 국민의 마음속에 배에 대한 애정을 심어주라. 그러면 이 배는 땅 위의 모든 정열을 끌어다 돛으로 승화시킬 것이다. 하지만 그대는 이교도를 규탄하고 추방하면서 돛의 탄생을 주관하려 하고 있다. 그러면 배가 아닌 모든 것은 배의 반대로 여겨질 수 있다.

논리란 그대가 원하는 곳으로 끌려가기 마련이다. 숙청을 거듭하며 그대는 국민 모두를 말살하게 될 것이다. 저마다 좋

아하는 건 다를 수 있다. 마침내 그대는 배 자체를 없애버릴 것이다. 배가 만들어 내는 노랫소리가 못 공장에서 못들이 만들어 내는 노랫소리처럼 들린 까닭에 그대가 못 제조공을 감옥에 가둘 것이기 때문이다. 그렇게 되면 배를 만드는 데 필요한 못은 더 이상 생산되지 않는다.

실력 없는 조각가를 모조리 없애면서 실력 있는 조각가를 위한다고 생각하는 자 또한 마찬가지다. 이자는 어리석은 말 속임에 놀아나 실력 없는 조각가와 실력 있는 조각가가 서로 반대되는 존재라고 생각한다. 그대는 자식에게 살아남을 가능성이 별로 없는 일은 택하지 못하게 할 거라고 장담한다."

사시의 예언자는 벌떡 일어서며 말했다.

"제가 제대로 알아들은 것이라면 악에 관대해야 한다는 말씀 아닙니까!"

"그렇지 않네. 자네는 아무것도 알아듣지 못했네."

119

내가 전쟁을 원치 않고 류머티즘이 내 다리에서 떨어지지 않는다면, 아마도 나는 전쟁을 즉각 거부할 것이다. 만일 내게 전쟁에 대한 생각이 있다면 나는 류머티즘을 치료하기 위한 조치를 즉각 취할 것이다. 평화롭게 있고 싶다는 내 의지가 단지 류머티즘을 가장하고 있었던 것뿐. 집에 대한 애정, 적에 대한 인정, 세상에 존재하는 그 무엇이든 평화롭게 있고 싶다는 의지의 발현일 수 있다.

사람들을 이해하고 싶다면 우선 그들의 말에 전혀 귀를 기울이지 마라. 못을 만드는 이는 그대에게 자신의 못에 대해 이야기할 것이요, 천문학자는 자신의 별에 대해 이야기할 것이다. 모두가 바다의 존재를 망각하고서 말이다.

122

완전히 상반되는 진실이 분명한 경우 그대의 언어를 바꾸는 것 말고는 다른 방도가 없다.

• • •

논리는 그대가 다음 단계로 넘어가도록 도와줄 수 없다. 단순한 돌멩이들만 보고 그대가 묵상을 떠올리지는 않을 것이다. 돌의 언어로써 묵상에 대해 논한다면 그건 잘못된 것이다. 돌의 건축양식에 대해 설명하려면 새로운 단어를 생각해 내야 한다. 돌에서 설명할 수 없는 불가분의 새로운 존재가 탄생되기 때문이다. 설명한다는 건 곧 해체를 의미한다. 그러니 하나의 이름으로 이를 명명해야 한다.

　묵상에 대해서는 어떠한 논리를 펼칠 것이며, 사랑에 대해서는 또 어떤 논리를 펼칠 것인가? 터전에 대해서는 뭐라고 할 것인가? 이들은 객체가 아닌 신들이다.

● ● ●

　나는 죽고 싶어 하는 사람 하나를 알고 있었다. 그가 북쪽 나라의 전설에 대해 말하는 걸 들었다. 엄청나게 눈이 쏟아지는 어느 날 밤, 그곳 사람들이 별빛 아래 불이 밝혀진 통나무 집을 향해 걸어간다는 사실을 그는 어렴풋이 알고 있었다. 그 길을 걸어 저들의 빛 속에 합류하여 창문에 얼굴을 대고 안을 들여다본다면, 그대는 이 빛이 나무에서 비롯되는 것임을 깨닫게 될 것이다. 사람들은 그대에게 광칠이 된 나무 장난감과 밀랍 냄새를 만들어주는 게 바로 밤이라는 사실을 들려준다. 그리고 바로 이날 밤의 모습이 특별한 것이라고, 기적에 대한 기다림이 있었기 때문이라고도 말해 준다.

　노인들은 마지막 숨을 가쁘게 쉬며 아이들에게 시선을 고정한 채, 가냘픈 심장 박동에 대비하고 있다. 아이들의 눈 속에

는 값나가진 않지만 손에 쥘 수 없는 무언가가 지나갈 것이다. 그대는 1년 내내 애타게 기다리며 이야기를 만들어내고 약속을 하고 긴장된 분위기 속에서 그대만의 은밀한 환상을 만들어내며 무한한 애정을 쏟아 부어 나무를 키웠다. 그리고 이제 보잘것없는 나무 장난감 같은 것을 만들어 전통 의식에 따라 아이에게 건네준다.

모두가 숨죽이고 있는 바로 그 순간, 아이는 잠에서 깨어나 눈을 깜빡인다. 아이는 거기, 그대의 무릎 위에 아이 냄새를 풍기며 안겨 있다. 잠에서 갓 깨어난 아이는 그대의 목을 감싸안고 입맞춤을 한다. 마음의 샘이 되는 입맞춤이자, 그대가 갈구하던 입맞춤이다. (아이들에게 존재하되, 아이들은 모르는 샘, 젊어지기 위해 마음이 나이 든 모두가 마시러 오는 그 샘을 갈취당하는 것은 아이들로서는 무척이나 귀찮은 일이다.) 하지만 입맞춤은 여기에서 중단된다. 아이는 나무를 바라보고, 그대는 아이를 바라본다. 1년에 한 번 눈에서 피어나는 희귀한 꽃 한 송이같은 경이로운 놀라움을 꺾는 것이기 때문이다.

그대의 눈빛이 어두워진다. 선물을 만진 순간 말미잘이 순식간에 먹이를 감싸듯 쭈그리고 앉은 아이의 내면이 온통 보물의 빛으로만 가득 채워졌기 때문이다. 도망치게 내버려두면 아이는 멀리 도망쳐버릴 것 같다. 아이를 뒤쫓아 가서 잡아오리란 희망도 없다. 그러니 아이에게 말을 건네지 마라. 이제 그대의 말을 듣지도 않을 테니.

● ● ●

갓 변화된 색깔은 초원 위의 구름보다 가볍다. 이 빛깔이 아무런 영향을 미치지 못한다고는 말하지 마라. 그것만이 그대의 1년에 대한 유일한 보상이다. 그대가 흘린 땀방울과 전쟁에서 잃어버린 한쪽 다리와 명상에 잠겼던 밤 그리고 갈등과 인고의 과정에 대한 보상이기에 그대에게 대가를 지불하고 그대를 경이롭게 할 것이다. 교감의 과정 속에서 그대가 얻은 것이기 때문이다.

내가 살아가는 터전에 대한 애정을 이성적으로 설명해 줄 수 있는 논리란 존재하지 않는다. 사원의 침묵에 대해서도, 비교 불가의 일순간에 대해서도 마찬가지다.

따라서 모래와 태양밖에 겪어보지 못했던 병사는, 빛을 발

하는 나무밖에 알지 못했던 병사는, 북쪽이 어딘지 가까스로 알고 있던 병사는 죽고 싶어 했다. 어딘가가 정복되어 이 특유의 밀랍 향기와 눈 빛깔이 위협을 받았기 때문이며, 여러 편의 시가 그에게 바람처럼 미세하게나마 섬의 향기를 실어다 주었기 때문이다. 죽는다는 데 이보다 더 나은 이유가 어디 있겠는가?

* * *

만물을 엮어주는 신의 매듭만이 그대를 살찌워주는 법이다. 신의 매듭은 바다와 벽을 보고 웃음을 짓는다. 알지도 못하는 방향을 향해 타국의 이방인들 사이에서 공허함을 느끼고 있을 그대가 니스 칠이 된 보잘것없는 나무 장난감의 이미지에 대한 기다림을 갖게 해주는 것도 바로 이 신의 매듭이다. 이 기다림은 잔잔한 호수에 돌들이 가라앉아 있듯 어린아이의 눈 속에 깊이 파묻혀 있다.

그대가 신의 매듭으로부터 받은 은총은 가히 목숨을 걸 만큼의 가치를 지니고 있다. 원한다면 나는 세상 어딘가에서 밀랍 향기 하나를 구하기 위해 군대를 일으킬 것이다.

• • •

하지만 창고에 쌓아둔 물건 따위를 위해 군대를 일으킬 생각은 없다. 창고의 물건들은 이미 만들어진 것이고, 기대할 게 아무것도 없기 때문이다. 창고의 물건을 바꾸어 그대가 얻을 수 있는 건 활기 없는 가축뿐이다.

따라서 그대 마음속의 신들이 빛을 잃어버린 상황에선 그대가 죽음을 받아들일 수 없게 된다. 하지만 그 상태라면 그대는 그대로 살아갈 수도 없다. 반대가 존재하지 않기 때문이다. 삶과 죽음은 언어상으로는 서로 대비되는 뜻을 갖고 있지만, 그대는 그대를 죽게 만들 수 있는 것으로써만 살아갈 수 있다. 죽음을 거부하는 자는 삶 또한 거부한다.

그대 자신을 초월하여 존재하는 게 아무것도 없다면, 그대는 자신 이외에는 받을 게 아무것도 없기 때문이다. 아무것도 비치지 않는 거울에서 그대는 무엇을 볼 것인가?

126.

혼자 있는 그대를 위해 이야기하겠노라. 그대에게 이 빛을 부어주고 싶다.

말없이 혼자 있을 때 그대의 영혼을 살찌워줄 수 있음을 깨달았기 때문이다. 신들은 바다와 벽을 보고 웃음 짓는다. 그대 또한 어딘가에 밀랍향이 존재한다는 이유로 풍요로워지는 존재다. 이 향을 맡아보고 싶어 하지 않더라도 말이다.

하지만 내가 그대에게 주는 양식의 질은 그대가 판단하는 수밖에는 없다. 이 양식이 그대에게 무엇이 되는가? 나는 그대가 조용히 손을 맞잡길 바란다. 보물을 쥔 아이가 보물에 홀리듯 그대의 시야가 어두워지길 바란다. 내가 아이에게 준 건 더 이상 단순한 물건이 아니기 때문이다. 돌멩이 세 개로 전투 함대를 만들 줄 알고, 태풍을 일으켜 전투 함대를 위협할 줄

아는 아이에게 나무로 된 병사를 쥐어주면, 아이는 군대와 대
장을 만들어 제국에 대한 충성심과 엄격한 규율을 세우고 사
막에서 갈증으로 객사하는 상황까지 갈 것이다. 음악을 연주
하는 악기도 마찬가지다. 악기는 그대를 사로잡기 위한 일종
의 함정 같은 것이다. 함정의 본질이 그대를 사로잡는 건 결코
아니다. 나는 그대도 환히 빛나게 만들어 그대의 마음이 깨끗
해진 지붕 밑 다락방에 안주할 수 있도록 할 것이다. 내가 그
대에게 내면의 정념 따위에 대해 말했다면 그대 창문으로 바
라보이는 잠든 도시는 다르게 느껴질 테고, 제국의 영토 중에
서도 제일 앞으로 삐죽 튀어나온 곳이라면 보초가 순찰을 돌
때 다르게 느낄 것이다.

　그대가 자신을 내어준다면, 그렇지 않은 경우보다 더 많은
걸 받을 수 있다. 아무것도 아니었던 그대가 무언가가 되었기
때문이다. 말의 상반 따위는 내게 별로 중요치 않다.

· · ·

　혼자 있는 그대를 위해 이야기하겠노라. 내 안에 그대의 안

식처를 마련해 주고 싶다. 어깨가 빠지거나 눈이 안 좋아서 함께 살 남편을 들이기가 힘들 수도 있다. 하지만 육체적인 것보다 강한 무언가가 있다. 승리의 아침을 맞이하는 상황이라면 침상 위의 암 환자라도 다 같은 암 환자가 아니다. 벽이 두꺼워서 나팔 소리가 잘 들리지 않지만, 그래도 그의 병실 안은 승리의 팡파르로 가득 차 있다.

하지만 승리라는 이름으로 사물의 이치를 엮어주는 매듭 이외에 밖에서 안으로 관통할 수 있는 게 무엇이 있겠는가? 왜 그보다 더 강렬한 신성성은 존재하지 않는가? 이 신성성으로 말미암아 그대의 마음은 뜨겁게 달아오른다. 절개를 지켜나가는 경이로운 존재가 된다.

●　●　●

진정한 사랑은 소모되지 않는 법이다. 그대가 더 많이 주면 줄수록 그대에게 남는 건 더 많아진다. 진정한 샘에 가서 물을 긷는다면 물을 뜨면 뜰수록 샘은 더욱 관대해질 것이다. 밀랍 향기는 모두에게 진실하다. 누군가가 이 향을 맡는다면 향은 더욱 풍요로워질 것이다.

하지만 그대의 집에서 함께 살을 맞대고 지낼 남편이 다른 곳에서 웃음을 보인다면 그를 남용하는 셈이요, 그대가 사랑에 지치도록 하는 것이다.

내가 그대를 찾아가는 까닭도 여기에 있다. 내가 그대를 알아야 할 필요는 없다. 나는 제국의 매듭이요, 그대에게 기도 한 편을 지어주었느니. 사물에 대한 취향에 있어 나는 종석(宗石)이 되는 존재요, 그대를 엮어주는 존재다. 그대의 외로움은 여기서 끝이 난다.

그러니 어찌 그대가 나를 따라오지 않을 수 있겠는가? 이제 나는 그대와 다른 존재가 아니다. 그대 안에 불타오르는 구조를 만들어 내는 음악 또한 마찬가지다. 음악은 진실도 거짓도 아니요, 이제 막 무언가가 된 바로 그대 자신이다.

하지만 나는 그대가 무미건조하게 완성을 이루는 건 원치 않는다. 황량하고 쓸쓸한 완성은 싫다. 내가 그대의 정열을 깨워줄 것이다. 정열은 주는 힘만 있을 뿐 약탈 같은 건 결코 하지 않는다. 정열은 재산도 영향력도 요구하지 않기 때문이다.

그러나 시는 여러 가지 이유에서 아름답다. 여러 가지 이유란 논리와는 다른 차원에서의 이유를 말한다. 시는 그대를 더욱 폭넓은 존재로 만들어주는 만큼 비장함도 담고 있다. 그대는 내면의 소리를 끌어내야 하지만 같은 수준의 소리를 끌어내는 것은 아니다. 그리고 그대에게는 신이 미약한 모습으로 나타난다.

그래서 혼자인 그대를 위해 기도 한 편을 지었다.

124

그건 바로 외로움의 기도다.

"주여, 나를 어여삐 여기소서. 외로움이 저를 짓누르고 있습니다. 기다림은 아무것도 아닙니다. 저는 이곳, 그 무엇도 제게 말을 걸어주지 않는 방 안에 있습니다. 사람들 속에 파묻혀 있을 때에도 여전히 외로운 자신을 보면, 이건 제가 바랐던 모습이 아닙니다. 하지만 저와 비슷한 다른 이를 보면, 그 역시 비슷한 방 안에서 외로이 지내더군요. 그런데 이 여자는 자신이 소중히 아끼는 가족의 빈자리에서도 공백이 채워진 느낌을 받습니다. 이들의 목소리를 들으려 하지도 않고 바라보려 하지도 않으며 이들로부터 아무것도 받지 못하는 사람입니다. 하지만 이 여자는 자신의 집에 사람이 살고 있다는 것만으로도 행복감을 느낍니다.

주여, 저는 당신의 모습을 보여달라는 요구도 당신의 음성을 들려달라는 요구도 하지 않습니다. 당신께서 이루시는 기적은 감각과는 무관하기 때문입니다. 내가 살아가는 이곳을 당신의 영혼으로 밝게 비춰주시는 것만으로 저는 충분히 치유될 수 있습니다.

• • •

사막을 건너는 이가 있습니다. 만일 사막에 사람 사는 집 한 채가 있다면, 이 집이 비록 세상 끝에 있을 지라도 그는 집의 존재에 기쁨을 느낄 것입니다. 집이 아무리 멀리 떨어진 곳에 있어도 그는 아랑곳하지 않고 기뻐할 것입니다. 설령 그가 죽더라도 그는 사랑을 느끼는 가운데 죽는 것입니다. 그러니 주여, 저는 제 안식처가 가까이 있길 바라지 않습니다.

• • •

군중 속에서 길을 거닐다 하나의 얼굴과 마주친 자는 그 얼굴이 자신과 무관하다 할지라도 미묘한 영향을 받습니다. 여왕을 사랑한 병사 역시 마찬가지입니다. 그는 여왕의 병사가 됩니다. 그러니 주여, 저는 제 안식처를 보장받길 바라지 않습니다.

• • •

존재하지 않는 섬 하나에 목숨을 건 불타는 운명들이 먼 바

다 한가운데 있습니다. 뱃사람들은 섬을 노래하고 행복감을 느낍니다. 이들의 마음을 채워주는 건 섬이 아닌 노래입니다. 그러니 주여, 저는 제 안식처가 어딘가에 있기를 바라지 않습니다.

주여, 외로움이란 병든 영혼이 만들어내는 결과물일 뿐입니다. 조국은 하나밖에 있을 수 없으며, 만물의 의미가 됩니다. 돌들이 모인 의미가 되는 사원 또한 마찬가지입니다. 석상에 달린 날개의 의미가 되는 건 오직 사원이라는 공간 하나뿐입니다. 사원을 이루는 각각의 개체들로부터 기쁨을 구하는 게 아니라, 사원을 통해 나타나고 이들을 하나로 엮어주는 얼굴로부터만 기쁨을 구하는 겁니다. 제가 그 얼굴을 읽을 수 있도록 해주소서.

주여, 제 외로움은 거기에서 비로소 끝이 날 것입니다."

125

대성당 건물이 모두 비슷비슷해 보이는 돌로 이루어진 것 같지만 대성당 건물은 영혼에 호소하는 힘의 질서를 따라 배열된 석조물이다. 돌이 일구어놓은 격식의 장소로서 대성당은 아름다움을 발산한다.

1년간의 의례가 모두 비슷비슷해 보이지만, 영혼에 호소하는 힘의 질서에 따라 배열된 하루하루로 이뤄진 것이다. (금식을 해야 하는 날도 있고 흥에 겨운 날도 있으며 일을 하지 말아야 하는 날도 있다. 그대는 내가 부과한 힘의 질서와 마주하는 것이다.) 내 하루하루가 일구어놓은 격식의 시간이며, 그렇게 만들어진 한 해는 활기가 넘친다.

이목구비 또한 격식에 따라 얼굴을 이루고 있으며, 그렇게 형성된 얼굴은 아름다움을 발산한다. 마찬가지로 군대에도 격식이 있다. 여기서 가능한 것이 저기서는 가능하지 않듯 그대

는 내가 부과한 힘의 질서와 마주하게 된다. 그대는 군대의 병사다. 그대와 같은 병사들로 이루어진 군대는 힘을 발휘한다.

마을에도 격식이 있다. 축제일도 있고 장례와 수확의 시기도 있으며 다 같이 벽을 세우기도 하고 함께 기근을 겪기도 하며 가뭄이 들었을 때에는 같이 물을 나눠 마시기도 한다. 물이 가득 찬 이 사발은 그대 한 사람만을 위한 게 아니다. 이렇게 하나의 조국이 만들어지는 것이며, 그런 조국에서는 뜨거운 동포애가 느껴진다.

세상에서 격식에 따라 이뤄지지 않은 건 본 적이 없다. 건축 없이 이뤄진 성당을 생각할 수 있겠는가? 축제 없는 1년을 생각할 수 있겠는가? 비율이 맞지 않는 얼굴을, 규율 없는 군대를, 한이 서리지 않은 조국을 생각해 볼 수 있겠는가? 엉망진창으로 뒤섞인 재료들을 가지고는 무엇을 만들어야 할지 당최 알 수가 없을 것이다.

왜 뒤죽박죽 섞여 있는 물건들은 현실이며, 격식은 환상이라고 말하는가? 부분이 모여 격식에 따라 만들어진 게 바로 물건인데 말이다. 어떻게 군대가 돌멩이 하나보다 덜 현실적일 수 있는가? 돌이란 격식에 따라 먼지로 구성된 물체다. 하루하루가 격식에 따라 모여 있는 게 1년이다. 어찌하여 한 해가 돌보다 덜 진실할 수 있겠는가?

• • •

저들은 개체들밖에 보지 못한 것이다. 물론 개체가 번성하고 잘 입고 고통을 받지 않는 건 좋은 일이다. 그러나 각 개체는 본질 속에서 죽어가는 법이며, 제국에 사람들 사이의 격식을 바로 세우지 않는다면 이들은 뒤섞여 있는 돌멩이에 불과하다.

그렇지 않다면 인간이라는 존재는 아무것도 아니다. 형제가 죽어도 개가 물에 빠져 죽었을 때보다도 더 눈물을 흘리지 않을 것이다. 하지만 형이 되살아온다 해도 그대에게 전혀 기쁜 일이 되지 않을 것이다. 형제가 살아 돌아오는 건 사원이 다시 반짝이는 것이 되어야 하고, 형제가 죽은 건 사원이 붕괴된 것이어야 하기 때문이다.

나는 베르베르 난민들이 죽은 이를 위해 눈물 흘리는 걸 본 적이 없다.

• • •

　내가 찾아 헤매고 있는 것을 그대에게 어떻게 보여줄 수 있을 것인가? 감각이 아닌 영혼의 문제다. 내가 부과한 격식을 정당화해 달라고 요구하지 마라. 논리란 대상의 층위에서 세워지는 것일 뿐, 대상을 엮어주는 매듭의 층위에서 만들어지는 게 아니다. 이 부분에 대해서는 뭐라 표현할 수가 없다.

　눈 없는 애벌레가 빛을 향해 나아가는 모습이나 나무를 기어오르는 모습을 본 적이 있을 것이다. 그대는 사람의 시각으로 관찰하여 이 미물을 잡아끄는 것이 '빛'이니, '나무 꼭대기'니 하는 말로 결론을 내릴 것이다. 애벌레들은 자신을 이끄는 게 뭔지 알지 못한다. 만일 그대가 대성당과 1년과 내 얼굴과 내 조국으로부터 무언가 감흥을 느끼는 게 있다면 그게 곧 그대의 진리가 된다. 객체에게 좋을 뿐인 빈껍데기 같은 말들은 내겐 별로 중요하지 않다. 그대는 애벌레다. 그대는 그대가 찾아가는 게 무엇인지 생각하지 않는다.

　그러니 만일 대성당과 1년과 내 제국으로부터 그대가 성스러워지며 보이지 않는 양식으로부터 자양분을 얻는다면, 나는 이렇게 생각할 것이다. '이것이 바로 사람들을 위한 아름다운 성당이로다. 이것이 바로 그들을 위한 1년이며, 제국이다.' 라고. 근원을 알려면 어디부터 생각해야 하는 건지 모르겠지만 말이다.

나는 송충이처럼 단지 나를 위한 무언가를 발견한 것뿐이다. 추운 겨울, 손을 더듬어가며 난롯불을 찾아 헤매는 맹인도 마찬가지다. 난롯불을 발견한 맹인은 지팡이를 내려놓고 난롯가에 가서 주저앉는다. 불을 바라보는 그대 머릿속에 떠오르는 것과 같은 건 맹인의 머릿속에 떠오르지 않겠지만 맹인은 자기의 몸으로 진리를 발견했다. 그대는 맹인이 자리를 옮기지 않고 그곳에 꼼짝없이 앉아 있음을 볼 수 있을 것이다.

만일 그대가 나의 진리에다 대고 진리가 아니라는 비난을 한다면 나는 그대에게 진정한 기하학자였던 하나밖에 없는 내 친구의 죽음에 대해 이야기해 줄 것이다. 죽을 준비가 되자 이 친구는 내게 곁을 지켜달라고 부탁했다.

128

나는 무거운 발걸음으로 친구를 향해 갔다. 그를 사랑했었기에 발걸음은 더더욱 무거웠다.

"내 친구 기하학자여, 자네를 위해 신께 기도하겠네."

힘들어하던 그에게서 지친 기색이 역력했다.

"제 몸뚱이에 대해서는 걱정 마십시오. 제 팔다리는 이미 죽어 버렸습니다. 고목나무 가지와 별반 다를 게 없지요. 가지 쳐내듯 잘라버려도 상관없습니다……."

"후회되는 건 없나?"

"제가 뭘 후회하겠습니까? 제겐 팔이 멀쩡했을 때의 기억도, 다리가 멀쩡했을 때의 기억도 모두 다 있습니다. 무릇 삶이란 태어나는 것이지요. 그리고 존재하는 한 적응하게 되어 있습니다. 전하께서는 아마도 어린 시절과 사춘기와 성년기 시절을 한 번도 후회해 본 적이 없을 겁니다. 그런 후회는 형편없는 시인들이나 하는 것이지요. 후회는 없습니다. 다만 우울함이라는 즐거움이 있을 뿐입니다. 그건 고통이 아니라 알코올이 빠져나간 술잔 속 리큐어의 향기지요. 혹 전하께서 한쪽 눈을 잃는다면 한숨이 나오기도 하겠지요. 모든 성장에는 아픔이 따르기 마련이니까요. 그렇다고 한쪽 눈으로만 세상을 살아간다는 게 비통한 건 아닙니다. 저는 두 눈이 먼 맹인들의 웃는 모습도 보았습니다."

"사람들은 자네의 행복했던 시절을 기억할 게야."

"그 어디에 고통이 존재하던가요? 물론 자신이 사랑했던 여인과의 이별에, 매 순간의 의미이자 모든 것들의 의미가 되었던 여인과의 이별에 가슴 아파하는 이를 본 적은 있습니다. 그가 믿던 사원이 무너졌기 때문이죠. 하지만 사랑의 환희를 맛보고 사랑을 그만둔 뒤 기쁨의 원천을 상실했던 자가 괴로워하는 모습은 본 적이 없습니다. 시에서 감동을 느낀 뒤, 시에 싫증을 느낀 사람의 경우도 마찬가지죠. 그가 어디에서 고통을 느끼던가요? 영혼이 잠들면 사람은 존재하지 않습니다. 지겨움은 후회와 다르지요.

사랑에 대해 후회가 남는다면 이 또한 사랑의 연속입니다. 사랑이 없으면 사랑에 대한 후회도 없는 거죠. 전하께서는 무의미하고 단편적 사실에서 생겨나는 지겨움만을 보고 계신 겁니다. 우리네 인생을 이루는 각 요소들은 이를 받쳐주던 요체가 빠져버리는 순간 무너지게 됩니다. 그게 바로 성장통이라는 것인데, 제가 어찌 이를 고통이라 여기겠습니까? 제게는 지금에야 비로소 진정한 요체와 의미가 나타났고, 지금에야 여기에 담긴 의미 외에는 모든 게 무의미하게 됐는데 말이죠. 또한 잘 축조되어 환히 빛나는 대성당이 보이는데, 제가 어떻게 지겨움을 보일 수 있겠습니까?”

“자네는 내게 자네가 기하학자라고 말했었네. 어머니는 죽은 자식에 대한 기억을 떠올리며 한탄하실 수도 있어.”

“자식이 떠나는 순간에는 물론 그렇겠지요. 자식하고 관련 있던 모든 의미를 잃어버렸으니까요. 젖이 도는데 더 이상 젖을 물릴 아이가 없는 것과 마찬가지입니다. 여인에 대한 남모를 사랑으로 온통 사로잡혀 있는데, 더 이상 여인이 존재하지 않는 것과 마찬가지입니다. 내 삶의 터전이 없어져버린 상황에서, 터전에 대한 사랑을 가지고 있다한들 뭘 할 수 있겠습니까? 환경의 변화에 적응한다는 건 늘 괴로운 법입니다. 하지만 전하께서는 잘못 생각하고 계십니다.

말이 사람의 눈을 흐리기 때문입니다. 변화를 통해 과거에 있던 것들이 의미를 부여받고, 존재에 변화가 생기는 겁니다. 변화를 통해 비로소 내가 예전에 그토록 사랑했던 것들로부터 양분을 얻어 보다 풍요로워짐을 느끼게 되는 겁니다. 우울함 자체도 달콤한 것이지요. 말의 어폐로 인해 감히 죽은 아이에 대한 추억도 내겐 달콤하다고 말하진 못하겠지만, 차라리 아이가 없는 게 더 나을 뻔 했다고 아이에게 젖을 물리지 않는게 아이를 아껴주지 않는 게 더 나을 뻔했다고 말하는 어미를 본 적이 있으십니까?"

기하학자인 자네는 내게 또 이렇게 말했지.

"뒤안길로 곱게 접어든 제 인생은 이제 추억이 되었습니다."

"친구여, 자네에게 이토록 평정한 영혼을 만들어준 진리가 무엇인지 말해 주게나."

"진리를 안다는 건 말없이 진리를 바라보는 것밖에는 다른 수가 없습니다. 진리를 안다는 건 아마도 영원의 침묵을 누릴 자격이 있는 게 아닐까 합니다. 저는 나무가 진리라는 말을 곧

잘 한 적이 있습니다. 나무를 이루는 부분 부분이 이루어진 관계가 바로 나무입니다. 나무 하나하나가 이루어진 관계가 바로 숲이 됩니다. 나무와 평야와 영지를 이루고 있는 모든 것들과의 관계가 바로 영지며, 각각의 영지들과 도시들, 제국을 이루는 여러 요소들의 관계가 바로 제국입니다.

여러 제국들과 세상의 모든 것들과 완벽한 관계를 이루고 있는 것, 그게 바로 신입니다. 신은 나무와 마찬가지로 진리의 존재입니다. 그 존재를 읽어내기란 쉽지 않지만 말입니다. 제겐 더 이상 질문할 거리가 없네요."

그는 생각에 잠겼다.

"저는 다른 진리는 모릅니다. 세상을 말하기에 편리한 구조만을 알고 있을 뿐입니다. 하지만……"

그 친구는 오랫동안 말이 없었다. 그리고 나는 감히 그의 생각을 끊을 수가 없었다.

"하지만 때로는 그 구조들이 무언가와 닮아 있는 것 같습니입니다."

"무슨 뜻인가?"

"찾으면 찾아지더군요. 영혼은 영혼이 가진 것만을 갈망하는 법입니다. 발견한다는 건 곧 보는 걸 의미하죠. 제게 아무 의미도 없는 걸 어떻게 찾을 수 있겠습니까? 말씀드렸다시피, 사랑에 대한 후회가 남는다면 그 또한 사랑입니다. 생각지도 않았던 욕구로 인해 고통 받는 사람은 아무도 없습니다. 하지만 아직 의미를 갖지 못한 것들에 대해서는 후회가 남습니다. 그렇지 않으면 제가 왜 생각할 수도 없었던 진리의 방향으로 걸어갔겠습니까? 저는 쭉쭉 뻗은 길에서 떨어진 외딴 우물을 향해 가는 길을 택했습니다. 부침 있는 길 같았지요. 제게는 태양을 향하는 눈먼 애벌레와 같은 구조적 본능이 있습니다.

아름다운 사원을 세우실 때 사원이 어떤 얼굴을 갖게 되리라 생각하십니까?

맹인을 따뜻하게 데워주는 난롯불처럼 사람들을 고무시키는 의식을 제정할 때 이 의식들이 어떤 얼굴을 하게 되리라 생각하십니까? 전례라는 게 모두 훌륭한 건 아니며, 사람들을 고무시키지 못하는 의식도 있는 법입니다.

하지만 애벌레는 태양에 대해 알지 못하고 맹인은 난롯불에 대해 알지 못하며 전하께서는 비장함이 감도는 사원을 만들 때 이 사원의 얼굴이 어떻게 나타나게 될지 알지 못합니다.

제게 한쪽 면만 보여주고 다른 한쪽은 보여주지 않는 얼굴이 하나 있었습니다. 저를 자기 쪽으로 돌아보게 하여 한쪽 면만 보게 된 것인데, 아직까지도 그 전체 얼굴을 모르겠네요……."

그때 신께서 기하학자에게 당신의 모습을 보이셨다.

128

그대는 내게 이렇게 묻는다.

"어찌하여 이 민족은 노예 생활을 받아들이고 끝까지 투쟁을 하지 않았습니까?"

하지만 사랑에 따른 희생과 좌절에 따른 자살은 구분되어야 한다. 전자는 고귀하나 후자는 저속하고 천박하다. 고귀한 희생이 되려면 영지라든가 공동체라든가 사원이라든가 하는 신적인 존재가 필요하다. 신만이 그대의 헌신을 받아들일 수 있다. 그러면 그대는 신과 교감을 나누는 것이다.

어떤 이들은 죽음이 불필요한 경우에도 모두를 위해 죽음을 받아들일 수 있다. 하지만 이 죽음은 결코 불필요한 게 아니다. 어떤 이들은 죽음으로써 더욱 아름답게 포장되고 더 맑은 눈과 더 넓은 영혼을 갖게 된다.

아들이 수렁에 빠져 허우적대고 있는 상황에서 팔을 뻗어 아들을 살려내려고 하지 않을 아비가 어디 있겠는가? 그대는 아버지를 만류할 수 없을 것이다. 이들이 함께 빠져 죽길 바라겠는가? 이들을 살려줌으로써 넉넉해지는 사람은 누구인가?

명예는 자살이 아닌 희생에서 발산되는 빛이다.

129

내 작품에 대한 평을 내리겠다면 그대의 평가에 나를 개입시키지 말고 평해 달라. 내가 얼굴 하나를 조각한다면 나는 조각상과 교감하며 기꺼이 헌신한다. 조각상이 내게 헌신하는 게 아니다. 하여 나는 작품의 완성을 위해 죽을 위험까지 감수한다. 내가 우쭐해질까, 내게 상처를 줄까 우려하며 품평하지 마라. 우쭐해 있는 건 내가 아니다. 그런 건 내게 의미가 없다. 우쭐해 있는 건 바로 조각상이기 때문이다.

만일 조각상이 그대에게 의미를 전달해 주었다면 내 겸손함을 훼손시키려는 의도로 평론을 남발하지 마라. 겸손한 건 내가 아니다. 우리를 지배하고 있는 의미의 활시위가 당겨진 것이다. 이를 위해 우리는 힘을 합치는 게 좋다.

나는 화살이요, 그대는 과녁이기 때문이다.

133

"시를 한 수 썼습니다. 이제 퇴고하는 일만 남았습니다."

아버지께서는 역정을 내셨다.

"시를 다 썼으니 고치겠단 말이냐? 글을 쓴다는 게 교정하는 게 아니라면 뭐란 말이냐! 조각을 한다는 게 다듬는 게 아니라면 뭐란 말이냐! 점토 반죽하는 걸 본 일이 있느냐? 거듭해서 다듬고 또 다듬어서 하나의 얼굴이 만들어지는 것이다. 맨 처음 반죽에 손을 대는 것 자체가 이미 점토 덩어리를 다듬는 과정의 일부다.

내가 도시를 세울 때, 먼저 모래를 가다듬는다. 그리고 도시를 다듬는다. 거듭해서 다듬고 또 다듬는 과정을 거쳐 나는 신께로 향하는 것이니라."

134

물론 그대의 존재는 관계로 나타난다. 그대는 종소리가 연이어 울려 퍼지게 해주는 존재다. 그대가 소리를 내도록 만드는 대상은 중요하지 않다. 그건 먹잇감을 사로잡기 위해 만든 덫에 쓰이는 재료에 불과하다. 덫의 핵심은 어떤 재료로 덫을 만드느냐가 아니라 무엇을 잡느냐에 있기 때문이다. 나는 대상이 서로 연결되어 있어야 한다고 그대에게 말한 바 있다.

하지만 춤과 음악이라는 것은 시간의 흐름 속에서 전개되고, 이를 통한 그대의 메시지는 무사히 내게 전달된다. 그대는 여기에서는 몸을 뻗고 저기에서는 템포를 늦추며 어떤 곳에서는 날아올랐다가 이쪽에 와서는 몸을 낮춘다.

이제 그대 자신의 울림을 만들어보라.

그대가 얼굴 전체를 소개하려 한다면 나는 이를 해석하기

위한 하나의 법칙이 필요하다. 코도 입도 귀도 턱도 없다면 그대가 무엇을 늘이고 줄이는지, 무엇을 두껍게 하고 얇게 하는지, 무엇을 올리고 어긋나게 하는지, 무엇을 오목하게 하고 불룩하게 하는지 내가 어떻게 알겠는가? 그대의 움직임을 어떻게 이해할 것이며, 반복되는 부분과 반향되는 부분을 어떻게 구분할 것인가? 또한 그대가 전달하고자 하는 메시지를 어떻게 읽어낼 수 있겠는가? 얼굴이 내 법칙이 될 것이다. 나는 완벽하고 평범한 얼굴 하나를 알아봤기 때문이다.

그대가 내게 지극히 평범한 얼굴을 보여주더라도, 그대의 모습은 단순한 법칙 부여, 기준, 표본 정도로밖에 해석되지 않을 것이다. 내게 법칙이 필요한 까닭은 감동을 받기 위해서가 아니라 그대가 보내오는 메시지를 읽어내기 위해서다. 만일 그대가 모형 자체를 내민다면 그대는 내게 아무런 의미도 전달하지 못할 것이다. 반대로 내게 해석의 열쇠가 있다면 그대가 모형에서 멀어져 형태를 변형시키고 뒤섞어도 상관없다. 이마 위에 눈을 갖다 붙여놔도 나는 그대를 탓하지 않을 것이다.

나는 그대에게 음악을 들려주겠다며 소음을 만들어내고, 심상을 살리겠다는 목적하에 대놓고 심상을 드러내는 사람처럼 어리석고 서툰 이로 판단할 것이다. 하지만 그래도 상관없다.

그대가 사원을 완성했을 때 나는 지지대를 떼어버리는 게 마땅하다고 말할 것이다. 그대가 어떤 방법을 썼는지 읽을 필요가 없다. 그대가 쓴 방법과 상관없이 그대의 작품은 완벽하다.

엄밀히 말해 나는 그대의 코에 관심을 두지 않으니 코를 과도하게 보여줄 필요는 없다. 말도 마찬가지다. 너무 강한 단어를 골라줄 필요는 없다. 그러면 단어가 심상을 먹어버리고 심상은 문체를 먹어버린다.

내가 그대에게 부탁하는 건 석조 대성당의 침묵같이, 덫이 아닌 본질에서 나오는 것이다. 그런데 그대는 내게 재료를 등한시하며 본질을 구한다고 주장했다. 그 대단한 포부를 가지고 내게 이해할 수 없는 메시지를 전해 주려 했고, 형형색색의 덫을 만들어보였다. 나를 압도하는 이 덫에 그대는 죽은 생쥐를 가져다 숨겨놓았다.

내가 그대를 특이하다거나 명석하다거나 역설적으로 보는 한 나는 그대에게서 아무것도 받을 수가 없었다. 이유는 간단하다. 마치 전시회처럼만 그대를 보여주기 때문이다. 그대는

창조의 목적을 혼동했다. 창조의 목적은 그대 자신을 드러내
는 게 아니라 나를 변화시키는 것이다. 내 앞에서 그대가 하찮
은 허깨비 같은 모습을 보인다면 나는 다른 곳으로 가버릴 것
이다.

그러나 그대는 자신이 원했던 곳으로 나를 끌고 간 뒤 사라
졌다. 그대는 내가 세상을 발견하고 있다는 생각을 하게 했다.
그대가 원했던 대로 나는 변화했다.

• • •

불길에서 빠져나온 밀랍 향처럼 코와 입과 턱이 일렁이는
공간을 반들반들 윤이 나게 하는 게 신중함이라 생각하지 마
라. 그대가 사용하는 방법을 지나칠 정도로 간과하는 것이라
면, 대리석이든 점토든 청동이든 재료 그 자체부터 없애야 하
지 않겠나. 단순한 입술 형태도 못 되는 그저 재료에 지나지
않을 뿐이니까.

신중함이란 그대가 내게 보여주고 싶어 하는 것에 고집을
부리지 않는 것이다. 나는 단번에 알아볼 것이다. 하루 종일

나는 수많은 얼굴을 보고 있고, 그대는 코를 없애고 싶어 하기 때문이다. 나를 어두운 방 대리석 위에서 잠들게 하는 건 신중함이 아니다.

• • •

받을 게 아무것도 없는, 보이지 않는 얼굴이 평범한 얼굴이다.

• • •

야만적인 존재가 되어버린 그대는 이제 뜻을 전달하기 위해 소리를 질러야 한다.

• • •

그대는 내게 얼룩덜룩 덧칠한 카펫을 그려줄 수 있다. 하지만 이는 단지 이차원적인 물건일 뿐이다. 아무리 내 감각에 대고 호소한들 영혼에도 마음에도 와 닿지 않는다.

136.

죽음을 목전에 둔 태양에 대해 말하고 싶거든 10월의 태양을 이야기하라. 10월의 태양은 쇠약해져 노쇠함을 보이기 때문이다. 11월이나 12월의 태양은 죽음에 대한 환기와 더불어 죽음의 신호를 알려 온다. 여기에는 관심이 없다. 내가 받고 싶은 건 죽음의 느낌이 아니라 죽음을 가리키는 것의 느낌이다. 이것은 추구하는 목표와는 달랐다.

만일 그대의 문장에서 튀는 단어가 있다면 이 단어를 잠재우라. 내게 단어를 보여주려는 게 아니지 않은가. 그대의 문장은 의미를 잡아들이기 위한 덫이다. 내가 보고 싶은 건 덫이 아니다.

사실 그대는 말로 설명될 수 있는 것이라 생각하면서 전달의 매개체와 대상을 혼동하고 있다. 그게 아니면 그대가 '우

울하다' 라는 말을 했을 때, 나는 정말로 우울해져야 한다. 그렇게 되면 이는 너무 간단한 일이 아닌가? 물론 내가 묘사한 느낌에 그대가 가까워지려 하는 어느 정도의 모방심리가 작용할 수도 있다. 만일 내가 '화가 들끓는다' 라고 한다면, 그대는 조금 동요될 것이다. 또한 내가 '죽음의 위협을 받는 전사' 라고 한다면, 그대는 내 전사에 대해 걱정하는 마음을 가질 수도 있다. 이는 습관적인 반응이자 피상적인 작용일 뿐이다. 진정 가치 있는 유일한 일은 내가 원했던 세상을 볼 수 있도록 그대를 인도하는 것이다.

그대에게 영향을 미치는 게 아니라면 나는 심상에 대해서도 시에 대해서도 알지 못한다. 이것저것이 아니므로 이런저런 설명을 늘어놓게 되는 것도 아니고, 예리한 사람들이 그리하듯 추측하게 하는 문제도 아니다. 관건은 그대를 이런저런 사람으로 변화시키는 것이다. 조각을 만들 때 그대를 붙잡아두려면 코와 입과 턱이 필요하듯, 나는 추측하거나 말로써 표현할 이것저것을 사용하여 그대를 다르게 변화시킬 것이다.

내가 달빛이란 표현을 썼다고 달빛 속의 그대를 떠올려선 안 된다. 이는 태양 속의 그대도 될 수 있고 집 안의 그대도 될 수 있으며 사랑을 하는 그대도 될 수 있다. 이건 단순히 그대를 의미했다. 하지만 내가 '달빛'이란 단어를 선택했던 건 이야기를 들려주기 위해 하나의 기호가 필요했기 때문이다. 내가 하고 싶은 이야기를 전부 담아낼 수는 없었다.

처음에는 한낱 씨앗에 불과했던 나무가 시간이 흐름에 따라 가지도 자라고 뿌리도 뻗듯이 다양한 작용 또한 적을 만들어 낼 수 있다. 나무가 처음부터 크기만 작은 소품 형태는 아니잖던가. 사람 또한 마찬가지다. 문장 하나라도 달리하여 별 거 아닌 하나라도 사람에게 더해 주면, 내가 만들어낸 힘은 여러 형태로 다양화될 것이고, 나는 그 사람을 본질적으로 다른 존재로 변모시킬 수 있게 된다. 그리고 사람은 달빛 속에서 집 안에서 혹은 사랑 안에서 그의 행동을 변화시킬 것이다.

하여 제대로 된 심상이라면 그것은 곧 그대가 갇혀 있는 문명이라는 것이다. 그리고 그대는 심상이 지배하는 것들을 한정할 수 없다.

힘이 만들어내는 선의 범위는 미약하다. 페이지가 끝나가면 그 영향력은 사멸된다. 생명의 불빛이 꺼져가는 씨앗이나 생동력이 부족한 존재들과 마찬가지다. 그러나 그대는 이들을

성장시켜 세상을 구축할 수도 있었다.

그러므로 내가 '여왕의 병사'라고 말한다면, 이는 군대나 권력에 관한 이야기도 아닌 바로 사랑에 관한 이야기다. 스스로를 위해서는 아무것도 바라지 않고, 자신보다 더 많은 걸 내어주는 그런 사랑을 말한다. 이 병사는 다른 어떤 병사보다도 강한 존재이기 때문이다. 만일 그대가 이 병사를 살펴본다면, 그대는 병사가 여왕으로 인해 자신의 체면을 살리고 있음을 알 수 있을 것이다. 병사는 배신하지 않는다. 가슴속에 여왕을 담아 사랑의 비호를 받기 때문이다. 이자가 마을에 올 때면 무척이나 자부심 강한 모습을 보인다. 하지만 이자에게 여왕에 대해 묻는다면 그는 부끄러워 얼굴을 붉힐 것이다. 그대는 이자가 전쟁에 소집이 된다면 어떻게 아내 곁을 떠날지 알고 있다. 그리고 그의 감정은 왕의 병사가 갖는 감정과 다르다는 사실도 알고 있다. 적에 대한 분노에 사로잡힌 병사도 아니고, 가슴에 왕을 담고 있는 병사도 아니다. 하지만 여왕이라는 존재가 그에게 다른 감정을 심어주어, 전투와 적에 대한 분노는 여왕에 대한 사랑으로 정리된다. 다른 것도 마찬가지다.

내가 이 이야기를 조금 더 진척시킨다면 심상은 고갈되어

버리고 말 것이다. 심상이란 힘이 별로 없기 때문이다. 이 병사 저 병사가 빵을 먹고 있고, 이게 여왕의 병사와 왕의 병사를 구분해 주는 거라면 나는 그대에게 편히 이야기할 수가 없다. 여기에서의 심상은 희미한 램프 불빛에 불과하며, 다른 모든 램프처럼 이 램프 또한 우주 전체에 빛을 비추지만 그대의 눈에는 별로 밝혀주는 것이 없을 것이기 때문이다.

하지만 그대가 세상을 끌어낼 수 있는 하나의 씨앗은 지극히 명백한 존재다. 한번 씨앗을 심고 나면 그대가 굳이 가타부타 설명을 달 필요도 없고 도그마를 세울 필요도 없으며 여타의 행동도 필요 없다. 씨앗은 땅 위로 자리를 잡을 것이고 그대에게 수천에 달하는 신하를 만들어줄 것이다.

만일 그대가 인간에게 그가 여왕의 병사라는 점을 인식시켜 줄 수 있었다면 그 결과로 그대의 문명이 탄생됐을 것이다. 그후 그대는 여왕을 잊을 수 있을 것이다.

137

그대의 문장은 하나의 행위임을 잊지 마라. 만일 그대가 나를 움직이고 싶다면 논리를 펼칠 문제가 아니다. 그대의 논리를 듣고 내가 결정을 내릴 거라 생각하는가? 오히려 나는 더 훌륭한 반박 논거를 찾아낼 것이다.

그대에게 버림받은 여자가 자신이 옳다는 걸 증명하는 소송을 걸어 그대를 다시 손에 넣는 경우를 본 적이 있는가?

소송 자체는 성가신 것이다. 그대가 과거에 자신을 사랑했었다는 등의 이야기를 증명해 보인다한들 여자는 그대의 마음을 다시 사로잡을 줄도 모른다. 그대는 이제 이 여자를 사랑하지 않기 때문이다. 슬픈 노래를 부른 뒤 결혼했던 그녀는 이혼 전날 똑같은 노래를 다시 부르기 시작했다. 하지만 노래는 남편을 더욱 노하게 만들었다.

자신을 사랑했던 시절을 일깨워 줬더라면 여자는 아마도 남편의 마음을 다시 잡을 수 있었을지 모른다. 여기에는 창의력이 필요하다. 남자에게 무언가 좋아하는 마음을 불러일으켜 주어야 하기 때문이다. 그건 마치 바다에 대한 애정을 심어주어야 배를 만드는 사람이 되는 것과 같다. 그런 다음에는 나무가 다양한 모습으로 성장할 것이다. 그리고 그는 다시금 슬픈 노래를 요청할 것이다.

나에 대한 사랑을 키우도록 하기 위해 나는 그대 안에 나를 위한 누군가를 만들어놓는다. 나는 그대에게 나의 고통에 대해서는 말하지 않을 것이다. 이를 그대에게 말하면 그대는 나를 꺼려 할 것이기 때문이다. 그대를 비난하지도 않을 것이다. 그대의 심기를 거슬리는 일이기 때문이다. 그대가 나를 사랑해야 하는 이유에 대해서도 말하지 않을 것이다. 그럴 이유가 없기 때문이다.

사랑하는 이유란 곧 사랑이다. 그대가 바라는 모습의 나로 보여지지도 않을 것이다. 그대가 이를 원치 않기 때문이다. 그게 아니라면 그대가 여전히 나를 사랑했을 것이다. 나는 나를 위해 그대를 키울 것이다. 그리고 내게 힘이 있다면 나는 그대

를 내 친구로 변화시켜 줄 풍경을 보여줄 것이다.

내가 잊고 있었던 이 여자는 이렇게 말하며 내 가슴에 비수를 꽂았다.

"당신의 잃어버린 종소리를 들었나요?"

• • •

결국 내가 그대에게 말해야 할 건 무엇인가? 나는 종종 산마루에 올라앉아 도시를 내려다본다. 아니면 내 사랑을 내색하지 않은 채 산책을 하며 사람들의 이야기 소리를 듣는다. 그리고 "샘에 가서 물 좀 기어오렴." 하고 아들에게 말하는 아버지나 "자정에 불침번을 서게."라고 지시하는 하사의 경우처럼 명령의 말도 들었다. 이러한 말에는 신비로움이 없어 보였고, 말을 몰라 눈치로 의미를 파악하는 여행객은 적나라한 개미 떼의 행군에서보다 놀랄 만한 건 찾지 못했다. 수레와 건물과 환자에 대한 간호의 손길과 공장과 시장을 살펴본 나는 여기에서 다른 것들보다 더 과감하고 창의적이며 이해력 있는 동물에 해당하는 건 전혀 보지 못했다. 하지만 저들이 평소에 하는 일을 보니 내가 아직 사람을 관찰하지 못했다는 사실이 분명해졌다.

여기는 개미 떼의 법칙으로 설명할 수 없는 곳처럼 보였고, 단어의 의미를 모르면 끼어들 수 없는 곳이었다. 시장 광장에 둥글게 모여 앉은 사람들이 이야기꾼의 전설을 듣고 있을 때였는데, 재능 있는 이야기꾼은 사람들을 부추겨 줄줄이 일어나게 해서 도시를 불태워버릴 말의 힘을 갖고 있는 사람이었다.

평화롭게 지내던 군중이 예언자의 말에 선동되어 전쟁에 빨려 들어가는 걸 본 적이 있었다. 사람들에게 먹히려면 예언자의 허튼소리는 저항할 수 없는 힘을 담고 있어야 했고, 그렇게 되면 군중은 단순한 개미 떼에서 벗어나 활활 타오르는 불길로 변하여 죽음 앞에 스스로를 던졌다.

집으로 돌아간 사람들은 달라졌다. 마술사가 허튼소리를 지껄이며 요술을 부릴 필요조차 없어 보였다. 내 귀에는 나를 집과 일터와 일상에서 끌어내어 목숨을 걸게 만들 기적적인 단어들이 들려왔다.

• • •

나는 유익한 연설과 무익한 연설을 구별하여 주의 깊게 듣는 편이다. 전달의 목적을 구분하는 법을 배우기 위해서다. 발화 자체는 중요하지 않다. 발화가 중요했다면 저마다 위대한 시인이 되었을 것이다.

"불타는 화약 냄새를 맡고 적을 공격하려거든 나를 따르라"라고 외치는 선동자가 되었을 지도 모를 일이다. 하지만 시험 삼아 저들의 말을 따라보면 저들이 웃는 모습을 볼 수 있을 것이다. 선을 장려하는 이들과 마찬가지다.

가끔 사람을 성공적으로 변화시키는 소리도 일부 들려왔고, 내 앞을 밝혀주십사 신에게 기도도 드렸으므로, 내게는 허튼 소리 가운데 씨앗을 전해 주는 말을 가려내는 법을 배워야 한다는 과제가 주어졌다.

139

신성한 열기를 품은 매서운 눈의 사시 예언자가 찾아
와 이렇게 말했다.

"저들에게 희생을 강요하는 게 좋을 듯합니다."

"물론 그렇겠지. 저들의 창고에서 재산의 일부가 징수되는
게 좋을 테니. 재산은 약간 줄어들겠지만 재산이 갖는 의미는
더욱 커질 거야. 어디에 있는지도 모르는 재산은 저들에게 하
등의 가치가 없으니까."

하지만 분노에 사로잡혀 있던 그의 귀에는 내 말이 들리지
않았다.

"저들에게 벌을 주는 게 좋겠습니다."

"물론 그렇겠지. 먹을 게 없다면 단식 주간이 다가오는 게 기
뻐질 거야. 어쩔 수 없이 단식하는 사람들과 고통을 분담할 수

도 있고, 또는 자신들의 의지를 다지면서 신께 단합된 모습을 보여줄 수도 있고, 아니면 뚱뚱해지는 걸 예방할 수도 있겠지."

마침내 그는 분노의 노예가 되어버렸다.

"일단 저들에게 징계를 내리는 게 좋을 것 같습니다."

그는 먹을 것도 빛도 없이 감방 침대에 묶여 있는 이에게만 동정심을 베푼다는 걸 깨달았다.

"악을 근절해야 하기 때문입니다."

"그러다가 그대는 모든 것의 근간을 흔들어놓을 수 있네. 악을 뿌리를 뽑는 것보다는 선을 증대시키는 게 더 바람직하지 않겠나? 그리고 사람을 고귀하게 하는 축제를 베푸는 게 더 낫지 않겠나? 저들에게 깨끗한 옷을 입히고, 아이들에게 먹을 것을 주어 아이들이 기도의 교육으로 고귀해질 수 있도록 하는 게 낫지 않겠나?

인간에게 귀속된 재산에 한계를 두자는 게 아니네. 사람의 성품과 영혼과 마음에 대고 말을 하는 힘의 영역을 구해 내자는 이야기를 하는 것이네.

내게 작은 보트가 있다면 나는 이들을 바다로 보내 물고기를 잡아오게 하겠네. 만약 내게 큰 배가 있다면 나는 이들이 바다에 배를 띄워 세상을 정복하도록 할 것이네."

"부로 인해 저들을 망칠 작정이십니까!"

"축적된 재산 가운데 내 관심을 끄는 건 아무것도 없네. 자네는 아무것도 이해하지 못했군."

141

나는 인간에 대해 이렇게 말할 것이다.

"인간이란 힘이 미치는 범위 안에서만 가치 있는 존재요, 자신과 타인을 다스리는 신을 통해서만 소통할 수 있는 존재고, 창조로써 교감하는 과정을 통해서만 기쁨을 누리는 존재다. 또한 자기를 맡기고 난 뒤에야 편안히 눈을 감을 수 있는 존재고, 축적된 물건들로 인해 황폐화되는 존재다. 눈에 보이는 모든 걸 비장하게 받아들이는 이에게 인간이란 알고자 힘쓰는 사람이자 알고 난 뒤에는 의기양양해지는 존재이고, 인간이란 또한……."

인간의 본질적인 열망이 꺾이거나 훼손되지 않게 인간에 대한 생각을 정리하는 게 나을 것 같다. 질서를 세우기 위해 창조 정신이 훼손되어야 한다면 그 질서는 나와 무관하다. 배의 부피를 늘리기 위해 힘이 미치는 범위를 없애버려야 한다면 그 배는 나와 무관하다. 무질서로 부패시켜야 창조 정신 속에서 인간이 성장할 수 있다면 그런 종류의 정신은 나와 무관하다. 인간을 사멸시켜야 힘이 미치는 영역을 고양시킬 수 있다면, 이는 힘의 영역도 아니고 더 이상 인간도 존재하지 않게 되므로 그런 힘의 영역도 나와 무관하다.

따라서 밤을 지새우며 도시를 지키는 나는 오늘 밤 인간에 대해 할 말이 있다. (어떤 여행이 될지는 내가 어떤 성향을 만드냐에 따라 달라진다.)

142

내가 적들을 설득할 수 있을 만한 절대적이고 분명한 진리에 도달할 수 없다는 건 알고 있다. 하지만 역량 있는 사람의 모습을 보여주고 고귀한 가치를 끌어낼 수는 있으며 다른 이들에게 어떤 원칙을 부과할 수는 있다.

사람을 고귀한 사랑과 가치 있는 지식과 열렬한 기쁨을 소비하고 생산하는 존재로 만들고 싶은 나는, 배를 불리는 데 신경 쓰는 사람이 영혼을 무시하는 게 아니라는 식의 반론도 핑계도 없이 가급적 사람들에게 많은 것을 제공하려고 한다. 사람의 배만 부르게 하는 데는 별로 관심이 없다.

내 이미지가 강하기는 해도 이는 씨앗처럼 자라난 것이다. 따라서 이미지는 선택하는 게 무척 중요하다. 바다를 사랑하는 마음이 배를 만드는 데 헌신하는 일로 흘러가지 않는가?

마찬가지로 지식 또한 정복의 대상이 아니다. 가르치는 것과 성장시키는 건 별개의 일이며, 축적된 지식을 기반으로 사람의 성품이 정해지는 일은 본 적이 없기 때문이다. 지식을 습득시키는 도구가 어떤 질적 수준을 갖고 있느냐에 따라 성품이 달라지는 법이다.

그대가 가지고 있는 재료라는 것은 동일할 것이며 그 어떤 것도 등한시할 수 없다. 이 재료들로부터 그대는 천의 얼굴을 만들어낼 수 있다.

오아시스를 정복하는 일이 훌륭하다는 명목으로 사람들을 독재에 굴복시켜 무력한 존재로 만들었다고 비난하는 이들에게 나는 그 어떤 명분도 훼손될 수 없다고 대답해 줄 것이다. 내가 하고 있는 이 얼굴 또한 다른 이들이 하고 있는 얼굴과 마찬가지로 진실로써 공존할 수 있으며, 우리는 결국 신들을 위해 싸우는 것이고, 신들은 동일 대상을 통해 만들어지는 구조의 선택이기 때문이다.

우리에게 최종 결론을 내려줄 수 있는 건 오직 대천사들의 강림과 계시뿐이다. 대천사들의 강림과 계시는 우스꽝스러운 인형놀음에 불과하다. 만일 스스로를 내게 보여주기 위해 신

이 나를 자신과 닮은 모습으로 만든 것이라면, 그건 신이 아니기 때문이다. 만일 그가 신이라면, 내 감각이 아닌, 내 영혼이 신의 모습을 읽어낼 것이다.

그리고 신의 존재를 읽어낼 수 있는 내 영혼으로부터 신이 존재한다면, 나는 신이 내게 미치는 영향력을 통해 신을 알아볼 것이다. 그건 마치 손바닥으로 더듬거리며 난롯불을 향해 가는 맹인의 이치와도 같은 것이다. 난롯불을 찾은 맹인은 벅찬 만족감을 느낄 것이다. 한참을 찾아 헤매다 마침내 발견했을 때의 기쁨과 함께. (신이 당신에게서 나를 끄집어내셨다 해도, 신의 인력이 나를 그분께로 다시 데리고 간다.)

백향목이 활짝 피어나는 모습을 볼 수 있는 이유는 비록 태양이 백향목에게 아무런 의미도 주지 않더라도 백향목이 온몸을 태양 속에 담그고 있기 때문이다.

• • •

진정한 기하학자인 내 친구의 말에 따르면, 우리의 구조 또한 이와 비슷한 것 같다. 어디에 있는지 알지도 못하는 우물을 향해 나아가는 걸 설명해 줄 수가 없으니 말이다. 내 발길을 이끄는 미지의 태양을 신이라 칭한다면, 나는 언어의 효용성에서 그 진리를 읽고 싶다.

도시를 다스리고 있는 나는 이 밤, 항해 중인 배의 선장과도 같다. 그대는 이익, 행복, 이성이 인간들을 다스린다고 생각한다. 나는 그대의 이익과 이성과 행복을 거부했다. 그저 그대가 이익 혹은 행복을 인간들의 성향으로 명명했기 때문이다. 이익과 행복이란 형태를 바꾸는 메두사에 불과하다. 사람들이 아전인수 격으로 만들어버리는 이성은 이성 위의 무언가가 모래 위에 남긴 흔적처럼 보였다.

내 친구 기하학자를 인도했던 건 결코 이성이 아니었다. 이성으로 말미암아 설명이 나오고 법칙이 추론되며 명령이 작성된다. 이성은 씨앗에서 나무가 생겨나는 과정을 결과에서 결과로 거듭 설명한다. 그러다 나무가 죽으면 이성은 무용지물이 되어버리고, 이성적 추론을 계속 하려면 또 다른 씨앗이 하나 필요해진다.

도시를 다스리고 항해 중인 배의 선장과도 같은 나는 오직 영혼만이 인간을 절대적으로 다스린다는 사실을 알고 있다.

만일 사람이 하나의 구조를 꿰뚫어 보고 시를 쓰며 사람들의 마음에 씨앗을 실어다 주었다면 이익이나 행복, 이성 등은 마음속에서 발현되거나 현실의 벽 위에 그늘을 드리우거나 씨앗에서 나무로 자라나 신하처럼 복종하고 따를 것이기 때문이다.

영혼에 대항한다면 그대는 스스로를 지켜낼 재간이 없다. 내가 다름 아닌 바로 이 산에 그대를 데려다 놓는다면 강과 도시의 배열이 다름 아닌 그 형태를 취하고 있는 것에 대해 그대가 어찌 부인할 수 있겠는가. 단지 그렇게 존재하고 있었을 뿐인데 말이다.

그러기에 내가 그대를 변화시키려는 것이다. 따라서 도시가 잠들어 있고 사람들의 행동에서 그대가 이익이나 행복, 이성의 추구밖에 보지 못하더라도 나는 진정한 방향에 대한 책임자인 것이다.

144

저녁 때 나는 감옥에 가보았다. 헌병들은 뜻을 굽히지 않고 타협을 모르며 진리를 저버리지 않은 이들만 선별해 감옥에 처넣고 있었다.

진리를 저버리고 변절한 이들은 자유를 얻었다. 그러니 내 말을 기억하라. 헌병대의 문화가 무엇이고, 그대의 문화가 무엇이든 헌병대가 재판권을 쥐고 있다면 헌병대에게 먹히는 건 오직 낮은 가치들뿐이다.

진리라고 하는 것은 아둔한 논리학자의 진리가 아닌, 사람의 진리라면 헌병대에게 있는 악이자 오류이다. 헌병대는 오직 한 권의 책과 한 명의 사람과 하나의 공식만을 받아들이기 때문이다. 헌병대란 사실 바닷물을 죄다 없애버리려고 배를 만드는 이들이다.

145

표면적으로 상반되는 단어들 때문에 피곤하다.

전쟁 중 용기를 내어 사랑을 구하는 것이 얼토당토않은 일로 보이지 않듯이,

결핍 상태에서 고귀함을 구하는 것이 얼토당토않은 일로 보이지 않듯이,

죽음의 문턱에서 삶의 기쁨을 구하는 것이 얼토당토않은 일로 보이지 않듯이,

위계질서 안에서 동맹이라는 평등함을 구하는 것이 얼토당토않은 일로 보이지 않듯이,

재산을 거부하는 것에서 그 재산의 사용을 구하는 것이 얼토당토않은 일로 보이지 않듯이,

제국에 완전히 복종하는 것에서 개인의 존엄성을 구하는 것

이 얼토당토않은 일로 보이지 않듯이,

　내게는 속박 가운데에서 자유를 구하는 것이 얼토당토않은 일로 보이지는 않는다.

　고독한 인간을 추구한다면 고독한 인간이란 무엇인지 말해 보라. 나는 이를 문둥병 환자들 사이에서 똑똑히 보았다.

　풍요롭고 자유로운 공동체를 추구한다면 풍요롭고 자유로운 공동체란 무엇인지 말해 보라. 나는 이를 베르베르인들 사이에서 똑똑히 보았다.

146

내가 말하는 구속의 개념을 이해하지 못하는 이들에게 나는 다음과 같이 대답했다.

"그대들은 세상에서 오직 한 가지 형태의 항아리밖에 알지 못하여 그 항아리의 형태를 절대적인 것으로 여기는 아이와 비슷하다. 그런 아이는 집을 바꿀 때 중요한 항아리의 형태를 바꾸는 이유에 대해 이해하지 못한다.

하여 그대는 이웃 나라 사람들이 왜 그대와는 다른 방식으로 시련을 겪고 생각하고 사랑하며 불평하고 미워하는 것인지 왜 그곳에서는 사람이 그렇게 왜곡되어 있는지 이해하지 못할 것이다. 이게 바로 그대의 약점이다.

건축이라는 게 한낱 보잘것없는 도면에서 출발하여 자연에 대한 인간의 승리를 이룬 것임을 알지 못한다면, 늑재와 기둥과 홍예문과 버팀벽이 하나의 건축물을 뒷받침하고 있음을 알지 못한다면, 그대는 사원에서 건축의 위대함을 알아보지 못한 것이다.

그대는 그대를 짓누르는 위협도 생각하지 못한다. 다른 사람의 작품에서 그대는 잠시 길을 잃고 헤맨 것의 결과만을 보고 한 사람을 영원히 집어삼켜 다시는 회생하지 못하게 할 위협은 이해하지 못한다.

스스로 자유롭다고 생각하는 그대는 내가 속박에 대해 이야기하자 분개했다. 내가 말하는 속박이란 눈에 보이는 헌병을 내세운 구속이 아니라 벽 사이의 문처럼 눈에 띄지 않는 보다 강압적인 구속이다. 밖으로 나가기 위해서 길을 돌아가야 할 테지만 이 문이 자유에 대한 모욕이라고 느끼지는 않을 것이다.

그대의 기반을 이루어 그대가 생각하고 사랑하고 불평하고 미워하며 살아가도록 만드는 힘의 영역이 나타나주길 바란다면, 그대의 이웃이 어떤 식으로 구속을 받고 있는지 잘 살펴보라. 이웃에게서 무언가 조짐이 일어나면 그대는 이를 감지하지 않던가.

그렇지 않으면 그대는 평생 이에 대해 잘 모를 것이다. 아래

91

로 떨어지는 돌은 자신을 아래로 잡아당기는 힘을 느끼지 못한다. 그저 자신은 움직이지 않는다고 생각할 뿐이다.

그대를 움직이고 있는 게 무엇인지 아는 때는 바로 그대가 저항할 때뿐이다. 바람에 실려 날아가는 나뭇잎에게는 바람이 느껴지지 않는 것과 같이 움직이는 돌에게는 중압감이 느껴지지 않는다.

● ● ●

그러므로 그대를 짓누르는 구속력이 그대에게는 보이지 않는다. 벽과 같이 존재하는 이 구속력은 도시를 불태워 버리겠다는 생각이 그대에게 떠오를 때에만 그대 눈에 보일 것이다.

마찬가지로 단순한 언어 구속력 또한 그대 눈에는 보이지 않는다.

● ● ●

모든 법칙이 다 구속이다. 다만 눈에 보이지 않을 뿐이다."

147

나는 왕자들의 책, 제국에서 공표된 명령, 다양한 종교 의식, 장례식, 결혼식, 생일 의식들을 연구했다. 내 백성들과 다른 백성들의 것도 연구했으며 현재의 것과 그리고 과거의 것도 연구했다. 영혼을 지닌 사람들과 이들을 다스리며 존속시키기 위해 공표된 법칙들 사이의 관계도 이해하려 노력했다. 그러나 막상 이들의 관계를 발견할 줄 몰랐다.

그런데 제물 의식 같은 것이 팽배해 있는 이웃 제국으로부터 온 사람들을 상대할 일이 있었을 때 나는 의식에서 쓰이는 화환과 향기와 사랑하거나 미워하는 나름의 방식을 통해 이 의식의 존재를 알 수 있었다. 사랑하거나 미워하는 방식은 서로 다르기 때문이다. 나는 그 기원이 궁금했고 이런 생각을 해 보았다.

'내게는 관련도 효력도 효과도 없어 보이는 그런 의식이 사랑의 토대를 어떻게 세울 수 있는 걸까? 행위와 행위를 다스리는 장벽 사이의 관계는 어디에 있는가? 이웃 제국의 미소는 어떤 것일까?'

• • •

나는 헛걸음을 계속 내딛지는 않았다. 살아오면서 사람이란 서로 다른 존재임을 알고 있었기 때문이다. 물론 이 차이는 일단 눈에 보이지도 않고, 있는 그대로 설명하기도 불가능하다. 그대는 그대에게 다른 사람의 말을 통역해 주는 통역관을 쓰지 않던가. 다른 언어에서 발화된 것을 그대의 언어로 옮겨주려고 애를 쓰는 사람을 두고 있지 않느냐 말이다.

사랑과 정의 혹은 질투 또한 마찬가지다. 이들 역시 그대에게는 질투, 정의, 사랑으로 번역될 수 있으므로 이들 단어가 내포하고 있는 뜻은 같지 않더라도 그대는 그대의 언어에서 가장 비슷한 것들을 찾아놓고 감탄할 것이다. 만일 그대가 번역을 거듭하고 단어의 분석을 계속한다면, 그대는 비슷한 것만을 찾아낼 것이며, 그대가 잡았다고 주장했던 건 분석 과정 중에 그대의 곁을 벗어나고 말 것이다.

만일 그대가 사람들을 이해하고 싶거든 저들이 말하는 소리를 귀 기울여 듣지 마라.

하지만 차이는 절대적이다. 사랑도 정의도 질투도 죽음도 성가도 아이들과의 교감도 왕자와의 교감도 연인과의 교감도, 창조적 과정 속에서의 교감도 행복의 얼굴도 관심사의 형태도 저마다 모두 다르기 때문이다. 한쪽에선 긴 손톱이 파고들더라도 입을 꾹 다물고 눈살을 찌푸리는 얌전한 반응을 보이고, 스스로 그 정도면 됐다고 생각하는 반면, 다른 한쪽에선 손바닥의 굳은살을 보여주는데도 같은 반응을 보인다.

나는 동굴에 금이 얼마나 있는지에 따라 스스로의 가치를 판단하는 삶들을 알고 있었다. 산 위에서 불필요한 돌들을 굴리며 만족감에 충만하여 자부심을 느끼는 다른 이들을 보지 못하는 한, 그대에게 이는 천한 구두쇠 근성으로 보일 것이다.

분명 나는 잘못 시도했던 것 같다. 한 단계에서 유추된 다음 단계로 넘어가기 위한 추론 과정이 없어서 수다쟁이의 수다처럼 어이없었다. 수다쟁이는 그대와 함께 조각상을 감상하

면서 축제 날 저녁의 침울함 같은 작품의 목적을 콧날이나 귀의 크기로써 설명하지 않던가. 거기에는 재료의 본질과는 아무 상관도 없는 전리품 같은 것만 깃들어 있을 뿐이다.

● ● ●

광물 즙으로써 나무를 설명하려 들고, 돌로써 침묵을 설명하려 들며, 힘이 미치는 영역으로써 침울함을 설명하려 들고, 의식으로써 영혼의 격을 설명하려 들면서 창조물의 자연스런 순서를 뒤바꾸어 놓은 오류가 생기지 않았나 싶다.

나무의 발생으로써 광물의 상승을, 침묵의 취향으로써 돌의 질서를, 힘이 미치는 영역 내에서 침울함의 지배력에 따라 힘이 오가는 선, 즉 역선(力線)의 구조를 설명해야 했다. 그리고 단어로 정의되지 않는 유일한 영혼의 격으로써 의식을 설명했어야 했다. 영혼의 격을 손에 넣고 다스리며 존속시키려면 다름 아닌 의식이라는 함정을 제공하기 때문이다.

어린 시절 나는 표범을 사냥한 적이 있었다. 나는 표범을 유인할 함정을 만들었다. 함정에는 말뚝으로 뾰족하게 침을 박아놓고 수풀로 덮은 뒤 양 한 마리를 가져다 놓았다. 새벽이 되면 나는 파 놓은 함정으로 가서 표범 사체를 발견하곤 했다. 만일 그대가 표범의 습성을 안다면 말뚝과 양과 수풀로 표범을 유인할 함정을 만들 것이다. 그런데 만일 내가 그대에게 표범을 유인할 함정을 연구하라 명하고, 그대가 표범에 대해 문외한이라면, 그대는 표범을 유인할 함정을 어떻게 만들어야 할지 모를 것이다.

하여 내가 그대에게 기하학자 친구 이야기를 해주었던 것이다. 그는 표범을 한 번도 보지 못했어도 일단 표범을 지각한 뒤 덫을 고안해 내는 사람이다. 기하학자에 대해 해석을 단 사람들도 이해를 하긴 했다. 덫에 걸린 표범의 모습이 보였기 때문이다. 하지만 이들은 말뚝과 양, 수풀, 그 외 함정을 이루는 다른 요소들로써 세상을 바라보며, 자신들의 논리로써 진리를 도출해 내고 싶어 한다. 하지만 이들에게는 진리가 보이지 않는다. 아직 표범에 대해 모르지만 이를 느끼는 기하학자가 모습을 드러내는 그날까지 이들은 무지한 채로 있었다. 기하학자는 잡혀 있는 모습의 표범을 느끼고는 이를 그대에게 보여주고, 그대가 표범에게 이를 수 있도록 신기하게도 귀로(歸

97

路) 같은 길을 선택했다.

  내 아버지는 사람을 생포하기 위한 의식을 만든 기하학자셨다. 예전처럼 사람들은 다른 의식을 제정했고, 다른 사람들을 생포했다. 하지만 논리학자, 역사학자, 비평가의 어리석음이 기승을 부리는 시대가 왔다. 이들은 그대의 의식을 보고 사람의 모습을 도출해 내지 못할 것이다. 그럴 능력이 없으니까. 이들은 이성이라 일컫는 허무한 말들을 지껄이며 이들은 자유를 위한답시고 덫의 요소들을 뿔뿔이 흩어놓고 그대의 의식을 망쳐놓은 뒤 덫에 걸린 포획물마저 달아나게 만든다.

148

낯선 시골 마을을 산책하다가 우연히 내게 사람의 기반을 닦아준 장애물을 발견했다. 나는 두 마을을 이어주는 길을 말을 타고 천천히 가고 있었다. 평야를 곧장 넘어갈 수 있는 길이기도 하고 밭 둘레와도 만나는 길이었다. 나는 우회길에서 잠시 길을 잃었고 커다란 귀리밭을 만났다. 길 자체에 인도되는 본능은 나를 곧장 앞으로 이끌었으나 밭의 무게는 나를 휘어지게 만들었다. 귀리밭이 내 기력을 빼놓았다. 그동안 다른 데 쓰였던 시간이 귀리밭에 할애됐기 때문이다. 이 밭이 나를 완전히 사로잡았기 때문에 이곳을 돌아가기로 했다. 귀리밭에다 말을 내던져버릴 수도 있었으나 나는 이 말을 사원 대하듯 떠받들었다.

이어 길은 사방이 벽으로 가로막힌 영지로 나를 인도했다.

길은 영지의 영역을 지켜주었고 돌로 된 벽의 돌출과 함몰 부분으로 인해 완만하게 굽어 있었다. 벽 뒤의 나무들은 오아시스 주변의 나무들보다 더 빼곡히 들어서 있었다. 나뭇가지 뒤로는 눈부시게 빛나는 연못이 보였다. 어떤 소리도 들리지 않았다. 나는 나뭇잎 아래 울타리를 따라갔다. 여기에서 길은 나뉘었고 그 길의 한 갈래는 영지를 따라 나 있었다. 천천히 순례길을 밟던 중 말은 바퀴자국이 난 곳에서 휘청거리기도 하고 또 급히 달려가서 벽을 따라 난 키 작은 풀들을 뜯어먹기도 했다.

내가 가고 있는 이 길이, 미묘하게 굽어지거나 영지의 영역을 확고히 지켜주는 여유로운 모습이, 몇 가지 의식을 지내거나 왕의 접견 대기실에서 기다리느라 잃어버린 시간이 느껴지는 모습이, 마치 왕자의 얼굴을 하고 있는 게 아닌가 하는 느낌이 들었다.

흔들리는 수레를 타고 가거나 혹은 느릿느릿 걸어가는 나귀를 타고 뒤뚱거리며 이 길을 갔던 모든 사람들도 왠지 모를 애정을 느끼지 않았을까 하는 생각이 들었다.

149

아버지께서는 이렇게 말씀하셨다.

"저들은 어휘를 늘리면 스스로가 풍요로워진다고 생각한다. 물론 내가 단어 하나를 더 사용하여 다른 태양과 대비되는 의미로 '10월의 태양'이라고 할 수도 있었다. 하지만 그런다고 해서 내가 무엇을 더 얻게 되는지는 잘 모르겠다. 외려 이로써 10월과 관련된 종속 표현은 잃어버리고, 더 이상 닿을 끝이 없는 태양에 대비되는 '10월의 청량함'이라든가 '10월의 과일' 같은 표현 또한 잃어버리게 된다. '10월의 태양'은 이미 기력이 다한 느낌이기 때문이다.

'질투' 같이 어디에선가 사용할 종속 체계를 단번에 표현하면서 뭔가를 얻게 해주는 단어는 드물다. 질투는 종속 체계 전체를 간파할 필요 없이 내가 비교하고자 하는 이것과 저것을 명확히 규명한다. 하여 나는 그대에게 '갈증은 물에 대한 질투다.' 라고 말할 수 있다. 갈증으로 죽어간 사람들이 내게 고통스러워 보였더라도, 이들은 병으로 죽은 것도, 고약한 페스트에 걸려 죽은 것도 아니었다. 하지만 물은 그대를 아우성치게 만들 수 있다. 그대가 물을 원하기 때문이다. 물을 마시고 싶어질 때면 물을 마시는 다른 사람들의 모습이 그대의 공상 속에서 활개를 치고 다닐 것이다. 그대는 분명 다른 곳에서 유유히 흘러 다니는 물이 그대를 배신했다고 여기게 된다.

그대의 적에게 미소를 보이는 여인 또한 마찬가지다. 그대는 병으로 아픈 게 아니다. 종교 때문에, 사랑 때문에, 그대에게 상상 속 이미지 때문에 괴로운 것이다. 그대는 사물로써 존재하는 게 아닌 사물의 의미로써 존재하는 이미지에 따라 세상을 보고 있기 때문이다.

하지만 '10월의 태양' 은 과도할 정도로 개별적 의미를 담고 있어서 별 도움이 되지 않는 구제책일 뿐이다. 하지만 내가 같은 단어를 사용해서 포획물을 사로잡는 데 유용하고 다양한 덫을 만드는 방법을 가르쳐준다면 네 능력은 향상될 것이다. 하나의 줄로 묶는 매듭이 이와 같다. 이 매듭으로부터 너는 여

103

우를 잡는 데 맞는 매듭을 만들 수도 있고, 바다에서 돛을 묶어두고 바람을 막아내기에 좋은 매듭을 만들 수도 있다.

삽입절의 작용이라든가 동사들의 의미 변화, 문장들의 호흡, 보어에 미치는 영향, 반향운과 반복운 등 네가 추게 될 화려한 춤사위는 한 번 추어지고 나면 네가 전달하고자 했던 의미를 다른 이에게 전달해 줄 수 있을 것이며, 네가 의미를 잡아보고자 노력했던 것을 네 책 속에 붙잡아둘 수 있을 것이다.

● ● ●

의식한다는 건 일단 문체를 갖는 것이다.

의식한다는 건 사장될 잡생각을 받아들이지 않는 것이다. 네가 무슨 지식을 갖고 있던지 그건 내게 별로 중요하지 않다. 네가 가진 지식은 내게 다리를 만들어주고, 금을 캐주고, 혹은 수도 간의 거리에 대해 필요할 때 정보를 제공해 주는 등 네가 맡은 일에서 목적과 수단으로써 쓰이는 것 이외에는 아무런 쓸모가 없기 때문이다. 하지만 이 같은 공식집에 사람은 존재하지 않는다. 의식한다는 것이 네 어휘를 늘리는 것도 아니다. 어휘 증대의 목적이란 오직 나를 지금의 네 질투심과 비교하면서 한 발 더 나아가게 해줄 수 있다는 것뿐이다. 하지만 수준 높은 문체를 갖게 되면 수준 높은 전개방식이 보장된다. 그렇지 않으면 나는 네가 하는 생각을 요약밖에는 할 수가 없게 된다. 나는 네가 생각해 낸 신조어보다 더 감각적인, 내 눈과 마음을 향해 이야기하는 '10월의 태양'이란 표현을 더 선호한다.

네게 있는 돌들은 그저 돌일 뿐이다. 하지만 이 돌들이 모여 기둥을 이루고 기둥을 이룬 돌들은 대성당을 이룬다. 대성당을 만들려면 건축가의 능력이 필요하고, 건축가는 확장된 건축 양식을 사용해야 대작을 만들 수 있다. 돌의 힘의 영역을 점점 더 확장시켜야 하는 것이다.

네가 내게 만들어주는 문장에서도 마찬가지다. 일단 중요한 건 내게 하나의 작용을 만들어내는 바로 그 문장이다."

• • •

아버지께서는 이런 말씀도 하셨다.

"내게서 이 미개인을 데려가거라. 너는 이자의 어휘를 늘려 입 다물 줄 모르는 수다쟁이로 변화시킬 수 있다. 네가 가진 지식으로 그자의 머리를 가득 채워줄 수도 있다. 그러면 이 수다쟁이는 겉만 번지르르한 거드름쟁이가 될 것이고, 너는 이자를 멈출 수 없게 된다. 그는 공허한 수다를 떨며 의기양양한 모습을 보일 거고, 어찌해야 할지 모르는 너는 이렇게 생각할 게다.

'내 교양이 어찌 이 미개인을 더욱 성장시켜 주는 게 아닌 타락시켜 놨단 말이며, 어찌 이 미개인이 내가 바랐던 지혜가 아닌 어찌할 수 없는 쓰레기를 쏟아낸단 말인가? 무지했던 그가 위대하고 고귀하며 순수했다는 사실을 이제는 인정할 수밖에 없게 됐구나!'

그에게 해줄 선물은 하나밖에 없었는데, 네가 이를 망각하고 등한시했다. 그 선물이란 바로 문체를 사용하는 것이었다. 색깔 있는 공을 가지고 놀듯 지식이라는 물건으로 장난치지 않으며, 거기서 나는 소리에 즐거워하지 않으며, 그 요행에 심취하지 않으면, 이자는 적은 소재를 가지고도 사람을 성장시켜 주는 영혼의 방식을 알 수 있게 될 것이다.

그러면 이자는 네 품 안에서 온순한 아이처럼 얌전히 있게 될 것이다. 네게서 장난감 하나를 받아 우선 소리를 내보는 그런 아이처럼 말이다. 이때 네가 아이에게 장난감 조합하는 방법을 가르칠 수도 있다. 그러면 아이는 생각에 잠겨 말이 없어질 것이다. 방구석에 틀어박혀 미간을 찌푸리며 고뇌에 빠질 것이고 그렇게 되면 아이는 사람으로 탄생되는 것이다.

그러므로 네가 데리고 있는 원초적 상태의 미개인에게 일단 문법과 동사의 용법을 가르쳐라. 그리고 보어도 가르쳐라. 무엇에 대해 행동해야 하는지 가르치기 전에 행동하는 법부터 가르쳐라. 네 말대로 너무 많은 생각을 동원해서 피곤하게 만드는 이 사람들이 침묵하는 걸 보게 될 것이다.

이것만이 성품을 갖추었다는 유일한 신호다.

150

내게 쓸모가 있을 때 그게 곧 진리가 된다.

놀랍기도 할 것이다. 그러나 내가 아는 한 그대는 마실 물과 먹을 빵 앞에서 두 눈이 반짝이는 것을 보고 놀라지 않으며, 태양이 나뭇가지와 과일, 씨앗을 만들어낼 때에도 놀라지 않는다. 물론 과일은 조금도 태양과 닮지 않았고, 백향목만 보더라도 백향목의 열매와 씨앗은 조금도 닮지 않았다. 그로부터 파생되었다고 해서 닮음을 의미하지는 않기 때문이다.

그대의 눈이나 지식으로 봤을 때, 전혀 비슷해 보이지 않는 것이라도 나는 이를 '유사하다'고 볼 수 있다. 그대의 영혼으로 보아야 그 유사성이 보인다. 내가 모든 창조물이 신을 닮았다고 할 때에 의미하는 바도 이와 같다. 과일이 태양을 닮았으며, 시가 시의 주제와 닮았고, 내가 네게서 데려온 사람이 제국의 의식과 닮았다고 말할 때에도 같은 맥락이다. 이들은 오직 그대의 영혼으로 보아야 그 유사성이 보인다.

이는 무척 중요하다. 오직 영혼에만 의미를 갖고 있는 연결고리가 눈에 보이지 않는다고 하여 그대는 자신의 고귀함이 만들어지는 환경을 거부하고 있기 때문이다. 그대는 과일 속에서 태양의 존재를 알려주는 신호가 보이지 않는다며 태양을 거부할 나무 같은 존재다. 혹은 작품이 탄생하게 된 표현할 수 없는 움직임을 작품 안에서 발견하지 못한 탓에, 작품을 학술적으로 연구하고 구조를 파악하여 작품의 내재적 법칙들까지 도출해 내는, 그리하여 이를 적용시킨 작품을 제작하도록 하고 결국 이를 쓸 수 없게 만드는 고리타분한 교수와 같다.

양치는 소녀나 목수, 걸인이 제국의 모든 논리학자와 역사학자, 평론가보다 뛰어난 재능을 보이는 것도 바로 이 대목이다. 부침 있는 저들의 인생에서 굴곡이 없어지는 것은 저들에겐 서글픈 일이다. 이유가 무엇인지 저들에게 물어보라.

굴곡 있는 길을 저들이 사랑하기 때문이다. 사랑이라는 신비로운 길이 저들에게 젖을 물려준 것이다. 저들에게는 진정 이 길이 필요하다. 저들이 이 길을 사랑하고 이로부터 무언가

를 얻고 있기 때문이다.

그대가 이를 말로써 도식화할 줄 안다 해도 이는 내게 별로 중요하지 않다. 세상에서 문장으로 만들 줄 아는 것만을 받아들이는 건 논리학자와 역사학자, 평론가들밖에 없다. 평범한 인간에 불과한 그대는 이제 갓 말을 배우기 시작했고, 더듬더듬 말을 할 수 있는 단계며, 아직 세상의 극히 일부만을 표현해 내는 능력밖에 갖고 있지 않다. 세상이란 말로 다 표현하여 전달하기에는 너무 크기 때문이다.

저들은 한낱 자신들의 얕고 난잡한 지식으로써만 세상을 볼 줄 안다.

● ● ●

그대가 대상도 의미도 말로 서술할 줄 모른다며 내 사원과 의식, 소박한 시골길을 거부하고 나선다면, 나는 그대를 오물통에 처박아버리고 말 것이다. 그대가 내게 뭐라 시끄럽게 진술할 수 있는 말도 없고, 눈에 훤히 보이는 이미지 같은 것도 없을 때, 어떤 말로 표현해야 할지 모르는 무언가가 찾아와도 그대는 받아들이지 않던가.

그대는 한 번도 음악을 들어본 적이 없는가? 음악을 듣는 이유가 무엇인가? 그대는 해질 무렵의 바다가 아름답다고 여길 것이다. 내게 이유를 말해 줄 수 있겠는가? 그대가 만일 나귀 등에 올라 내가 말한 소박한 시골길을 걸어본다면 생각이 달라질 것이다. 그리고 그대가 그 이유를 내게 설명해 줄 수 있는지 여부는 내겐 별로 중요하지 않다.

의식, 제사, 격식, 길이 모두 동일하게 좋은 건 아닌 까닭도 이와 같다. 음악에는 통속적인 음악처럼 좋지 않은 음악도 있다. 하지만 이성으로써 음악을 분류하는 법 따위는 나는 알지 못한다. 내가 원하는 건 오직 하나, 그대라는 하나의 신호뿐이다.

길이나 의식, 혹은 시에 대한 평가를 내리려 할 때, 나는 여기에서 어떤 사람이 비롯되었는가를 살펴본다. 아니면 내 심장이 뛰는 소리에 귀를 기울인다.

156.

모래바람이 일었다. 바람은 멀리 어딘가에 있는 오아시스의 흔적을 실어다주었다. 야영지에는 새들로 넘쳐났다. 막사마다 새들의 지저귐이 그치질 않았고, 새들은 우리와 삶을 공유하고 있었다. 새들은 야생성을 잃었다. 이제는 아무렇지 않게 우리의 어깨 위로 내려앉곤 했으니 말이다. 그러나 곧 먹이가 없어서 하루에 수천 마리씩 죽어나갔고, 죽은 새들은 말라비틀어지고 으스러졌다. 죽은 나무껍질 같았다. 악취가 진동하여 나는 그것들을 모아다가 커다란 쓰레기통에 넣었다. 나중에 먼지가 된 새들을 바다에 쏟아 부었다.

• • •

처음으로 갈증을 느낀 우리는 태양빛이 작열하는 가운데 신기루를 목격했다. 기하학적 형태의 도시가 잔잔한 물속에 투영됐다. 도시는 선으로만 이뤄져 있었다. 한 남자가 정신을 잃고 비명을 질렀으며 그는 곧 자기 눈에 보이는 마을이 있는 곳을 향해 달려가기 시작했다. 이주하는 야생 오리의 울부짖음이 모든 오리들에게 반향을 일으키듯 남자의 울부짖음은 다른 사람들을 술렁이게 했다. 같이 환상에 빠져든 이들은 곧 아무것도 아닌 신기루를 향해 돌진할 채비를 갖추었다. 때마침 소총 소리가 들리고 신기루가 사라졌다. 죽은 사람은 하나였다. 그나마 하나라서 다행이었다. 병사들 중 하나가 눈물을 흘렸다. 나는 그에게 이렇게 물었다.

"무슨 일인가?"

나는 그가 병사의 죽음을 슬퍼하는 것이라 생각했다. 하지만 그는 발밑에서 나무껍질처럼 바스러지는 새의 주검을 발견한 것이었고 하늘을 날아다녀야 할 새들이 모두 사라져버린 걸 슬퍼하고 있었다. 그는 내게 이렇게 말했다.

"하늘에서 새털이 사라지면 사람의 살에도 위협이 됩니다."

　　　　　• • •

　우물 밑에서 우리는 인부를 끌어올렸다. 인부는 정신을 잃고 쓰러졌으나 다행히 우물이 말라 있었다. 담수의 지하 조류라는 것이 있다. 물은 몇 년 동안 북부의 우물들을 향해 나아가고 우물들은 다시 혈(血)의 원천이 된다. 그런데 우리에게 이 우물은 마치 한쪽 날개에 박힌 못과 같이 느껴졌다.

　모두가 죽은 나무껍질로 가득 찬 거대한 쓰레기통을 상상했다.

　다음 날 저녁, 우리는 엘 바르 우물로 갔다.

　밤이 되었을 때, 나는 길 안내자들을 불러 말했다.

　"자네들은 우리에게 우물의 상태를 잘못 알려주었네. 엘 바르 우물은 비었어. 내가 자네들을 어떻게 하면 좋겠는가?"

　씁쓸하면서도 화려한 밤, 눈부시게 아름다운 별들이 반짝였다. 우리에게 양식이 되어 줄 다이아몬드가 있었다.

　나는 안내자들에게 다시 물었다.

　"내가 자네들을 어떻게 하면 좋겠는가?"

　하지만 인간의 정의라는 것도 죄다 부질없는 짓이다. 우리는 모두 가시덤불로 변해 버린 존재가 아니었던가.

• • •

해가 솟아올랐다. 해는 모래 안개 때문에 삼각형 모양으로 잘라져 보였다. 태양빛이 살갗을 콕콕 찌르는 것 같았다. 일사병으로 사람들은 쓰러졌다. 많은 사람들이 미치광이처럼 소리를 질러댔다. 도시의 모습을 뚜렷하게 보여주는 신기루는 없었다. 곧게 뻗은 수평선도 안정적인 직선도 없었다. 모래는 화덕의 엄청난 열기로 우리를 휘감았다.

고개를 들자 소용돌이 사이로 희미한 불씨가 눈에 띄었다. 그걸 보며 나는 이런 생각을 했다.

'우리를 동물로 만들어버리는 신의 칼날이로군.'

나는 비틀거리는 한 남자에게 말했다.

"무슨 일인가?"

"저는 앞이 보이지 않습니다."

나는 낙타 세 마리당 두 마리 꼴로 배를 가르게 했고, 내장에 있는 물을 마셨다. 살아남은 녀석들에게는 비어 있는 가죽

115

부대를 주렁주렁 매달았고, 대상 행렬을 이끌던 나는 엘 크수르 우물로 사람들을 보냈다.

"만일 엘 크수르 우물이 말라버린다면, 자네들은 여기에서 목숨을 잃게 될 것이네."

하지만 엘 크수르 우물로 떠났던 사람들은 이틀 뒤에 돌아왔다. 3분의 1의 목숨을 앗아갈 일은 없었다. 그들은 이렇게 말했다.

"엘 크수르 우물에서 삶을 엿보았습니다."

우리는 목도 축이고 비축할 물도 마련하기 위해 엘 크수르 우물로 향했다.

• • •

모래바람이 약해졌다. 엘 크수르 우물에 도착한 건 밤이었다. 우물 주변에는 가시들이 있었다. 앙상한 막대기 위에 거뭇거뭇한 것들이 새까맣게 달라붙어 있었다. 처음에는 우리 눈앞의 상황이 어떤 것인지 이해하지 못했다. 나무 가까이로 가자 나무는 엄청난 분노의 소리와 함께 폭발하는 듯했다. 까마

귀들이 나무를 받침대 삼아 앉았던 것이다. 까마귀들은 뼈에서 살점이 떨어지듯 단숨에 나뭇가지에서 떨어져나갔다. 일제히 날아오른 까마귀들의 수가 너무 많아서 달빛이 훤히 빛나고 있었음에도 우리의 머리 위로는 그늘이 드리워질 정도였다. 까마귀들은 멀리 달아나기는커녕 머리 위에서 오랫동안 검은 재의 소용돌이를 일으키고 있었다.

우리는 3천 마리 정도의 까마귀를 잡았다. 먹을 게 부족했기 때문이다.

생각지도 않게 축제가 벌어졌다. 사람들은 모래 화덕을 쌓아서 마른 쇠똥을 넣었다. 마른 쇠똥은 건초더미처럼 활활 타올랐다. 곧 까마귀 기름 타는 냄새가 진동을 했다. 우물 주위에서 경계를 서던 대원들은 120미터의 밧줄을 쉬지도 않고 엮고 있었고, 거기에는 우리의 모든 목숨이 달린 대지가 탄생하고 있었다. 또 다른 대원들은 팀을 이루어 사람들에게 물을 나눠 주었다. 메마른 오렌지나무에 물을 뿌려주는 것 같았다.

나는 다시 살아나는 사람들을 바라보며 느릿느릿 걸어갔다. 이들에게서 멀리 떨어져 다시금 혼자만의 시간을 만끽하던 나는 신께 이런 기도를 드렸다.

• • •

주여, 같은 하루 동안에 저는 대원들의 살이 말라 비틀어져 가는 것과 이어 살이 다시 소생하는 것을 보았습니다. 저들의 살은 죽은 나무껍질과도 비슷했었습니다. 하지만 이제는 다시 살아나서 제 구실을 하고 있습니다. 되살아난 근육 덕분에 우리는 원하는 곳으로 갈 수 있게 되었습니다. 만약 땡볕에서 한 시간만 더 있었더라면, 우리의 존재와 발자국은 사라졌을 겁니다.

제게 사람들의 웃음소리와 노랫소리가 들렸습니다. 저와 함께 있는 이 군대에는 사람들의 추억들로 가득합니다. 멀리서 온 인생들이 이곳에 모여들었습니다. 이곳에는 사람들의 희망과 고통과 절망과 기쁨이 머물러 있습니다. 군대 자체는 아무런 힘이 없지만, 이곳에 수천 개의 끈이 서로 얽혀 있습니다.

저는 정복해야 할 오아시스를 향하여 저들을 데리고 갑니다. 저들은 야생의 대지를 위한 씨앗이 될 겁니다. 우리의 관습을 가져다가 타민족들에게 전해 줄 것입니다. 먹고 마시는 일차원적인 삶만을 영위하던 미개인들은 비옥한 평야와 마주하기만

하더라도 모든 게 다 바뀔 것입니다. 비단 관습과 언어만 바뀌는 게 아닙니다. 요새의 건축술과 사원의 양식 또한 바뀔 것입니다. 이들은 수세기로 이어질 엄청난 힘을 갖고 있습니다.

저들은 그걸 모릅니다. 저들은 목이 말랐고 이제 배를 채우게 되었음에 만족스러워하고 있습니다. 엘 크수르의 물이 도시와 맥이 끊어진 드넓은 정원들을 살려낸 겁니다. 이를 만들겠다는 건 사실 제 결심이었지요. 엘 크수르의 물이 세상을 바꾸고 있습니다.

처음 엘 크수르를 보고 온 사람들은 "엘 크수르 우물에서 삶을 엿보았습니다."라고 말했습니다. 당신의 천사들은 커다란 쓰레기통에 제 병사들을 거두어갈 준비가 되어 있었습니다. 그리고 영원의 바다에 이들을 쏟아 부을 준비도 되어 있었지요. 죽은 나무껍질을 가져다 붓듯이 말입니다. 우리는 바늘구멍을 통해 그들에게서 도망쳤습니다.

이제 저는 어찌해야 할지 모르겠습니다. 만약 제가 태양 아래 보리밭을 바라본다면, 진흙과 빛 사이에서 조화를 이루며 사람에게 먹을 것을 줄 수 있는 그런 보리밭을 바라본다면, 여기에서 저는 운반 수단이나 비밀 통로를 보게 될 겁니다. 그게 어떤 수레인지 어떤 길인지 모르더라도 말입니다. 저는 도시와 사원과 요새와 시간이 멈춰진 커다란 정원이 엘 크수르 우물로부터 다시 태어나는 걸 봤습니다.

물을 마시는 제 대원들은 자신들의 배 속을 떠올려봅니다. 저들에게는 오직 배를 채우는 기쁨만 있을 뿐입니다. 저들은 바늘구멍 주위에 떼로 몰려 있습니다. 구멍 속에는 물그릇이 출렁거릴 때 나는 검은 물의 찰랑거리는 소리밖에 없습니다. 하지만 오로지 물을 빨아들이는 기쁨밖에 모르는 메마른 씨앗 위에 부어진 물은 도시와 사원과 요새와 시간이 멈춰진 커다란 정원의 숨겨진 힘을 깨어나게 만듭니다.

만일 당신께서 종석과 같은 존재도 공통의 척도도 이 사람 저 사람의 의미도 아니라면 이제 저는 어찌해야 할지 모르겠습니다.

군데군데 당신께서 존재하지 않는다면, 별빛 아래 세워진 도시를 꿰뚫어 볼 수 있게 해주시는 당신께서 존재하지 않는다면, 보리밭과 엘 크수르 우물과 군대에서 제가 볼 수 있는 것은 오직 뒤죽박죽 섞여 있는 재료들뿐입니다.

157

우리는 곧 도시로 향했다. 하지만 우리는 그 어떤 도시도 찾지 못했다. 붉은 성벽만이 도장도 벗겨진 채 조각 장식도 떨어지고 총안도 없어진 몰골로 다소 건방지게 사막 쪽으로 돌아서 있었다. 성벽은 분명 외부를 관측하기 위해 만든 것 같지는 않았다.

그대가 도시를 바라보면 도시 또한 그대를 바라본다. 도시는 그대에게 대항하는 탑을 쌓아 올리며 총안 뒤에서 그대를 관찰한다. 도시가 그대에게 성문을 걸어 잠글 수도 이를 열어젖힐 수도 있다. 혹은 사랑받기를 원할 수도, 그대에게 미소를 짓고 싶을 수도 있으며, 그대에게 치장한 얼굴을 보일 수도 있다. 도시로 접어들 때면 손님의 시각에서 바라봤을 때 도시가 너무나 번듯하다는 인상을 주기 때문에 도시가 우리에게 문을 열어젖히고 있는 것처럼 느껴진다. 성문은 거대하고 대로는 화려하다. 부랑자건 정복자건 항상 융숭한 대접을 받는다.

하지만 다가가면 다가갈수록 점점 더 커 보이는 성벽들이 도시 밖은 안중에도 없다는 듯 말없이 우리에게 등을 돌리는 게 확연히 보였을 때, 사람들에게 불안감이 엄습했다.

우리는 천천히 돌파구나 허점을 찾아 헤매면서 도시 주위를 돌아보는 데 하루를 소비했다. 적어도 벽으로 막아둔 탈출구 같은 걸 찾을 줄 알았지만 그런 건 없었다. 우리는 사정거리 안을 걸어가고 있었고 불안감을 참다못한 몇몇 대원이 도발 사격을 했음에도 상대의 반격은 없었다. 단단한 성벽 속의 도시는 상상의 세계 밖으로 나오지 않는 딱딱한 껍질 속 카이만 악어 같았다.

• • •

멀리 떨어져 있는 언덕 위에서 섬을 비스듬히 바라볼 수 있었던 우리는 초목이 빈틈없이 빽빽이 우거져 있는 것을 보았다. 성벽 바깥쪽에는 작열하는 태양에 시달리는 모래와 자갈

만 끝없이 이어질 뿐 풀 한포기 없었다. 오아시스 샘물은 오로지 내부 용도로만 쓰이기 위해 끈질기게 올라오고 있었다. 성벽은 마치 헬멧이 두상을 감싸듯 그렇게 초목을 감싸 안고 있었다. 우리는 더없이 훌륭한 천국에서 몇 발치 떨어진 곳을 바보같이 배회하고 있었다. 조금만 더 가면 나무들이 솟아 올라 있고, 새들이 지저귀며 꽃들이 만개해 있는데, 성벽이라는 테두리는 마치 화산 분화구가 화산암을 안고 있듯 이들을 완전히 감싸 안고 있었다.

• • •

성벽에 빈틈이 전혀 없음을 알게 됐을 때 대원들 가운데 일부는 두려움에 사로잡혔다. 사람들의 기억 속에 이 도시는 단한 번도 대상 행렬을 내보낸 적도 맞아들인 적도 없었기 때문이다. 자신의 짐과 함께 먼 타국의 관습을 들여온 여행객도 한 명 없었고 다른 곳에서 익숙한 물건을 새로이 들여온 상인 또한 아무도 없었다. 멀리서 잡혀와 이곳에 자신의 인종을 퍼뜨린 여인도 일절 없었다. 대원들은 형태를 가늠할 수 없는 괴수의 외피를 더듬고 있는 기분이었다. 사실 난파한 배들에 의해 섬이 한 번 변질되고 나면 배를 타고 온 사람들은 섬 안에 자신의 종족을 퍼뜨리고 섬사람들에게 웃음을 강요할 수 있게 된다. 하지만 형태를 가늠할 수 없는 이 괴물은 몸체는 드러낼지언정 자신이 어떤 얼굴을 하고 있는지는 보여주지 않을 것만 같았다.

반대로 형태를 알 수 없는 이 괴물에 대해 형언할 수 없는 기이한 애정에 사로잡혀 동요된 사람들도 있었다. 사실 근본이 확실하며 다른 어떤 혈통의 피도 섞이지 않고, 종교나 관습에 있어서도 이종의 언어로 타락하지 않은 영구불변의 여인이 있다면, 그대는 감정의 동요를 느낀다. 온갖 것이 죄다 섞인 인종의 난맥상에서 나온 존재도 아닌, 대양에 녹아들어간 고고한 빙하 같은 그녀는 얼마나 아름가운가! 그 향기로 보나 정원으로 보나 습관으로 보나 이 여인은 샘이 날 정도로 교양을 갖춘 존재가 아니던가!

하지만 나를 포함하여 이렇게 생각하는 사람이든 저렇게 생각하는 사람이든 우리는 일단 사막을 건너고 난 뒤 난공불락의 요새에 부닥친 꼴이었다. 사실 무언가 내게 저항하는 게 있

어야 마음의 문이 열리는 법이다. 그대의 검에 맞서는 사람이 있어야 이자를 무찔러 이기고 싶어하든 사랑하고 싶어하든 아니면 이자의 손에 죽임을 당하고 싶어할 텐데, 그대의 존재 자체도 모르는 사람이라면 그자에 대해 대체 무엇을 할 수 있 겠는가? 이러한 문제로 골머리를 썩고 있던 그때, 우리는 눈 도 멀고 귀도 먹은 성벽 주위로 즐비해 있던 하얀 유골들이 무 엇을 의미하는지 깨달았다. 모래 위로 드러난 유골들은 필경 멀리서 이곳에 당도한 이들의 운명을 보여주는 것이리라. 이 는 마치 바다가 밀어 보낸 파도가 연거푸 해안 절벽 가장자리 에 와 부딪치며 하얗게 부서지는 형상 같았다.

밤에 나는 막사 끝에 서서 누구의 출입도 허용하지 않는 이 난공불락의 요새를 바라보며 생각에 잠기었다. 그리고 우리 눈앞의 이 도시보다도 더 단단히 포위되어 있는 건 바로 우리 라는 생각이 들었다. 비옥한 땅에 단단하고 옹골진 씨앗을 심 으면, 씨앗을 감싸 안는 것은 흙이 아니다. 싹을 틔우고 나면 씨앗은 흙을 지배하기 때문이다. 가령 성벽 너머 도시에 우리 가 모르는 악기가 있어서 이로부터 낯선 취향의 씁쓸하고 울 적한 멜로디가 흘러나온다면, 이 신비로운 악기가 내 병사들의 손에 쥐어졌을 때, 병사들은 막사에서 저녁을 먹으며 손에 익지 않은 이 악기에서 자신들의 귀에 새롭게 들리는 멜로디를 뽑아낼 것이다. 그리고 이들의 마음 또한 그 가락에 따라 변화될 것이다.

과연 누가 승자고, 누가 패자란 말인가! 군중 속에 한 남자가 있다고 치자. 사람들이 이자를 둘러싸고 그에게 압박을 가하며 강요를 하는 상황이다. 그가 만일 속이 빈 사람이라면 군중에게 압사를 당할 것이다. 하지만 내가 춤을 추게 하면 자기 춤을 추는 무희같이, 굳건한 내면을 구축해 속이 들어찬 사람이라면 말을 통해 군중 속에 자신의 뿌리를 밀어 넣고 자신의 덫을 엮어 힘을 구축한다. 그러면 군중은 그의 사람이 되며 행군을 할 때 바로 뒤에 붙어 점점 그의 힘을 키워주게 된다.

이곳 어딘가에 굳게 침묵을 지키며 명상하는 가운데 존재를 완성한 유일한 현자가 있다면, 그대는 이자가 무기의 무게에 준하는 존재임을 충분히 알 수 있을 것이다. 이자는 하나의 씨앗과도 같은 존재이기 때문이다. 그대가 어떻게 이자를 골라내어 참수형에 처할 수 있겠는가? 이자는 자신의 작품이 완성

됐다는 조건하에서만 자신의 힘으로 스스로를 드러낸다.

세상과 균형을 이루는 삶도 이런 것이다. 그대는 그대에게 유토피아를 제안하는 미치광이하고밖에 싸울 수가 없다. 반면 현재를 건설해 나아가는 사람과는 맞서 싸울 수가 없다. 현재는 그가 보여주는 대로 존재하기 때문이다. 모든 피조물 또한 마찬가지다. 조물주는 자신의 피조물에 자신의 모습을 나타내지 않기 때문이다. 만일 내가 그대를 데리고 간 산에서 그대의 문젯거리들이 해결된 걸 본다면, 그대는 어떤 변론을 펴며 내게 맞서겠는가? 그대도 뭐라고 할 말이 있어야 하지 않겠는가?

성벽을 부수고 여왕에게 쳐들어간 미개인의 상황과 같은 것이다. 여왕에게는 힘이 없었다. 여왕을 지켜주던 군사들이 모두 죽었기 때문이다.

그냥 재미 삼아 하던 놀이에서 실수를 저질렀을 때, 그대는 얼굴이 빨개지고 창피함을 느끼며 실수를 만회하고 싶어 한다. 하지만 그대에게 모욕을 줄 판관은 없다. 그런 놀이를 하다가 창피해하는 인물만이 그대 안에서 탄생했을 뿐이다. 무희며 다른 사람이 그대의 실수를 눈치채고 이를 탓할 재간이 없음에도 그대는 춤을 출 때 스텝에 실수가 없도록 만전을 기한다. 그러므로 그대를 사로잡기 위해 내가 가진 힘을 보여줄 필요는 없다. 내가 어떤 춤을 좋아하는지만 그대에게 귀띔을 해주어도 그대는 내가 원하는 대로 따라올 것이다.

거만한 허풍쟁이였던 미개한 왕이 놀래주려는 마음을 품고는 성문을 부수고 난폭하게 주먹으로 엉덩이를 두드리며 자신이 가진 힘을 거들먹거리고 노발대발할 때, 여왕이 서글픈 미소를 보였던 이유도 이와 같다. 여왕은 은근슬쩍 실망한 빛을 하고 예의 너그러운 얼굴을 보여줬다. 사실 완벽한 침묵 외에는 여왕을 놀래줄 수 있는 게 없었다. 미개한 왕이 제아무리 소란을 피운다한들 여왕은 여기에 귀를 기울이지 않았다. 아무리 필요한 일이라고 해도 하수구 공사는 그대가 무시하고 넘어가는 것과 같은 이치다.

동물을 훈련시킨다는 건 쓸모 있는 한 가지 방향을 향해 나아가도록 가르치는 것이다. 집에서 나가고 싶을 땐 문으로 나가 주위를 돌아보면 그만이다. 개의 경우 뼈다귀를 얻고 싶을 때에는 애교를 부릴 것이다. 겉으로는 그런 행동이 뼈다귀와 아무런 상관이 없는 것처럼 보여도 그간의 경험으로 그게 보

상을 받기 위한 가장 빠른 길임을 터득했기 때문이다. 이는 본능에 따른 행동이지 이성적 사고의 결과는 아니다. 마찬가지로 남자 무용수는 규칙에 따라 여자 무용수를 이끌지만 자신도 무심코 이 규칙을 행하는 것이다. 규칙은 그대와 준마 사이에 은밀히 통하는 언어 같은 것이다. 그대의 어떤 행동이 준마를 순종하게 만드는 것인지 명확히 설명할 순 없다.

미개한 왕은 여왕에게 놀라움을 안겨주고 싶었기 때문에, 이를 위해선 한 가지 방법밖에 없음을 본능적으로 깨달았고, 다른 방법들은 여왕과 더 멀어지게 하거나 분개하게 혹은 실망하게 만든다는 걸 알게 됐다. 하여 그는 침묵을 보여주기 시작했다. 여왕 또한 소음보다는 침묵의 인사를 더 선호하면서 자기 방법으로 미개한 왕을 변화시키기 시작했다.

자신은 눈을 질끈 감고 있으면서도 자기 쪽으로 시선을 잡아끄는 도시를 둘러싸고 있던 우리는 이 도시가 위험한 역할을 연기하도록 만들었다. 지켜보는 입장이었던 우리가 수도원의 영향력을 발산한 것이다.

하여 나는 장군들을 모아놓고 이렇게 말했다.

"나는 놀라움을 안겨주어 이 도시를 점령할 것이다. 도시의 시민들이 우리에게 무언가 질문을 해오는 게 중요하다."

침착함을 유지하던 장군들은 내 말뜻은 하나도 못 알아들었을지언정 저마다 각기 다른 방식으로 동의의 뜻을 내비쳤다.

문득 아버지께서 몇몇 사람들의 반발에 응수하셨던 기억이 떠올랐다. 대부분의 경우 사람들은 강한 군대 앞에서만 무릎을 꿇는다고 주장했다. 아버지께서는 이들에게 다음과 같이 대답하셨다.

"물론이다. 그대들의 말에 모순은 없다. 요새를 함락시키는 군대가 강하다고 말하고 있으니 말이다. 그런데 여기 억세고 거만하고 인색한 상인 하나가 있다고 가정해 보자. 상인은 다이아몬드를 벨트에 꿰어 운반하고 있다. 그런데 남루한 차림의 가난하고 사려 깊은 꼽추가 하나 있다고 치자. 상인은 이 꼽추가 누구인지 모르고 꼽추는 상인과 다른 언어로 말을 한다. 꼽추는 사실 보석을 가로채고 싶은 거다. 어디에서 그의 힘이 나오는지 알겠느냐?"

"잘 모르겠습니다."

아버지께서는 말씀을 이어가셨다.

"보잘것없는 꼽추가 가진 게 많은 상인에게 다가가서 뜨거

우니까 자신의 차를 함께 나눠 먹자고 말했다. 허리춤에 보석을 차고 있다고 해서 꼽추가 건네는 차를 함께 마시는 게 전혀 위험할 리 없다."

"물론 위험할 리 없겠지요."

"그런데 두 사람이 헤어지려고 할 무렵 꼽추는 보석을 가져가고 상인은 주먹을 불끈 쥐며 노발대발 성을 냈다. 상대가 부린 수작 때문이었다."

"어떤 수작을 부렸다는 겁니까?"

"뼈로 깎아 만든 세 개의 주사위 놀음이라는 수작이었다."

이어 아버지께서는 이렇게 설명하셨다.

"놀이는 놀이의 대상보다 더 강한 힘을 갖고 있다. 장군인 그대는 만 명의 병사를 다스린다. 이들은 무기를 갖고 있으며 서로 연대의식으로 뭉쳐 있다. 그런데 그대는 이들을 하나하나 감옥에 던져버리고 있다. 사실 그대는 사물로써 살아가는 게 아니라 사물의 의미로써 살아간다. 다이아몬드의 의미가 주사위 놀음에 대한 보증으로 쓰이자 다이아몬드는 꼽추의 주머니 속으로 흘러들어갔다."

• • •

주위의 장군들이 과감하게 나왔다.

"도시의 사람들이 말을 들어주지 않으면 어떻게 다가가실 생각입니까?"

"자네는 단어에 집착해서 쓸데없는 잡음을 만들어내고 있군. 상대가 내 말을 들어주길 거부할 순 있겠지만, 귓전으로 들리는 소리까지 거부할 수 있다던가?"

"설득당해야 할 상대가 마음을 굳게 먹으면 그 어떤 약속으로 유혹한다한들 귀를 막아버릴 수도 있는 겁니다."

"물론이지. 자네 스스로가 나서고 있으니까. 어떤 사람이 민감하게 반응하는 특정 음악이 있는데, 자네가 그 사람에게 연주해 준다면 이 사람의 귀에 들리는 건 자네가 아니라 바로 음악일세. 어떤 사람이 골머리를 썩고 있는 문제가 있는데, 자네가 해법을 알려준다면 이 사람은 어쩔 수 없이 해법을 받아들일 것이네. 이 사람이 자네를 미워하거나 경멸하는 마음 때문에 계속해서 해법을 찾는 척할 수 있을 거라 생각하나? 게임을 하는 플레이어가 빠져나갈 방법을 찾지 못하고 있는 상

황에서, 자네가 그에게 이길 수 있는 방법을 가르쳐준다면 그대는 플레이어를 손아귀에 넣고 좌지우지할 수 있다. 이자가 자네를 무시하는 척한다 해도 그대의 말에 결국 복종할 것이기 때문이다.

그대가 찾아 헤매던 것을 누군가가 손에 쥐어준다면, 그대는 이를 스스로의 공으로 돌릴 것이다. 어떤 여인이 잃어버린 반지 혹은 수수께끼의 힌트를 찾고 있다. 그런데 내가 여인에게 잃어버린 반지를 내어주거나 혹은 수수께끼의 힌트를 알려준다면, 내게 반감이 심한 그 여인은 이를 거부할 수도 있다. 하지만 나는 여인의 머리 위에 올라가 있어서 여자를 고분고분하게 만들었다. 원하는 걸 계속해서 찾으려면 여인은 제대로 미쳐야 했을 것이다.

도시의 사람들 역시 무언가를 바라고 찾아 헤매고 원하고 보호하고 키워갈 것이다. 그게 아니라면 저들이 무엇 때문에 성벽을 쌓겠는가? 만일 그대가 하찮은 우물 하나를 위해 성벽을 쌓는다면, 그리고 그 바깥에다 내가 호수를 하나 만들어준다면, 그대의 성벽은 스스로 무너져버릴 것이다. 성벽이 있는 것 자체가 우스워졌기 때문이다. 만일 그대가 어떤 비밀 주위에 성벽을 높이 쌓아놓았는데, 그대의 병사들이 그 주위에서 목청껏 그대의 비밀을 떠들어댄다면 이 경우에도 역시 그대의 성벽은 무너져버릴 것이다. 성벽을 쌓은 목적이 없어졌기 때문이다. 만일 그대가 다이아몬드 한 개를 위해 성벽을 쌓았는데, 그 주위에 무수한 다이아몬드를 심어놓는다면 역시 성벽은 허물어질 것이다. 주변의 무수한 다이아몬드들 때문에 성벽 안의 하나밖에 없는 다이아몬드가 초라해질 테니까. 만일 그대가 완벽한 춤 주변에 성벽을 높이 쌓아 올렸는데, 똑같은 춤을 내가 그대보다 더 잘 춘다면 그대는 손수 성벽을 허물어버리고 내게서 춤추는 법을 배울 것이다.

도시의 사람들 얘기로 돌아가면, 일단 나는 저들에게 내 말이 들렸으면 좋겠다. 저들은 내 말을 귀 기울여 들을 것이다. 물론 내가 저들의 성벽 아래에서 나팔을 불어댄다면, 성벽 위의 저들은 아무 일 없었다는 듯 유유히 지낼 것이고 덧없는 나팔소리는 저들의 귀에 들리지 않을 것이다. 그대의 귀에는 그대에게 존재하는 것만이 들리기 때문이다. 그런 소리만이 그대가 있는 곳까지 이르게 마련이다. 아니면 그대가 겪고 있는 갈등 가운데 하나를 풀어주는 소리만 그대에게 닿게 될 것이다.

135

· · ·

따라서 저들이 나를 외면하는 척하더라도 나는 저들에게 영
향을 미칠 것이다. 사람은 홀로 존재하는 게 아니라는 위대한
진리가 있지 않던가. 변화하는 세상 속에서 너만 홀로 변하지
않은 채 살 수는 없다. 나는 네 털끝 하나 건드리지 않고도 그
대에게 영향을 미칠 수 있다. 그대가 원하든 원하지 않든 나는
그대의 의미 자체를 변화시킬 수 있고, 그대는 이에 저항할 수
없을 것이다. 그대는 비밀을 하나 지니고 있었고, 이제는 그
비밀을 갖지 않게 되었으며, 그대의 의미는 변화되었다. 혼잣
말로 투덜거리며 춤을 추는 자의 주변에 야유하는 관중들이
그를 은밀히 에워싸고 장막을 걷어 올린다면 그는 추던 춤을
멈추게 된다.

그자가 계속해서 춤을 춘다면 그건 제정신이 아니다.

· · ·

원하든 원하지 않든 그대의 의미는 다른 사람의 의미로 인

해 만들어진다. 그대의 취향 또한 원하든 원하지 않든 다른 사람의 취향으로써 만들어진다. 그대의 행동은 놀이의 장단에 놀아나는 것이지 춤사위의 움직임에 따른 것이 아니다. 나는 놀이나 춤사위를 바꾸고 그대의 행동을 다른 행동으로 바꾸어 놓는다.

그대는 놀이 하나 때문에 자신의 성벽을 쌓아 올리고 다른 놀이 때문에 스스로 이를 허물어버린다.

사실 그대는 사물로써 살아가는 게 아니라 사물의 의미로써 살아간다.

● ● ●

도시 사람들의 경우 교만함을 이유로 나는 저들을 벌할 것이다. 저들이 자신들의 성벽에 의지하고 있기 때문이다.

● ● ●

반면 그대 자신만의 성벽은 그대의 자아를 형성시켜 주고

그대가 정성을 다하는 구조적 힘이다. 사실 백향목의 성벽은 백향목의 씨앗에서 나오는 힘으로, 이 씨앗은 백향목이 폭풍우와 가뭄, 자갈밭의 시련을 견딜 수 있게 해준다. 백향목이 그리 버티는 게 백향목의 나무껍질 덕분이라고 주장할 수 있겠지만, 껍질 또한 씨앗의 소산이다. 씨앗이 뿌리와 껍질과 이파리로 발현된 것이다. 하지만 보리의 싹에는 연약한 힘만 있고 보리는 연약한 성벽을 세워 기후의 시련에 맞선다.

항구적이며 기반이 탄탄한 보리의 씨앗은 보이지 않는 힘의 배열에 따라 힘이 미치는 범위 내에서 갓 피어날 준비를 하고 있다. 보리의 싹이 구축한 성벽 역시 경이롭다. 기후는 보리의 힘을 빼놓지 못하고 외려 보리를 더욱 단단한 존재로 만들어주기 때문이다. 기후는 보리가 더욱 단단한 식물로 자라나도록 도와준다. 겉보기에 연약한 건 별로 중요한 게 아니다. 카이만 악어의 단단한 껍질은 악어를 보호해 주지 못한다.

따라서 철옹성에 단단히 둘러싸인 상대 도시를 바라보며 나는 이 도시의 취약함이나 힘에 대한 생각을 해보았다.

"춤을 주도하고 있는 게 저 도시인가 아니면 나인가?"

밀밭에 독보리 씨앗을 집어던지는 건 위험한 일이다. 독보리가 밀을 제압할 테니까. 외양이 어떻고 그 수가 어떻고는 별로 중요하지 않다. 몇 개의 작물이 나올지는 씨앗에게 달려 있다. 수를 헤아리려면 일단 시간이 흘러야 한다.

158

나는 오랫동안 성벽에 대해 고찰했다. 진정한 성벽은 그대 안에 있다. 그대에게 군도를 휘두른 나의 병사들 또한 이를 잘 알고 있다. 그대는 더 이상 변하지 않는다. 사자에게는 자신의 몸을 보호해 줄 딱딱한 껍질이 없지만, 번개처럼 빠르게 달리는 다리가 있음을 명심하라. 사자는 그대라고 하는 고깃덩어리 위로 뛰어들어 입을 벌릴 것이다.

물론 그대는 내게 어린아이란 힘이 없는 연약한 존재에 불과하며 훗날 세상을 변화시킬 위대한 인물이 될 지라도 어린 시절에는 한낱 바람 앞의 촛불처럼 파르르 떨리는 존재라고 말할 수도 있다. 하지만 나는 이브라임의 아이가 죽는 것을 보았다. 평소와 다름없던 아이의 미소는 선물처럼 느껴졌다. 누군가 아이에게 "이리 오렴."이라고 얘기했고 아이는 노인에게 다가가며 웃음을 지었다. 그러자 노인의 얼굴이 환하게 빛났다. 아이의 뺨을 가볍게 두드려준 노인은 아이에게 뭐라고 해야 할지 몰랐다. 아이가 약간 아찔할 정도의 거울처럼 느껴졌기 때문이다.

아이는 유리창과 같은 존재다. 마치 무언가를 알고 있기라도 한 듯 협박을 해오기 때문이다. 아이에게 속을 일도 없다. 자라지 못하도록 손을 쓰기도 전에 아이의 정신은 이미 탄탄해지기 때문이다. 돌멩이 세 개를 가지고 아이는 전투 함대를 만든다. 물론 노파가 아이에게서 전투 함대 선장의 모습을 알아보는 건 아니다. 하지만 아이에게 잠재력이 있다는 건 알아본다. 그런데 이브라임의 아이는 주변의 것으로 꿀을 만드는 꿀벌 같았다. 아이에게로 오면 모든 게 꿀이 된다. 아이는 하얀 이를 드러내 보이며 미소를 짓는다. 그대는 미소 앞에서 뭘 어찌해야 할지 모르고 서 있다. 무슨 말로 이를 표현해야 할지 모르기 때문이다.

구름 틈새로 강렬하게 비치는 햇살과 함께 바다에 불어오는 봄바람처럼 숨겨진 이 보물은 소박하면서도 경이롭다. 선원은 문득 기도하고 있는 스스로를 느끼게 되고 배는 5분간 영

광 속에서 항해한다. 가슴에 두 손을 얹은 그대는 받아들일 준비가 되어 있다. 이브라임의 아이도 마찬가지다. 아이의 웃음은 마치 어떻게 해야 손에 쥘 수 있는 것인지 모를 기회처럼 붙잡을 새도 없이 지나갔다. 아이의 웃음은 통치 기간이 너무 짧아 집계할 수조차 없었던 양지 바른 영토처럼 느껴졌다. 하여 이에 대해 무슨 말도 할 수 없는 분위기였다. 아이는 어딘가에 창문이 열리고 닫히듯 눈꺼풀을 깜빡였다. 별로 말이 없었지만 아이는 그대에게 가르침을 주었다.

진정한 가르침이란 그대에게 말을 해주는 게 아니라 그대를 이끄는 것이기 때문이다. 노쇠한 가축과도 같은 그대를 아이는 앞이 보이지 않는 초원에서 어린 목동처럼 이끌었다. 그대가 뭐라고 설명해야 할지 모르는 이 초원에서 잠시 그대는 누군가 젖을 먹여주고 배를 불려주며 목을 축여주는 기분을 느꼈다.

그런데 이유는 모르겠지만 내리쬐는 햇살 같은 이 존재가 곧 죽으리란 걸 알게 된 거다. 온 도시가 파리하게 떨리는 전등불처럼 느껴졌고 온 도시가 아이를 애지중지 아껴주는 것처럼 느껴졌다. 노파들이 모여 아이에게 탕약을 먹여보려 애를 쓰며 노래를 들려주었다. 남자들은 문 앞에 서서 길가의 부산스러운 소리가 들리지 않도록 막고 있었다. 사람들은 아이를 감싸 안고 가만가만 흔들며 부채질을 해주었다. 그렇게 아이와 죽음 사이에는 함락시킬 수 없을 것만 같은 성벽이 하나 세워지고 있었다. 도시 전체가 아이를 감싸며 군사들의 공격을 막아내고 있었고 죽음으로부터 자신들의 요새를 지켜내고 있었다.

아이의 병이 단지 허약한 몸으로 사투를 벌이는 것일 뿐이라고 말하지 마라. 어딘가에 치료법이 존재했다면 사람들은 서둘러 말을 달려 그리로 갔을 것이다. 병이 위중한 만큼 사막을 건너는 말발굽 소리는 더욱 다급해질 것이고 다음 말로 갈아타는 시간도 더욱 빨라질 것이며 말에게 물을 먹이는 시간도 더욱 짧아질 것이다. 또한 말에게 더욱 세차게 발길질을 해댈 것이다. 전속력으로 달려 죽음을 이겨내야 하기 때문이다. 물론 그대 눈에는 아이의 굳은 표정과 땀으로 범벅이 된 얼굴만이 보일 것이다. 하지만 사투를 벌이는 아이 또한 세차게 발길질을 해가며 죽음을 향해 달려가고 있다.

아이가 허약하다고 했는가? 대체 아이의 어디가 그렇게 허

143

약하던가? 군대를 이끄는 장군처럼 나약하던가?

아이를 바라보면서, 노파와 노인들, 젊은이를 바라보면서, 여왕벌 주위의 꿀벌들, 금빛 밭고랑 주위의 소년소녀들, 장군 주위의 병사들을 바라보면서, 저들이 하나된 모습을 이뤄내고 있다면, 그건 서로 어울리지 않는 하나의 물질이 씨앗과 같이 저들의 역량을 끌어내어 이들을 나무로 탑으로 성벽으로 만들어주기 때문이라는 걸 깨달았다.

아이의 차분하고 관대하며 은근한 미소가 저들을 모두 동원하여 전투의 현장으로 끌어낸 것이다. 그토록 연약해 보이는 아이의 몸뚱이에서 허약한 구석이라고는 찾아볼 수가 없다. 이 식민지 같은 구조 속에 우뚝 솟아오른 것이 바로 연약하디 연약한 아이의 몸이었으며, 자기도 모르는 사이에 아이의 부름에 이끌려 그대는 외부의 모든 것을 정돈시키라는 명령을 따르고 있는 것이다.

도시 전체가 이 아이의 시종 노릇을 하고 있는 형상이다. 씨앗의 부름을 받고 씨앗의 명령을 받아 단단한 껍질 속에서 백향목의 성벽으로 변하는 광물염처럼 말이다. 자신의 친구들을 모두 규합하여 적을 굴복시키는 힘을 가진 씨앗에서 나약함을 찾아볼 수 있겠는가? 이 씨앗이 만들어낼 수 있는 함성이 얼마나 큰 것인지, 이 거대한 초목이 휘두를 수 있는 주먹의 힘이 얼마나 큰 것인지 생각해 보았는가? 이는 곧 사실이다.

그런데 그대는 시간을 잊고 있다. 시간이 지나면 뿌리가 자라난다. 다 자란 나무는 눈에 보이지 않는 구조의 지배를 받고 있다. 그대는 힘없어 보이는 이 아이가 한 군대를 이끄는 수장이 될 수 있음을 생각하지 못하고 있다. 군대의 수장이 된 아이는 즉시 그대를 짓밟아 버릴지도 모른다. 하지만 아이는 그대를 짓밟지 않을 것이다. 아이는 위협이 되지 않기 때문이다. 그대는 아이가 거인의 머리 위로 올라서는 걸 보게 될 것이다. 그리고 단숨에 이 거인을 파멸시키는 걸 보게 될 것이다.

161

밤이 됐다. 나는 도시가 잠드는 것을 보기 위해, 어두워진 도시 주변 사막 야영지들의 검은 흔적들이 꺼져가는 것을 보기 위해 가장 높은 능선을 기어 올라갔다. 이유는 내 군대는 현재진행형인 권력이었고, 도시는 화약고의 힘처럼 폐쇄적인 권력이었음을, 또 핵심 진지 주변에 밀착된 군대의 모습을 통해 그 뿌리가 구축되고 있음을 인지하면서, 사물들에 대해 깊이 생각해 보기 위해서다.

아무것도 알 수는 없었지만, 같은 재료들을 다르게 엮어가면서 나는 한밤중에 신비롭게 잉태되는 이 신호들의 의미를 읽어내려 하고 있었다. 무엇이 잉태되는지를 예상하려는 게 아니라 잉태되는 과정을 관장하기 위해서였다. 사실 보초병을 제외한 나머지는 모두 자러 갔다. 무기들도 휴식을 취하고 있는 상태다.

그런데 이제 그대는 시간의 강에서 항해를 하게 됐다. 아침과 오후와 저녁의 시간이 부화의 시기처럼 조금씩 변해 가며 반짝였다. 태양의 뜨거운 공격이 있고난 후 이제 밤의 시간이 서서히 기를 펴고 있었다. 매끄러운 밤의 시간은 쉽사리 사유의 길로 빠져들게 해주었다. 밤에는 혼자하게 되는 작업만이 이뤄지기 때문이다. 기력을 회복하는 일도 엑기스가 만들어지는 일도 보초병의 숙련된 발걸음도 모두가 혼자 이뤄지는 작업들이다.

밤은 하인들의 시간이다. 주인은 잠을 자러 가기 때문이다. 밤은 실수를 만회하는 시간이다. 그 결과는 낮에 나타난다. 밤에 내가 승리를 거두었다면 그 기쁨을 축하하는 일은 내일로 미뤄둔다.

● ● ●

포도송이가 다음 날로 미뤄진 수확을 기다리며 밤 시간을 보내고 있다. 날이 밝으면 내가 접수하게 될 적군들이 포위된

상태에서 밤을 보내고 있다. 낮에는 경기가 치러지고 밤에는 경기를 치른 선수가 잠을 자러 간다. 가게 주인은 잠을 자러 가면서 당직을 서는 사람에게 지침을 내려주고, 지침을 받은 당직 근무자는 불침번을 서고 있다. 장군은 잠을 자러 가면서 보초병에게 지침을 내려주었다. 선장은 잠을 자러 가면서 키잡이 선원에게 지침을 내려줬고 키잡이 선원은 돛대 근처에서 어슬렁거리고 있는 오리온자리를 원래 있어야 할 자리로 다시 끌고 간다. 밤 근무를 하는 자들에게 지침이 내려지고 중단됐던 창작 활동들이 이뤄지는 밤 시간이다.

하지만 밤에는 속임수를 쓸 수도 있다. 도둑은 남모르게 과일을 훔쳐가고, 헛간에는 남모르게 불이 붙어 타오른다. 배신자는 남모르게 성채를 탈환하고 어디선가 굉장한 비명 소리가 터져 나온다. 항해 중인 배에게는 암초의 위협이 느껴지는 시간이며, 성모의 방문이 이뤄지고 기적이 일어나는 시간이다. 마음을 훔쳐가는 도둑, 신이 깨어나는 시간이기도 하다. 그대가 사랑했던 여인을 뜬눈으로 기다리는 시간이다.

밤에는 사람들의 허리 부러지는 소리가 들려온다. 밤이면 늘 사람들의 허리 부러지는 소리가 들렸다. 내 백성 사이에 흩어져 있는 듯한 무명의 천사에게서 들려오는 것 같은 허리 부러지는 소리가 들렸다. 언젠가는 저들을 해방시켜 줄 것이다.

밤, 씨앗을 받는 시간이다.

밤, 신께서 인내하는 시간이다.

170

나는 그대의 자만심을 탓하는 것이지 자부심을 뭐라 하는 게 아니다. 춤을 잘 추는데도 춤을 못 추는 사람 앞에서 겸손하게 굴며 스스로를 깎아내리는 이유는 무엇이겠는가? 이는 자부심의 한 형태이자 춤에 대한 애정의 표시다.

하지만 춤에 대한 애정이 곧 춤을 추는 자신에 대한 애정을 의미하지는 않는다. 그대는 작품에서 의미를 끄집어내는 것이지, 작품이 그대를 자랑스러워하는 게 아니다. 그대는 죽지 않는 한 스스로를 완성시킬 수 없을 것이다. 오직 자만심에 가득 찬 여인만이 스스로에게 만족하고 가던 길을 멈추어 자아에 깊이 빠져든다. 이 여자는 타인의 칭찬 말고는 타인으로부터 받아들일 게 전혀 없다. 하지만 신을 향해 나아가는 영원한 유목민인 우리는 그런 욕구를 경계한다. 누구도 자신에게 만족할 수 있는 사람은 없기 때문이다.

자만한 여인은 사람들이 죽기 전의 표정을 지었다고 생각하며 자신에게 안주했다. 하여 이 여인은 줄 줄도 그렇다고 받을 줄도 모른다. 마치 죽은 사람들이 그러하듯 말이다. 마음에서 우러나오는 겸손은 그대가 겸손해질 것을 요구하는 게 아니라, 마음을 열어 보일 것을 요구한다. 그게 바로 주고받음의 열쇠다. 그러면 그대는 그저 줄 수 있고 받을 수도 있다. 나는 같은 맥락에 있는 이 두 단어를 서로 구별할 줄 모른다. 겸손은 사람들에 대한 복종이 아닌, 신에 대한 복종을 의미한다. 사원의 돌이 돌들에게 복종하는 것이 아닌, 사원에게 복종하는 것과 같은 이치다. 헌신한다는 것은 그대가 만들어내는 것을 위해 헌신을 하는 것이다. 어미는 아이 앞에서 미천한 이가 되고, 정원사는 장미 앞에서 미천한 이가 된다.

왕으로서 나는 농부의 가르침 앞에 복종할 것이다. 농사일에 대해서는 그가 나보다 더 많이 알고 있기 때문이다. 가르침에 대한 만족의 뜻을 표하면서, 나는 그에게 감사할 것이며, 그런다고 내 격이 떨어진다는 생각은 하지 않는다. 농사의 기술은 당연히 농부가 왕에게 가르쳐주는 게 옳기 때문이다. 하

지만 모든 자만심을 배격한 채 나는 그가 내게 칭찬을 늘어놓길 바라지도 않는다. 판단이란 왕이 농부에게 내리는 것이기 때문이다.

$$\bullet \ \bullet \ \bullet$$

자신을 우상으로 여기는 여자를 만나본 적이 있을 것이다. 이 여자가 사랑을 한다면 상대에게서 무엇을 받을 수 있겠는가? 상대가 자신을 만나게 되었다는 기쁨조차도 여자는 자신이 감사의 인사를 받을 일이라고 당연시할 것이다. 하지만 대가가 클수록 가치는 올라가는 법이다. 이 여자는 상대가 느끼는 좌절감을 더욱 즐기게 될 것이다.

이런 여자는 게걸스럽게 먹어치워도 이를 자신의 양분으로 삼지 못한다. 자신에 대한 경외감을 불태우기 위해 상대를 휘어잡을 테니 그녀는 마치 화장터의 소각로와도 비슷하다 볼 수 있다. 스스로는 인색하게 굴면서 덧없는 사냥감들로 자기를 살찌우고 이를 늘려가는 데서 기쁨을 느낀다고 믿을 것이다. 하지만 그녀에게 늘어나는 건 오직 다 타버린 잿더미뿐이다. 상대가 내게 준 것을 제대로 사용하려면 하나에서 다른 하나로 이어지는 길을 만드는 것이지, 상대를 사로잡아 불태워 버리는 게 아니기 때문이다.

이런 여자는 상대에게서 담보로 잡고 있을 만한 걸 보기 때문에 역으로 자신이 상대에게 담보로 잡힐 만한 구석은 만들지 않으려 조심한다. 상대의 마음을 채워줄 애정이 없으므로 잿더미에 지나지 않는 허구의 마음을 축적해 놓은 걸 보며 상대는 감정의 일치가 곧 애정의 신호를 의미하는 것이라고 착각할 수도 있다. 이는 사랑이 커져감을 의미하는 게 아니라 사랑할 능력이 없음을 보여주는 것이다.

점토를 싫어하는 조각가라면 공허한 조각상만을 빚을 뿐이다. 만일 그대가 사랑하는 여인이 본질에 이르는 것을 구실로 애정 표시하는 것을 싫어한다면, 남는 건 오직 공허한 단어들밖에 없다. 나는 그대가 상대에게 원하는 것도 말하고, 선물도 주고, 증표도 보여주길 바란다. 만일 그대가 삶의 한 공간에서 쓸데없이 붙어 있다며 물레방아도 빼고 양 떼도 빼고 집도 제외시킨다면 이 공간을 어떻게 사랑할 수 있겠는가? 무릇 사랑이란 구조가 잡혀야 그 얼굴이 보이는 법인데, 두 사람의 사랑

153

이야기를 써내려갈 기반이 되는 구조가 없다면 어떻게 사랑을 구축해 나갈 것인가?

돌들이 규칙에 따라 제자리를 지키고 있지 않다면 대성당도 존재하지 않는 법이다.

마찬가지로 사랑의 규칙에 따라 사랑의 개별 요소들이 자리 잡혀 있지 않다면, 사랑 또한 존재하지 않는다. 나무의 본질은 오직 나무가 뿌리와 줄기와 가지의 규칙에 따라 흙을 서서히 빚어냈을 때에만 이룰 수 있다. 뿌리와 줄기와 가지가 모여 다름 아닌 나무라는 하나의 개체를 이루고 있는 것이다.

그런데 이 여인은 자신을 탄생시켜 주는 교감의 과정을 우습게보고 있다. 여자는 자신이 손아귀에 쥘 수 있는 대상을 찾으려 들고 있다. 그런 사랑은 의미가 없다.

이 여인은 사랑이라는 게 자기 안에 가둬둘 수 있는 선물이라고 생각한다. 그대가 만일 이 여인을 사랑한다면, 그건 그녀가 그대를 이겼기 때문이다. 그녀는 자기 안에 그대를 가둬두면 자신의 영혼이 살찌워진다고 생각한다. 그러나 사랑이란 손에 쥘 수 있는 보물이 아니다.

사랑이란 서로가 서로에게 지켜야 할 의무다. 서로가 합의

한 격식에 따른 결실이자, 교감이 이뤄지는 길이 보여주는 얼굴이다.

이 여인은 사랑함으로써 결코 다시 태어날 수 없다. 관계의 망이 구축되어야만 자신이 새로이 태어날 수 있기 때문이다. 여인은 싹을 틔우지 못한 씨앗의 상태로 남아 있게 될 것이다. 영혼도 마음도 메마른 채로 자신에게 내재된 무한한 힘을 써보지도 못한 채 남게 될 것이다. 여인은 그렇게 늙어갈 것이며, 자신이 사로잡은 것들을 자랑하며 산송장처럼 죽어갈 것이다.

그런 여자와의 사랑에서 그대가 내 것이라고 주장할 수 있는 부분은 아무것도 없다. 그대는 보관함이 아니다. 그대라는 사람이 가진 다양함을 엮어둔 총체적 매듭이다. 사원을 이루고 있는 돌 하나하나의 의미가 되는 사원과 같은 존재다.

● ● ●

그런 그녀에게서 등을 돌리라. 그대에게는 그녀를 아름답게 만들어줄 희망도 그녀의 영혼을 살찌워줄 희망도 없다. 그녀

155

에게 그대의 다이아몬드는 독점권, 왕권, 통치권을 의미했다. 한낱 보석에 지나지 않을지라도 찬사를 보내기 위해서는 마음에서 우러나는 겸손함이 필요하다. 여자는 찬사를 보내지 않았다. 시기를 했을 뿐이다. 찬사를 보내는 건 애정을 기반으로 하지만 시기는 멸시를 기반으로 한다. 자신이 가진 다이아몬드를 들이밀며 그녀는 세상의 모든 다이아몬드를 멸시할 것이다. 그리고 여자는 세상과 단절된 삶을 살아가게 된다.

그녀는 그대 자신과도 단절된 삶을 살아갈 것이다. 다이아몬드는 서로에게 이르는 길이 되어줄 수 없다. 그녀의 노예가 된 그대가 그녀에게 바치는 조공일 뿐이다.

따라서 그녀에게 경외감을 표현할 때마다 그녀를 둘러싼 성벽은 더욱 단단해질 것이고 그 안에 갇힌 그녀는 더욱 외로워질 것이다.

• • •

그녀에게 다음과 같이 얘기하라.

"물론 나는 당신과 함께할 수 있다는 기쁨에 한시라도 빨리 당신에게 가고 싶습니다. 나는 내 소식을 당신에게 전달해서 그대를 만족시켜 보려 했습니다. 내게 있어 사랑의 달콤함이란 그대에게 이런 내가 되고 싶다는 바람을 가지게 된 것입니다. 나는 당신에게 이런저런 권한을 부여하여 내가 당신과 이어져있는 존재임을 느끼고 싶었지요. 내게는 뿌리와 가지가 필요합니다. 나는 그대를 보살펴주고 싶습니다. 내가 키우고 있는 장미나무도 마찬가지입니다. 장미나무를 돌봐줌으로써 나는 장미나무에 매인 몸이 되었습니다. 장미나무에게 내가 했던 약속들 때문에 내 존엄성이 무너지는 일 따위는 전혀 없었습니다. 내 사랑에 대한 의무를 다하는 것이지요.

나는 누군가에게 얽매인다는 게 두렵지 않고 오히려 스스럼없이 부탁하는 사람이 되었습니다. 세상 그 무엇도 내 앞길을 막지 않았기에, 나는 자유로이 앞으로 나아갔습니다. 그런데 당신은 내가 당신을 부르는 소리를 잘못 이해했지요. 내가 당신을 부르는 소리를 내가 당신에게 의존하는 것으로 알아들었기 때문입니다. 나는 당신에게 의존하지 않았습니다. 관대했을 뿐입니다.

당신은 당신에게로 향하는 내 발길을 계산했고 내 사랑으로

당신의 영혼을 살찌운 게 아닌, 내 찬사로 배를 채웠습니다. 당신은 내 배려가 의미하는 바를 가볍게 여겼지요. 하여 나는 당신에게서 등을 돌려 겸손함을 보여주는 여인에게 가려고 합니다. 그런 여자라면 내 사랑으로 빛나게 만들 수 있습니다. 나는 내 사랑을 먹고 자랄 그녀가 성장할 수 있도록 도와줄 겁니다. 몸이 아픈 사람을 보살펴주는 이유가 그에게 잘 보이기 위해서가 아니라 아픈 곳을 치유해 주기 위해서인 것과 같은 이치입니다. 내게 필요한 건 당신과 내가 서로 오고 갈 수 있는 길이지 당신 주변을 둘러싸고 있는 벽이 아닙니다.

당신은 사랑을 원한 게 아니라 숭배를 갈망했습니다. 당신에게로 가려는 내 길을 가로막았습니다. 당신은 당신에게로 향하는 내 길목에 우상처럼 우뚝 올라섰습니다. 이런 상황에서는 다른 곳으로 돌아가는 방법밖에는 없습니다.

나는 숭배해야 할 우상도 아니며 주인을 섬기기 위한 노예도 아닙니다. 내게 이를 요구하는 사람이 있다면 나는 그 누구든 거부할 겁니다. 나는 저당 잡힌 물건도 아니고 그 무엇도 나를 담보로 삼을 순 없습니다. 따라서 나 또한 그 누구도 담보로 삼지 않습니다. 나를 사랑해 주는 여인으로부터 내가 영원토록 그 마음을 받게 되는 까닭입니다.

당신은 누구에게서 나를 사들였기에 재산권을 요구하는 것입니까? 나는 당신의 노새가 아닙니다. 당신이 내게 충실한 사람으로 남아주는 것에 대해 내가 빚을 진 건 신이지 당신이 아닙니다."

제국 또한 마찬가지다. 병사 하나가 제국 덕분에 목숨을 부지하고 있을 때 병사의 인생은 제국에게 저당 잡힌 게 아니라 신에게 저당 잡힌 것이다. 신께서는 인간이 어떤 의미를 지녀야 한다고 지시하셨고, 그의 의미는 제국의 병사가 되는 것이다.

내게 예우를 갖춰야 하는 보초병들도 마찬가지다. 저들에게 내가 예우를 갖출 것을 명하지만 자만심으로 그리하는 것은 아니다. 나로 인해 보초병들은 의무를 갖는 것이며 나는 저들의 의무를 엮어주는 요체가 된다.

사랑도 마찬가지다.

• • •

만일 내가 얼굴을 붉히며 떠듬떠듬 말하는 여인을 만난다면, 배가 앞으로 나아갈 수 있도록 밀어주는 해풍 같은 선물을 안겨줘야 비로소 웃을 줄 아는 여인을 만난다면, 나는 그녀에게 길을 내주어 그녀를 해방시킬 것이다.

사랑함에 있어 내가 나를 낮추는 일도 그녀를 낮추는 일도 없을 것이다. 나는 그녀 주변에 공간처럼 그녀 안에 시간처럼 존재할 것이다. 그녀에게 나는 이렇게 말할 것이다.

"서둘러 나를 알아갈 필요는 없어요. 내게는 가져갈 게 아무것도 없답니다. 나는 그저 변화가 이뤄지는 시간과 공간으로서 당신 곁에 존재할 겁니다."

나무로 자라나기 위해 씨앗이 흙을 필요로 하듯 그녀가 나를 필요로 한다면 나는 내 자만심으로 그녀의 숨통을 조이지 않을 것이다.

나는 그녀에게 찬사를 보내지도 않을 것이다. 나는 사랑의 발톱으로 그녀를 세게 할퀼 것이다. 그녀에게 내 사랑은 힘찬 날갯짓의 독수리와도 같을 것이다. 그녀는 나라는 사람을 발견하는 게 아니라 나를 통해 골짜기와 산, 별 그리고 신을 발견하는 것이다.

• • •

그건 내가 아니다. 나는 그저 옮겨주는 역할을 할 뿐이다. 그대도 아니다. 그대는 그저 동이 터올 때 초원을 향해 나 있는 오솔길일 뿐이다. 그건 우리도 아니다. 우리는 모두 신에게로 향하는 통로일 뿐이다. 신께서 잠시 우리를 택하여 활용할 뿐이다.

171

부당함을 혐오하지는 않는다. 부당함이란 한 순간 지나가는 것이며 곧 정당함으로 바뀌기 때문이다.

불평등을 혐오하지는 않는다. 불평등이란 눈에 보이거나 혹은 보이지 않는 계급이기 때문이다.

삶을 경시하는 걸 혐오하지는 않는다. 그대 자신보다 더 위대한 무언가에 복종한다면 그대의 삶을 내어주는 것이 교감의 일환이 되기 때문이다.

하지만 끝도 없이 독단하는 것은 혐오한다. 교감의 대상에서 지속되는 삶의 의미를 훼손하기 때문이다.

173

잔잔한 바다 위에 길을 잃은 작은 배 외에는 아무것
도 없습니다.

주여, 아마도 또 다른 층위가 있는 것 같습니다. 그 때문에
제게는 작은 배 위의 어부가 열을 올리며 혹은 성을 내며 씩씩
대고 있는 것처럼 보였습니다. 아내와 아이들 때문에 낚시꾼
은 바다에서 사랑의 양식을 끌어올렸습니다. 혹은 생활비도
안 되는 봉급이나마 받으려던 것일지도 모르지요. 그렇지 않
으면 제게는 육체의 고통 속에 죽어가는 어부나 마음이 괴로
워 죽을 지경인 어부의 모습밖에 보이지 않았을 겁니다.

인간이 보잘것없는 존재라고 하셨나요? 인간의 어떤 면이
그렇게 보잘것없던가요? 당신은 측량사의 사슬로 사람을 가
늠하지 않습니다. 반대로 제가 배에 발을 들이는 바로 그때,

모든 게 엄청나게 커집니다.

제 자신을 알기 위해서는 당신께서 제 안에 고통의 닻을 내려주시는 걸로 충분합니다. 당신께서 줄을 당기시면 제가 깨어나는 겁니다.

배를 타고 나간 어부는 아마도 부당함에 굴복한 걸까요? 겉보기에는 전혀 다를 바가 없습니다. 배도 똑같고 바다에서 보내는 고요한 하루도 똑같으며 일상의 한가로움도 똑같습니다.

만일 제가 겸손히 굴지 않는다면 저들에게서 제가 받을 게 뭐가 있을까요?

주여, 제 존재의 기반이 되는 나무에 얽매이도록 해주소서.

따로 혼자 떨어져 있는 저라면, 아무런 의미도 갖지 못합니다. 사람들이 제게 의지해야 합니다. 제가 타인에게 의지해야 합니다. 당신의 계급이 저를 구속해야 합니다.

지금 저는 매듭이 풀어진 임시적인 존재입니다.

존재의 필요성을 느낍니다.

174

그대에게 빵 반죽을 해주었던 빵집 주인에 대해 내가 얘기한 적이 있었을 것이다. 빵 반죽은 빵을 만드는 사람에게 자신을 내어맡긴다. 스스로는 무언가를 만들어낼 힘이 없기 때문이다. 그런데 이제는 마치 반죽이 자기들끼리 말을 하듯 서로서로 엮이고 있다. 빵을 만드는 자의 손은 비정형의 덩어리를 통해서 힘이 오고 가는 선과 팽창, 저항을 발견한다. 빵 반죽에서는 뿌리의 근육조직이 발달된다. 나무가 대지의 힘을 뚫고 솟아오르듯 빵이 반죽의 힘을 뚫고 제 모습을 드러낸다.

• • •

그대는 지금 그대의 문제점에 대해 곱씹어보고 있지만, 그대에게는 아무런 답도 보이질 않는다. 그대는 이 해법도 생각해 봤다가 저 해법도 생각해 봤다가 할 것이다. 그러나 그대의 갈증을 해소시켜 줄 만한 해법이 없다. 그대는 불행한 사람이다. 섣불리 나서지 않기 때문에 걸음을 내딛는 것만으로도 흥분하기 때문이다. 이어 그대는 산만하고 분열된 느낌에 사로잡혀 못마땅해한다. 그대는 내 쪽을 돌아본다. 내게 그대의 논란을 결판지어 달라는 것이다. 물론 나는 둘 중 하나의 해법을 선택해 논란을 잠재울 수 있다.

만일 그대가 승리자의 포로가 된 상태라면 나는 그대에게 이렇게 말할 것이다.

"그대가 어느 하나를 택일하여 상황을 간단하게 정리해 둔 상태라면 행동을 취할 준비가 되어 있겠지만, 광신도의 평안함이나 흰개미의 평안함, 혹은 비겁자의 평안함을 느끼게 될 것이다. 용기란 다른 진리를 앞세우는 자들을 배격하며 가버리는 게 아니기 때문이다."

물론 고통스러운 상황에 처해 있다면 그런 환경으로부터 벗어나려고 애를 쓰기 마련이다. 하지만 한 단계 위로 올라가려

면 고통 또한 감수해야 한다. 팔다리 어느 한 곳이 아픈 것 또한 마찬가지다. 그대는 이를 치료하고 그대의 살이 썩어들어가는 걸 막아야 할 것이다.

하지만 팔다리의 아픔으로 고통스러워하면서도 그에 대한 치료법을 찾기 보다는 이를 절단해 버리려 하는 사람을 두고 나는 용감하다고 하지 않는다. 그런 사람은 미치광이이거나 비겁한 사람이다. 나는 문제가 있는 사람을 잘라 없애버리기 보다는 치유해 주는 길을 택하고 싶다.

• • •

하여 산마루에 올라 마을을 내려다보면서 나는 신께 이런 기도를 올렸다.

"저기 있는 사람들은 제게 자기들의 의미를 간청하고 있습니다. 저들은 제게 진리를 기대합니다. 하지만 주여, 그 진리라는 것은 아직 만들어지지도 않았습니다. 제게 불을 밝혀주소서. 제가 빵을 반죽하는 이유는 그 뿌리가 나타나도록 하기 위함입니다. 하지만 아직은 어떤 것도 서로 이어져 있지 않습니다. 저는 뜬눈으로 밤을 지새우며 느끼는 양심의 가책이 어떤 건지 알고 있습니다. 또한 결실을 맺지 못함이 무엇인지도 알고 있습니다. 창조물이란 창조가 이뤄지는 시간 속에 담금질이 되어야 하기 때문입니다.

저들은 자신들의 소원과 욕망과 요구를 되는 대로 가지고 와서 들이밀고 있습니다. 마치 조립을 하여 사원이나 배로 만들어야 하는 재료들처럼 제 작업대 위에 자신들의 소원과 욕망과 요구를 잔뜩 쌓아놓고 있습니다.

그러나 저는 이들의 요구를 들어주느라 저들의 요구를 희생시키진 않을 겁니다. 이 사람들의 중함으로 저 사람들의 중함을 묵살하지도 않을 겁니다. 이 사람들의 평화를 위한답시고 저 사람들의 평화를 해하는 일도 하지 않을 것입니다. 저는 저들을 서로서로 복종시켜 사원이나 배가 되게 할 겁니다.

제게 있어 복종이란 상대의 요구를 받아들이고 정해진 위치로 들어가는 걸 의미합니다. 사원을 이루는 돌은 사원에게 복종하고 있으며, 사원에서 제 위치를 찾은 돌은 작업장에서 아무렇게나 굴러다니는 돌과는 다릅니다. 배를 건조하는 데 쓰이지 않는 못이라면 진정한 못이라고 할 수 없듯이.

저는 다수의 말이라고 곧이곧대로 듣지는 않을 겁니다. 저들은 자신들을 초월하여 존재하는 배의 모습을 보지 못하기 때문입니다. 만일 못을 만드는 사람의 수가 더 많았다면 이들은 자신들의 진리로 갑판 목재를 자르는 사람들을 굴복시켰을 것입니다. 그리고 배는 빛을 보지 못했겠지요.

저는 공허한 선택으로 흰개미집의 평화를 만들어 내지는 않을 겁니다. 설령 평화가 찾아온다 할지라도 저는 사형집행인과 감옥을 만들지도 않을 겁니다. 흰개미집에 의해 만들어진 인간은 흰개미집을 위해 존재할 것이기 때문입니다. 하지만 종이 아무것도 실어 나르지 못한다면 종을 영속시키는 것은 제게 별로 중요치 않습니다. 물론 술병이 가장 급하긴 합니다만 그 값어치를 하는 것은 술이지요.

저는 타협을 하지도 않을 겁니다. 타협한다는 건 펄펄 끓는 음료와 얼어붙은 음료를 애매하게 섞인 수치스러운 상태를 만족하는 것이기 때문입니다. 저는 각각의 사람들이 고유의 풍미를 지닌 채 살아가도록 하고 싶습니다. 저들이 추구하는 모든 게 바람직한 일이며 저들이 추구하는 모든 진리가 타당하기 때문입니다. 저들을 한데 통합시키는 건 바로 제 몫입니다. 갑판 목재를 자르는 사람의 진리와 못을 만드는 사람의 진리에 있어 공통의 척도가 되는 건 바로 배이기 때문입니다.

• • •

주여, 당신께서 고통스러워하는 제 처지에 대해 가엾게 여기실 때가 올 겁니다. 그렇다고 제 처지를 제가 거부할 이유는 전혀 없습니다. 제가 열망하는 것은 한창 달아오른 분쟁 위로 퍼져나가는 평온이지, 애정 반 증오 반으로 만들어진 투사의 평화가 아니기 때문입니다.

주여, 제가 분개한다면 그건 제가 아직 깨달음을 얻지 못했기 때문입니다. 제가 누군가를 투옥시키거나 처형한다면, 그건 제가 감싸주는 법을 모르기 때문입니다. 서로 딴소리를 해대는 공허한 말을 다스리지 못하여 구속보다 자유가 좋다느니, 자유보다 구속이 좋다느니 하는 취약한 진리를 기반으로 하는 자는 사람들이 반론을 제기할 때, 화가 치밀어 오르는 걸 느낍니다. 누군가 크게 소리 지르는 이가 있다면, 그건 스스로의 언어가 불충분하기 때문이며 자기 소리만 내세워 다른 사

람의 목소리를 덮어버리고 싶기 때문입니다.

주여, 제가 당신의 산에 올라 일시적인 말들을 통해 일이 이뤄지는 걸 봤다면, 저는 무엇에 대해 분개를 해야 하는 겁니까? 저를 찾아오는 자가 있다면 저는 그를 기꺼이 맞아들일 것입니다. 제게 맞서는 자가 있다면 그의 오류를 감안하여 이해할 것이고 그에게 부드럽게 얘기하여 다시 제 곁으로 돌아오게 만들 것입니다. 부드럽게 이야기한다는 게 물러남을 의미하지는 않습니다. 이는 아첨도 아니요, 동정표를 얻고자하는 것도 아닙니다. 그가 가진 욕구의 비장함을 분명히 읽으려는 것뿐입니다. 그러면서 이를 제 것으로 만듭니다. 이 또한 제가 흡수했기 때문입니다.

분노는 눈을 멀게 하는 게 아닙니다. 눈이 멀었기 때문에 분노가 생겨나는 것입니다. 퉁명스런 태도를 보이는 여인이 있다면 아마도 화를 내겠지만, 여자가 자신의 옷을 들어 종양덩어리를 보여주고 나면 이를 본 사람들은 여인을 용서하게 마련입니다. 여인의 고통을 앞에 두고 화를 낼 이유가 어디에 있겠습니까?

• • •

제가 곰곰이 생각하는 평화란 고행을 통해 얻어집니다. 누군가를 기다리며 하얗게 지새운 밤들이 제아무리 고통스럽다 하여도 저는 그 잔인한 고통을 받아들입니다. 기다림의 조건이자 문제 해결의 열쇠이자 침묵인 그 사람을 향해 나아가고 있기 때문입니다. 천천히 자라더라도 나무는 나무입니다. 그 덕에 흙으로부터 양분을 빨아들일 수 있는 겁니다.

• • •

주여, 이제 저는 영혼이 이성을 지배한다는 걸 제대로 깨달은 것 같습니다. 이성은 배를 이루는 재료 하나하나를 뜯어보지만 영혼은 재료들이 모여 만들어진 배를 보기 때문입니다. 제가 배를 만들었다면 저들은 자신들의 지식을 빌려주어 칠은 이렇게 하고 조각은 이렇게 하며 강도는 이렇게 높이고 완성된 배의 모양은 이렇게 돼야 한다고 알려줬을 것입니다.

저들이 나를 거부할 이유는 없습니다. 저는 저들을 박대하

려는 게 아니라 각자 자신이 좋아하는 것을 통해 해방될 수 있게 해주려는 겁니다.

배를 위한 갑판 목재일 때 갑판 목재를 자르는 사람이 일을 소홀히 할 이유는 없습니다.

각기 자리를 부여받지 못했던 무심한 사람들조차 바다 쪽으로 전향할 것입니다. 모든 게 바다 쪽으로 전향하려고 주변의 모든 걸 자기 안으로 흡수하려 들기 때문입니다.

배를 만드는 작업에 참여할 줄 모른다면 어떻게 사람의 앞일을 내다볼 수 있겠습니까? 무릇 재료란 앞으로의 향방에 대해 아무것도 가르쳐주지 못합니다. 하나의 존재 안에서 거듭나지 못한다면 각각의 재료들은 생명력을 얻을 수 없습니다. 하지만 한 번 결합이 되고 난 뒤의 돌들은 충만한 침묵의 바다로써 사람의 마음을 움직일 수 있습니다. 백향목 씨앗이 흙을 끌어올릴 때 저는 흙의 움직임을 예측할 수 있습니다. 어떤 건축가가 배를 건조할지 어떤 재료들이 쓰일지 알았다면, 저는 그것이 어떤 방향으로 나아갈지 알 수 있을 것이며 이 재료들이 먼 곳의 섬에 닿으리란 것도 알 수 있을 겁니다.

175

나는 그대가 영원하고 기반이 잘 잡힌 사람이길 바란다. 그리고 충실한 사람이었으면 좋겠다. 우선 스스로에게 충실하길 바란다. 배신으로부터 기대할 건 아무것도 없다. 사실 그대를 다스리고 움직이며, 그대에게 의미와 빛을 만들어줄 매듭을 엮기에는 너무 길다.

사원의 돌들도 마찬가지다. 그날그날 돌들을 아무렇게나 늘어놓으면 더 나은 사원을 만들 수 없다. 그대가 만일 지금 살고 있는 터전을 팔고 다른 터전을 사들인다면 겉보기에는 새로운 터전이 더 좋아 보일지 몰라도 그대는 결코 되찾지 못할 무언가를 잃어버린 셈이다. 허름한 옛 집에서 바랐던 것들이 모두 이루어진 편리한 새 집에서 지루해하는 까닭은 무엇인가? 우물에서 물을 길어 올리느라 팔이 아팠던 그대는 가뿐하

게 물을 뜰 수 있는 샘 하나를 꿈꿔왔다. 그리고 이제 그 샘이 그대에게 주어진 거다. 하지만 이제 그대는 두레박이 들려주는 노랫소리도 들을 수 없게 됐고 햇볕이 비추면 거울처럼 그대의 모습을 비춰주던 그 물을, 대지의 배에서 끌어올리는 그 물맛을 느낄 수 없게 됐다.

• • •

그대가 산을 오르고 자라고 성장하며 매 순간 앞으로 나아가기만을 원하기 때문이 아니다. 그러나 그대의 손으로 직접 샘을 만들어 집을 아름답게 꾸미는 승리의 몸짓과, 타인이 만들어놓은 빈껍데기 안에 들어가 사는 건 엄연히 다르다. 사원을 풍요롭게 가꾸는 것과 같은 맥락에서 연이어 승리의 행보를 걸어가는 것과, 그대가 아무 애정 없이 단지 들어가서 살기만 하는 것은 서로 다르기 때문이다. 손수 가꿈으로써 얻게 되는 이득이란 나무가 자신의 천성에 따라 스스로 성장하는 것과 같다.

그대가 단언할 때 나는 그대를 경계한다. 사물이 아닌 사물의 의미라는 가장 소중한 재산이 위험에 처할 수 있기 때문이다.

망명자란 언제나 슬픈 사람들이라고 알고 있었다.

그대에게 나는 영혼을 열어달라고 부탁한다. 말의 농간에 속아넘어갈 우려가 있으니. 어떤 이는 자기 나름대로 여행의 의미를 만들었다. 한 기항지에서 다른 기항지로 가는 그를 보며 나는 그가 빈곤해졌다고 말하지 않는다. 여행을 통해 그는 계속 존속한다. 반면 집을 사랑하는 이가 있다면, 집을 통해 그는 계속 존속한다. 그가 매일 집을 바꾼다면, 그는 결코 행복하지 않을 것이다. 내가 정착민이라고 말할 때, 이는 자신 집을 사랑하는 사람이 아니라 자신의 집을 사랑하지도 바라보지도 않는 사람을 말한다. 집이라는 건 영원한 승리의 공간이라고 할 수 있다. 그대의 아내는 이를 잘 알고 있을 것이다. 날마다 집을 새롭게 만들어내는 사람이니까.

• • •

그러므로 나는 그대에게 배신에 대한 가르침을 줄 것이다.

그대는 관계의 끈으로 얽혀 있는 존재며 관계의 끈이 없다면 아무런 존재감도 갖지 못한다. 그대는 그대의 인연으로써 존재하며, 그대의 인연은 그대로 인해 존재한다. 사원은 각각의 돌로써 그 존재감을 얻는다. 그대가 돌을 끄집어내면 사원은 무너진다. 그대는 하나의 사원으로부터, 하나의 영지로부터, 하나의 제국으로부터 태어나며, 그들 또한 그대에 의해 존재한다. 그대가 존재할 수 있도록 만들어준 것에 대해 그대 외부의 것에 대한 심판을 하듯이 그대와 무관한 것으로 판결을 내릴 수는 없다. 그대는 그대 자신을 심판하는 것이다. 부담스러운 일이기도 하지만 흥분되는 일이기도 하다.

　나는 자식이 죄를 저질렀다며 자기 아들을 비난하는 사람을 경멸한다. 그 아들은 곧 아비의 일부이기 때문이다. 중요한 건 아들을 훈계하고 벌주는 일이며 아들에 대한 애정이 있다면 그 자신을 탓하며 아들에게 진리를 심어줄 일이지 이 집 저 집 다니며 불평할 일은 아니라는 것이다. 만일 그가 자신의 아들과 떨어지게 되면 그는 더 이상 아비가 아니며, 그가 얻게 되는 휴식은 존재감이 사라지는 것에 불과한 휴식으로, 망자들의 그것과 다를 바 없는 휴식이다.

자신이 무엇과 연계되어 있는지 모르는 이들을 가련한 사람이라 생각한다. 항상 어떤 종교를 추구하고 집단에 소속되길 바라며 어떤 의미를 찾고자 환대를 받고자 무던히도 노력하지만, 이들은 오직 환대의 허상밖에는 만나지 못했다. 상대에게 진정으로 받아들여지는 건 오직 뿌리의 차원에서만 가능하다. 땅 위에 제대로 심어진 나를, 권리도 누리고 의무도 짊어지고 책임 있는 존재로서의 나를 꿈꾸는 게 아니던가. 하지만 사람을 책임지는 건 주인과의 노예 계약에 따라 공사판에서 일을 하는 미장이가 책임을 지는 것과는 다르다. 노예 신분인 미장이는 도망치면 그만이지만, 만일 그대가 도망을 친다면 그저 공허한 존재가 되어버릴 뿐이다.

나는 자식이 죄를 저질렀을 때, 그 죄를 자신의 탓으로 돌리고 슬퍼하며 회개하는 아버지를 좋아한다. 아들은 아비의 일부이기 때문이다. 아들에게 얽매여 있는 아버지는 아들을 좌지우지할 수 있다. 길이라는 건 일방통행이 아니기 때문이다. 잘못에 대한 책임을 지고 싶지 않다면 승리의 영광 또한 거부해야 마땅하다.

만일 사랑하는 아내가 죄를 저지른다면 다른 사람의 잣대

로 아내를 판단해서는 안 된다. 그대의 아내는 곧 그대의 일부며 아내에 대한 심판을 내리자면 먼저 그대 자신에 대한 심판을 내려야 한다. 그대는 아내의 행동에 대한 연대책임을 지고 있기 때문이다. 그대의 조국이 패망했다면 먼저 자신에 대한 판단부터 내리라. 조국이 있기에 그대가 있는 것이기 때문이다.

물론 그대의 얼굴을 달아오르게 만들 증인들이 찾아올 것이고 수치심에서 벗어나고자 그대는 자식이 저지른 잘못에 대해 그대와는 무관한 일이라고 잡아뗄 것이다. 하지만 그대는 연대의식을 느껴야 한다. 그대의 집에 대고 침을 뱉은 자들에 대해 저들이 옳았노라고 얘기할 것인가? 아마도 자식의 잘못을 외면하는 그대라면 그렇게 말할 지도 모른다.

하지만 나는 그대가 자신의 짐을 받아들였으면 좋겠다. 그러면 그대는 침을 뱉은 사람들로부터 멀어지게 될 것이다. 그대 자신에게 침을 뱉어서는 안 된다. 집으로 돌아가 그대는 자책을 할 것이다. '부끄럽다. 내가 저들 앞에서 왜 그렇게 못나게 굴었던 거지?' 저들이 그대를 온통 수치심으로 뒤덮고 또 그대가 수치심을 받아들였다면 이제 그대가 저들에게로 가서 저들을 돋보이게 만들어 줄 차례. 이렇게 됐을 때 돋보이게 되는 건 오히려 그대 자신이다.

잘못을 저지른 자식에게 그대가 남들과 똑같이 돌 던지길 거부하는 것이 잘못을 뒤집어쓰는 걸 의미하는 건 아니다. 자식의 죄를 함께 나눌 수 있어야만 자식의 죄로부터 벗어날 수 있다.

자식의 잘못은 나와는 무관하다며 외려 남을 선동하는 사람들이 있다. "이 썩어빠진 쓰레기 같은 놈을 보라. 이건 내게서 비롯된 게 아니다." 하지만 그런 사람들은 그 무엇과도 연계되어 있지 않다. 저들은 자기들이 사람들과 연이 닿아 있다거나 혹은 덕이니 신이니 하는 것과 연계되어 있다고 주장한다. 관계의 매듭을 생각해 본다면 그건 빈껍데기인 말에 불과하다.

신은 집까지 내려와 스스로 집이 되어준다. 양초에 불을 밝히는 미천한 사람을 위해, 신은 양초에 불을 밝혀준다. 다른 사람들과의 끈으로 연결된 이 사람에게 있어 '사람'이라는 건 단순히 두 자로 표현될 수 있는 존재가 아니다. 그에게 사람이란 책임을 지는 사람들을 의미한다. 도망치는 건 무척 쉽다.

촛불에 불을 밝히는 것보다 신을 좋아하는 것 또한 무척 쉽다. 하지만 나는 사람이 아닌 '사람들'을 아는 것이며 자유가 아닌 '자유로운 사람들'을 아는 것이다. 행복이 아닌 '행복한 사람들'을 아는 것이자 아름다움이 아닌 '아름다운 것들'을 아는 것이고 신이 아닌 양초의 열기를 아는 것이다. 탄생되는 것과는 다른 본질을 추구하는 자들에게서는 거만함밖에 보이지 않는다. 저들의 마음은 텅 비었을 뿐이다. 저들은 살아 있지도 그렇다고 죽어 있지도 않은 존재들이다. 실체가 없는 단어로는 살 수도 죽을 수도 없기 때문이다.

따라서 그 무엇과도 연계되지 않은 상태에서 스스로 판결을 내리는 자를 앞에 두고 있다면, 그대는 벽에 부딪히듯 그자의 거만함에 부딪힐 것이다. 이는 그의 모습일 뿐 그의 애정이 아니기 때문이다. 그는 연결되어 있는 주체가 아닌 바라보는 객체에 불과하다. 그런 건 의미가 없다.

그러므로 그대의 집에 속한 것들, 그대의 지역에 속한 것들, 그대의 제국에 속한 것들이 그대에게 부끄러움을 불러일으킨다면, 그대는 깨끗함을 자처하며 이 모두를 정화시킬 거라는 그릇된 주장을 펼칠 것이다. 그대가 이로부터 비롯된 존재이기 때문이다. 하지만 지켜보는 사람들 앞에서 그대는 오직 자신만의 명예 회복을 구하고 있을 뿐이다. 사람들은 그대에게 이렇게 말을 할 것이다.

"저들이 그대와 같은 존재라면 어찌하여 저들은 여기에서 그대와 함께 침을 뱉지 않는 것인가?"

그대는 집, 지역, 제국을 부끄러움 속으로 처박아버린 셈이며 저들의 처량한 신세를 구실로 스스로를 살찌운 셈이다.

● ● ●

물론 집과, 지역과, 제국에서 비롯된 수치심, 악행, 비열한 짓거리에 분개할 수도 있다. 그리고 거기에서 빠져나와 명예를 구할 수도 있다. 이는 자기에게 속한 것들에 대한 명예를 인정하고 있다는 표시다. 자신에게 속한 것들과 자기 자신이 무관하지 않기 때문이다. 그에게 속한 것들 가운데에서 생동하는 무언가가 그를 대표하고 있는 것이며, 다른 것들은 빛을 향해 드높아지려는 경향을 보인다는 뜻이다. 이건 어려운 작업이다. 죽음보다 더한 용기를 요구하기 때문이다.

현장을 지켜본 사람들은 언제라도 "당신 또한 이 부패함의 일부야!"라고 말할 수 있다. 그는 자신을 되돌아본 뒤 이렇게 말할 것이다. "맞는 말이다. 하지만 나는 거기에서 벗어났다." 그러면 심판자들은 이렇게 말할 것이다. "그곳에서 빠져나온 이들은 이제 깨끗하다. 그곳에 계속 남아 있는 자들이 쓰레기들이다."

사람들은 이렇게 홀로 빠져나온 이 사람에게 칭찬을 아끼지 않겠지만, 오직 그 자체에 대한 칭찬일 뿐 이 사람에게 속했던 것들은 논외로 한다. 이 사람은 다른 사람의 영광으로부터 자신의 영광을 만들어낼 것이다. 하지만 어쨌든 이 사람은 혼자다. 자만심에 가득 찬 사람처럼 고인이 된 사람처럼 혼자일 뿐이다.

• • •

떠나버리면 그대에게는 어려운 임무가 주어진다. 그대가 고통 받았다는 건 곧 저들이 행복했다는 표시다. 그렇게 되면 그대는 저들과 완전히 분리된 것이다.

그대의 자만심을 희생시키는 가운데서만 그대는 충실함에 대한 희망을 품을 수 있다. 그대는 분별없이 "나는 저들처럼 생각한다."고 말할 것이다. 그러면 사람들은 그대를 혐오하게 될 것이다.

하지만 사람들이 혐오하든 말든 그대에게 이는 별로 중요하지 않을 것이다. 그대도 그 일원이기 때문이다. 그대는 집단을 그대의 성향으로 물들일 것이다. 그리고 이들이 명예로워지면 그대 또한 명예를 얻게 된다. 그 외에는 바랄 게 아무것도 없다.

만일 그대가 명분 있는 수치심을 느끼더라도 겉으로 드러내지 마라. 이에 대해 말하지도 말고 이를 악물고 수치심을 참으라. 이때 느낀 분개심으로 그대는 다시금 그대의 집을 훌륭하게 만들 수 있을 것이다. 집의 명운이 그대에게 달려 있기 때문이다.

그런데 이자는 팔다리가 병들자 사지를 잘라버렸다. 정신 나간 사람이다. 물론 그의 목숨을 버려서 그대에게 속한 것들에 대한 존경심을 갖도록 할 수는 있다. 하지만 이를 부인하는 건 얘기가 다르다. 그대 자신을 부인하는 것이니까.

• • •

그대의 나무는 좋을 수도 나쁠 수도 있다. 모든 열매들이 다 그대를 기쁘게 하는 것은 아니지만 훌륭한 녀석들도 있게 마련이다. 잘 자란 녀석들에게 가서는 기뻐하며 쓰다듬어 주고 그렇지 않은 녀석들은 없는 셈 쳐버리는 건 사실 쉬운 일이다. 그러나 이들은 한 나무에서 열린 다양한 열매들에 불과하다. 잘 자란 가지들은 예뻐하고 그렇지 못한 가지들은 미워하는 것 또한 쉬운 일이다. 잘 자란 녀석들을 보며 자부심을 갖는 것이다. 하지만 제대로 못 자란 녀석들이 많을 때에는 입을 다물 수밖에 없지 않겠는가? 줄기에게로 가서 이렇게 말하라.

"이 줄기를 치료하려면 내가 무엇을 해야 할까?"

국민은 변절자를 부인하고, 변절자 또한 국민을 부인한다. 필연적으로 그렇게 귀결된다. 그대는 다른 판관들을 받아들였으므로 저들의 소유가 되는 게 맞다. 하지만 그곳은 그대가 뿌리 내릴 땅이 아니므로 그대는 곧 죽게 될 것이다.

악을 만들어내는 건 그대라는 사람의 본질이다. 그대의 오류는 구별하려는 데 있다. 그대가 거부할 수 있는 건 아무것도 없다. 여기에서 그대는 악이고 이는 그대에게서 비롯된 것이다.

자신의 아내를 부정하는 자 혹은 자신이 사는 도시, 나라를 부정하는 자라면 나 또한 그를 부인한다. 저들이 맘에 들지 않는가? 그대 또한 그 일부다. 저들이 있기에 그대가 있는 것이며, 이게 곧 바른 방향으로 나아가는 길이다. 그대는 나머지 일부를 이끌고 가야지 외부의 잣대로 판단해서는 안 된다.

두 가지 판단이 존재한다. 하나는 그대 스스로 판관이 되어 내리는 판단이며 다른 하나는 그대 자신에 대한 판단이다.

● ● ●

지금 문제는 흰개미집을 짓는 게 아니다. 집 하나를 부정하면 모든 집을 부정하는 셈이 된다. 한 여자를 부정하면 사랑자체를 부인하는 셈이 된다. 그대가 여자의 곁을 떠날 수는 있지만 사랑을 찾을 수는 없을 것이다.

180

나는 배 나온 부자를 경멸한다. 하여 더 높은 사람을 위한다는 조건하에서만 이를 용인한다. 하수구의 악취 또한 마찬가지다. 그 악취를 참아줄 수 있는 건 그 덕에 마을이 깨끗해진다는 조건하에서만 가능하다. 대비되는 것이 없고 완벽함만 있다면 그건 죽음과 다를 바가 없다.

따라서 훌륭한 조각가가 있기 위한 조건이라면 나는 미숙한 조각가도 용인하며, 훌륭한 취향이 있기 위한 조건이라면 뒤떨어진 취향이라도 용인한다.

자유가 있기 위한 조건이라면 내면의 구속도 받아줄 수 있으며, 배 나온 부자에 의해서도, 배 나온 부자를 위해서도 아닌, 배 나온 부자로부터 양식을 얻는 저 사람들에 의한, 저 사람들을 위한 상승 조건이라면 배 나온 부자 또한 받아줄 수 있다.

조각가들에게 돈을 주고 조각품을 구입함으로써 배 나온 부자는 훌륭한 시인에게 일용할 양식을 제공하는 없어서는 안 될 곡식 창고의 역할을 해주기 때문이다. 곡식을 만들어낸 농부의 노동은 그 가치를 잃어버렸다. 시인이 비웃음거리밖에 안 되는 시를 지었기 때문이다. 어디 내놓지도 못할 조각품도 표절을 하지 않으면 살아남을 수 없는 조각가의 조각품도 마찬가지였다.

따라서 이 창고가 어떤 사람의 이름을 갖고 있는지 따위는 내겐 별로 중요하지 않다. 이는 그저 운반 수단일 뿐이요, 오고 가는 통행로일 뿐이다.

시와 조각 창고를 만들어 작품들을 가득 넣어두고 백성들의 눈과 귀를 좌절시켰다면서 비난한다면 나는 "배 나온 부자의 허영 덕분에 이 놀라운 작품들이 사람들에게 펼쳐 보여질 수 있었다"라고 답하겠다.

왕궁의 경우도 마찬가지다. 하나의 문명은 창작품의 용도에 근거하는 게 아니라 창작 자체의 열기에 근거하기 때문이다. 그대에게 이미 말했듯이 비축해 둔 춤이 없다며 부자가 진열장에, 사람들이 박물관에 춤을 고이 모셔두지 않더라도 제국

189

은 춤이라는 예술로 인해 빛나게 마련이다.

배부른 부자는 한낱 달빛이나 노래하고 그저 그런 조각가들을 즐겨 찾으면서 열에 한 번 꼴로만 제대로 된 취향을 즐긴다고 비난한다면 나는 그런 건 별로 중요치 않다고 말할 것이다. 나무에서 피는 꽃을 원한다면 나무 전체를 받아들여야 하기 때문이다. 마찬가지로 단 한 명의 쓸모 있는 조각가가 있기 위해서는 만 명의 실력 없는 조각가가 필요하다. 그러므로 제대로 된 단 하나의 안목을 위해 만 개의 몹쓸 취향을 요구하는 것이다.

• • •

대비되는 두 주체가 없다면 배의 선결조건이 되는 바다라도 배를 집어삼킬 수 있다. 운반 수단이나 매개체, 즉 제대로 된 취향 하나를 위한 선결조건인 배부른 부자가 그 역할을 제대로 하지 못하고 자신의 입으로 들어가는 기쁨만을 위해 사람들을 모조리 먹어 치울 수도 있다는 말이다.

바다는 배를 집어삼켜서는 안 되며 구속이 자유를 집어삼켜

서도 안 되고 실력 없는 조각가가 훌륭한 조각가를 집어삼켜
서도 안 되며 배부른 부자가 제국을 집어삼켜서도 안 된다.

이쯤에서 그대는 내 논리에 따라 우리를 위험에서 구제해
줄 어떤 시스템을 찾게 되지 않을까 궁금해하겠지만, 그런 시
스템은 존재하지 않는다. 그대는 돌들을 어떻게 다스려야 대
성당을 이룰 수 있는지에 대해서 궁금해하지 않는다. 돌들을
층층이 쌓는다고 해서 대성당이 만들어지지는 않기 때문이
다. 돌들을 끌어 모으는 자신의 힘을 보여줬던 건축가 덕분에
대성당이 만들어진 것이다. 나는 내 시로부터 신성성을 갖춘
기반을 닦아야 한다. 그러면 신성성이 사람들의 열정과 창고
의 씨앗들을 끌어 모을 것이며 배부른 부자가 신을 향해 나아
가도록 만들어 줄 것이다.

명분이 있다 하여 내가 창고의 구제에 관심을 기울일 것이
라고는 생각하지 마라. 나는 하수도의 악취 자체를 구제하기
위해 뛰어들지는 않는다. 하수구는 전달 통로이자 운반 수단
일 뿐이다. 내가 자기들과 구별되는 것은 무엇이든 싫어하고
여러 재료들에 관심을 기울일 것이라고는 생각하지 마라. 내
백성은 전달 통로이자 운반 수단일 뿐이다.

이 사람들의 아첨을 경멸하듯 음악을 경멸하고, 저 사람들의 칭찬을 경멸하듯 증오를 경멸하는 나는, 자기 소굴에 갇혀 있는 멧돼지보다 더 외로운 존재가 되고, 시간이 흐르면서 흩날리는 씨앗을 가진 꽃송이로 바꿔버리는 나무보다 더 불변의 존재가 되는, 모든 걸 관통하여 존재하는 신만을 섬긴다.

누구의 말에도 찬성하지 않고 내 망명지에서 벌어지는 그릇된 논쟁에 휘말리지 않으며 파벌과 당파와 종파를 다스리고 나무를 이루는 개별 요소가 아닌 오직 나무만을 위해 싸워나갈 것이다. 나무 때문에, 나무의 개별 요소를 위해 싸운다며 나를 반박할 사람은 과연 누구인가?

183

백향목의 씨앗은 곰곰이 생각하며 이렇게 말할 수 있다.

"나는 진정 아름답고 강한 존재다. 나는 백향목이다. 더욱이 나는 백향목의 본질을 이루고 있다."

하지만 씨앗은 아직까진 아무런 존재도 아니다. 씨앗은 운반 수단이자 전달 통로가 되는 매개체일 뿐이다. 나중에 백향목을 만들어 내는 총책임자가 되는 것이다. 씨앗이 벌이는 일은 얼마나 굉장한가! 씨앗은 천천히 흙을 나무에게로 끌어당기고, 신의 영광을 드높이는 백향목이 뿌리를 내리게 만들어 준다. 그런 다음 백향목의 가지에서 이 씨앗의 성과가 판가름 나는 것이다.

하지만 저들이 '나는 이러이러한 존재다.' 라고 생각할 수도

있다. 자기 안에 놀라운 기적들이 축적되어 있다고 믿는 것이다. 저들의 내부에는 차곡차곡 정리된 보물로 통하는 문이 있고, 잘 더듬어서 이 문을 발견하기만 하면 되는 것이다. 저들은 그대에게 우연히 시를 토해 내기도 하겠지만, 이 시는 그대에게 아무런 감동도 주지 못한다.

· · ·

흑인족 주술사도 마찬가지다. 그는 약초, 주술 재료, 이상한 동물 등을 무작위로 가져다가 커다란 용기에 넣고 휘젓는다. 뭐라고 중얼거리던 주술사는 자신의 집에서 보이지 않는 힘이 발산되어 집을 향해 진군하는 그대의 군대를 격파시키길 기대한다. 아무것도 보이지 않지만 주술사는 다시 주문을 외우기 시작한다. 이어 주술사는 다른 주문을 외워본다. 약초도 다른 것으로 바꿔본다. 물론 주술사가 바라는 목표는 변함이 없다.

거무스름한 용액과 목재를 섞은 반죽으로 제국들을 뒤집어 놓은 적이 있었다. 내 입에서 나온 외마디로 결정됐던 전쟁이었다. 나는 승리의 주문을 만들어낼 주술 용기가 무엇인지 알고 있었다. 사람들은 여기에서 화약을 빚었다. 한 사람의 가슴에서 시작된 기운의 미세한 떨림이 차츰 백성의 소란을 이끌어냈다. 사람들은 불이 났을 때처럼 소란을 피웠고 폭동이 일어났다. 적절하게 배치된 돌들은 침묵의 함대를 움직이는 법이다.

사람들의 영혼에서 공통의 기준을 찾아내지 못했다면 무작위로 섞어놓은 재료에선 아무것도 생겨나지 않는다. 시는 내게 감흥을 줄 수 있지만 아무렇게나 유치하게 갖다 놓은 철자들의 조합에 불과하다면 결코 눈물을 자아낼 수 없다. 발아하지 않은 씨앗은 아무것도 아니기 때문이다. 자라나는 나무라도 씨앗의 힘이 발휘되지 않았다면 어찌 감탄할 수 있겠는가?

● ● ●

그대는 신을 향해 나아가지만 미래의 그대로부터 그대의 존재를 추론할 수는 없다. 그대의 트림은 아무것도 실어다주지 못한다. 뜨거운 태양이 내리쬐는 오후, 제아무리 백향목의 씨

195

앗이라도 씨앗 자체는 그늘을 만들어주지 못한다.

• • •

잔인한 시간들이 잠든 대천사장을 깨우고 있다. 우리를 통해 대천사장은 요람기에서 벗어나 여럿이 지켜보는 가운데 돌연 모습을 드러낸다. 미묘한 말 몇 마디로 그대들의 정신을 빼앗고 그대들을 다시 엮어준다. 대천사장으로 말미암아 우리는 진심으로 소리를 지른다. 부재자에 대한 외침이자 무리들에 대한 증오의 외침이며 빵을 달라는 외침이다. 대천사장은 수확하는 자나 수확에 혹은 이삭 위로 능숙하게 불어오는 바람에, 사랑에 혹은 천천히 여물어가는 모든 것에 의미를 채워준다.

하지만 약탈자인 그대는 도심 홍등가로 가서 요란한 놀이를 하며 사랑을 붙잡아두려 애를 쓸 것이다. 하지만 그대 어깨 위에 올려지는 정혼녀의 손길을 그대에게 붙잡아두는 건 사랑의 몫이다.

• • •

물론 이는 주술의 힘에 불과하며 덫의 본질에서 나온 게 아닌 포획물에게 그대를 인도하는 의식이다. 북쪽 사람들이 송진과 니스 칠한 목재, 뜨거운 밀랍을 이용하여 1년에 한 번 심장을 불태우는 것처럼 말이다.

아무런 준비도 하지 않은 채 기적이 일어나길 기다리며 주술 용기에 아무렇게나 재료를 빻아둔 건 거짓 주술이자 게으름이며 일관성 없는 행위다. 장차 무엇이 될지 망각한 채 그대는 자신과의 만남을 위한 행보를 하고 있다 주장하기 때문이다. 이때부터는 희망이 존재하지 않는다. 그대 앞의 청동문이 닫혀버리고 마는 것이다.

184

기분이 몹시 울적했다. 인간에 대한 번뇌에 빠졌기 때문이다. 저마다 남에게 등을 돌리고 무엇을 소망해야 하는지 몰랐다. 만일 그대가 재산을 종속시켜 재산이 늘어나는 상황이라면 어떤 재산을 원하겠는가? 물론 나무는 토양에서 엑기스를 찾아내어 양분을 얻고 한껏 흡수하려 할 것이다. 동물이라면 풀이나 다른 동물을 찾아 자기 일부로 만들 것이다. 그대 또한 자신에게 양분을 공급하고 있다. 하지만 먹는 것 말고 그대가 활용할 수 있는 건 무엇인가?

아첨은 자만한 자의 기쁨이 되기에 그대는 사람들을 칭찬해 환호성을 이끌어낼 수 있고 사람들은 그대에게 환호를 한다. 이렇게 만들어진 환호는 공허하다.

• • •

두툼한 양모로 만든 카펫은 보금자리를 부드럽게 만들어주기에 그대는 온 집 안을 양모 카펫으로 깔았다. 이런 양모 카펫은 비생산적이다. 그대 이웃의 영지가 왕령이라는 이유로 그대는 이웃을 시기한다. 그대는 이웃의 영지를 빼앗고 거기에 자리를 잡는다. 하지만 영지에는 그대의 관심을 끌 만한 게 아무것도 없다. 그대가 탐내는 어떤 자리가 있다. 그대는 이를 얻기 위해 음모를 꾸미고 결국 자리를 얻는다. 자리 자체는 빈 집에 지나지 않는다.

집이 제아무리 호화롭고 편안하며 화려하다 할지라도, 그대의 것이라 둥지를 틀 수 있다 하더라도, 집 한 채만으로는 행복해지는 데 충분하지 않다. 우선은 그대 소유인 것이 아무것도 없기 때문이다. 그대는 언젠가 죽을 것이 아닌가? 그리고 집이 그대 소유인 것이 중요한 게 아니라, 그대가 그 집에 속한다는 것이 중요하다. 화려하게 포장되거나 빈약하게 축소되는 건 바로 집 자체이기 때문이다. 집 안에 그대의 왕정이 자리 잡고 있듯 집은 그대를 어딘가로 이끄는 존재다. 그대는

물건으로부터 즐거움을 얻는 게 아니라 물건들이 그대에게 열어주는 새로운 경지로부터 즐거움을 얻는 것이다. 왕의 궁전 앞에서 이리저리 거닐며 그게 자기 궁전인 양 왕자 행세를 하는 이기적이고 암울한 성격의 방랑객이 호사스럽고 사치스러운 삶을 제공받을 수 있다면 그건 너무 간편하지 않겠는가? 진짜 영주라고 할지라도 궁전 자체는 그에게 아무 소용이 없다. 영주는 커다란 홀 하나를 차지하고 있을 뿐이다. 그곳에서 영주는 잠을 잘 수도 책을 읽을 수도 있으며 자신의 삶을 유지해 나갈 수 있고 같은 공간에서 아무것도 보지 않을 수도 있다. 또한 정원을 산책하면서 건축물에는 등을 돌릴 수도 있다. 하지만 그는 궁전의 주인으로 자부심에 차 있을 것이고 아마도 고결한 마음을 지녔을 것이며 누구의 발길도 닿지 않는 회의장의 침묵과 지붕 밑 창문, 지하 창고까지 가슴에 담고 있을 것이다.

상상이라는 점을 빼고는 그 무엇도 걸인과 영주를 구별해 주는 게 없으므로 스스로를 주인이라 상상하고 거들먹거리는 영혼인 양 느릿느릿 젠체하며 걸어가는 걸인의 놀음이 될 수도 있다. 그런데 놀이는 별로 효력이 없어 결국 꾸며진 감정들이 꿈을 좀먹을 것이다. 내가 끔찍한 살육에 대해 묘사하면 그대의 어깨를 축 처지게 만들거나 혹은 그저 그런 행복에 그대를 즐겁게 만드는 신통치 못한 흉내 내기만이 겨우 영향을 미칠 것이다.

• • •

그대의 몸에서 비롯되는 것은 그대의 것이고 그대의 일부로 바꾸어 버리지만, 영혼이나 마음에 관계된 것에도 마찬가지일 것이라고 생각한다면 오산이다. 그대가 흡수한 것으로부터 끌어내는 기쁨에는 진실성이 별로 없기 때문이다. 게다가 그대는 왕궁도, 은으로 된 물병도, 친구의 우정도 소화시키지 않는다. 궁은 궁으로 남아 있을 것이며 은제 물병은 은제 물병으로 남아 있을 것이다. 그리고 친구들은 자신의 삶을 계속 살아갈 것이다.

하지만 궁전 혹은 궁전보다 더한 무언가, 바다 혹은 바다보다 더한 무언가를 관조하고 있기에 외관상으로는 왕의 형상을 하고 있으나, 실제로는 기운 없는 시선으로 넓은 광경을 바

라보며 자신을 위해서 아무것도 이끌어내지 못하는 한 걸인으로부터 나는 진정한 왕의 모습을 끌어낼 수 있다. 겉으로 봐서는 아무것도 변하지 않더라도 말이다. 사실 겉모습에서는 바뀔 게 아무것도 없을 것이다. 영주든 걸인이든, 사랑하는 사람이든 실연으로 아파하는 사람이든, 한가로운 저녁나절 각자 자신의 집 언저리에 앉아 있다면 겉모습은 다 똑같기 때문이다.

만약 붙잡는 사람이 아무도 없다면 양쪽 가운데 아마도 상태가 더 좋고 더 부유하며 영혼과 마음이 더 아름다운 사람이 바닷물에 뛰어들 것이다. 따라서 외양으로 존재하는 그대에게서 내면의 그대를 끌어내겠다고 눈에 보이는 물질적인 무언가를 찾으려 애쓸 필요도 그대를 변화시킬 필요도 없다.

그저 그대 주변에 있는 것에서 그리고 그대에게 있는 것에서 새로운 얼굴, 마음에서부터 타오르는 얼굴을 그대가 읽어낼 수 있게 해주는 언어를 내가 그대에게 가르쳐주기만 하면 된다. 나무판 위에서 아무렇게나 말이 굴러다니는 것처럼 보이지만 체스의 경기 규칙을 알고 나면 말과 말 사이의 관계가 훤히 보이는 것과 마찬가지 이치다.

따라서 내 사랑을 내색하지 않은 채, 저들에게서 비롯된 권태가 아닌 저들의 언어로부터 비롯된 권태를 이유로 저들을 나무라지 않고 그저 가만히 바라보고 있는 것이다.

사막의 바람으로 숨을 쉬는 왕과, 경쾌하게 흐르는 똑같은 강물을 마시는 걸인을 구분 짓는 건 오직 언어밖에 없음을 알기 때문이다. 승리에 도취된 의기양양한 왕의 감정을 느끼지 못한다는 이유로 걸인을 비난한다면 나는 부당하다.

나는 넓게 바라볼 수 있는 열쇠를 내어줄 생각이다.

186.

저들은 시간의 의미를 모른다. 다 피지도 않은 꽃을 꺾고 싶어 한다. 하여 남은 꽃이 없다. 저들이 다른 곳에 가서 개화된 꽃 한 송이를 찾았다 치자. 저들에겐 장미꽃의 의식에 이르지 못한 흔한 꽃이다. 보통의 시장에서 팔리게 될 정도다. 이 꽃이 저들에게 어떤 기쁨을 줄 수 있겠는가?

나는 정원으로 나아간다. 정원은 바람에다 맛있는 레몬을 실은 배 혹은 귤을 실은 대상 마차 혹은 바다 냄새를 풍기는 매혹적인 섬의 자취를 남겨준다.

나는 창고에 처박아둘 물건을 받은 게 아니라 약속을 받은 셈이었다. 정원은 정복해야 할 식민지 혹은 품 안에 잡아두고 는 있으나 아직 완전히 내 것으로 사로잡지 못한 약혼녀와 같다. 자그마한 벽 뒤로는 나를 받아줄 귤나무와 레몬나무가 있다. 하지만 레몬나무의 향기도 귤나무의 향기도 미소도 그 무엇도 영원토록 남아 있는 것은 아니다. 무언가를 알고 있는 내게는 모든 것이 하나의 의미를 간직하고 있는 것으로 보인다. 나는 정원이 만개해 줄 때를, 약혼녀가 내게로 다가와줄 때를 기다린다.

저자들은 기다리는 법을 모르며 그 어떤 시 구절도 이해하지 못할 것이다. 욕망을 바로 잡고 꽃에게 옷을 입히며 열매를 맺어주는 시간이 저들에겐 적이나 마찬가지다. 기쁨이란 사물을 꿰뚫어 봄으로써만 취할 수 있는 것인데, 저들은 사물 그 자체에서 기쁨을 취하려고 한다.

나는 나아간다. 가고 또 간다. 향기의 진원지인 정원으로 가서 벤치 위에 앉는다. 나뭇잎이 흩날리고 꽃이 시든다. 죽어가고 소생하는 모든 것이 느껴진다. 애도의 감정은 느껴지지 않는다. 바다에 있는 것처럼 나는 주의를 기울인다. 인내하고는 거리가 멀다. 목표의 문제가 아니며 걸음걸음에 기쁨이 있기 때문이다.

우리, 내 정원과 나는 나아간다. 꽃은 열매를 향해 나아간다. 꽃은 열매를 통해서 씨앗을 향해 나아간다. 씨앗을 통해서

는 내년에 필 꽃을 향해 나아간다. 나는 물건을 잘못 파악하는 법이 없다. 저건 숭배를 하기 위한 물건일 뿐이다. 나는 의식에 쓰이는 도구들을 만져보며 기도의 색깔을 발견한다.

시간을 경시하는 저들은 결국 한계에 부딪히게 된다. 아이마저 저들에겐 하나의 물건이다. 저들은 완성의 과정 중에 있는 아이를 알아보지 못한다. (사실 어린아이는 어찌해야 잡아둘 수 있을지 모를 신에게로 향하는 길이다.)

사람들은 창고에 처박아 둘 물건이라도 되는 양 어린아이를 매력적인 유년기의 모습으로 붙잡아두려 했다. 하지만 아이는 웃음을 지어보려 하고 얼굴을 붉히며 도망가고 싶어 한다. 그 아이를 고통스럽게 하는 게 뭔지 나는 알고 있다. 나는 바다를 잠재우려는 듯 아이의 이마에 손을 얹어 놓는다.

188

사물에서 만들어지는 게 아닌, 사물의 의미에서 만들어지는 이 빛을 그대가 보지 못한다면, 내가 바랄 수 있는 건 없다. 나는 그대의 문 앞으로 그대를 다시 찾아간다.

"거기에서 뭘 하는가?"

그대는 뭐라 답을 할지 모른다. 그리고 삶에 대해 불평한다.

"삶이 더 이상 내게 아무것도 가져다주지 못합니다. 아내는 잠을 자고 나귀는 휴식을 취하며 밀 이삭은 익어갑니다. 저는 오직 바보 같이 기다리기만 합니다. 그게 지겹습니다."

놀지 않는 아이는 놀이를 통해 자신이 무엇을 읽어내야 할지 알지 못한다. 나는 그대 곁에 앉아 가르침을 준다. 그대는 잃어버린 시간 속에 잠긴다. 그리고 무언가가 되지 못할 거라는 불안감이 그대를 엄습한다.

• • •

사실 어떤 이들은 '목적이 필요하다'고도 말한다. 그대가 노를 저으면 바다에서 서서히 바닷가가 나타난다. 그러므로 그대의 노젓기는 아름답다. 그리고 삐걱거리는 도르래는 그대에게 마실 물을 퍼올려 준다. 마찬가지로 힘겨운 밭일을 통해 금빛 밀이 익어간다. 가족 간의 사랑이 무르익으면 아이의 미소가 생겨나고, 축제를 위해 느릿느릿 실을 꿰면 금빛 자수 옷이 만들어진다. 만일 그대가 사랑을 위한 사랑을 하고 옷을 위한 옷을 만들며 도르래의 소음을 위한 도르래질을 한다면 그대에게서 어떤 변화가 일어나겠는가? 그런 것들은 금세 효력이 없어지고 만다. 그대에게 아무것도 줄 게 없기 때문이다.

하지만 나는 그대에게 감옥에서 노역을 하는 도형수에 대한 이야기를 했었다. 그들의 곡괭이질은 곡괭이에 대해서만 가치가 있다. 그들은 곡괭이질만 거듭 반복한다. 저들의 실체에 변하는 것은 없다. 그건 물이 닿는 기슭 없이 행해지는 노젓기와 마찬가지며 제자리에서 맴도는 노젓기일 뿐이다. 창작 같은 건 존재하지도 않으며 빛을 향한 통로도 빛을 향한 운반수단도 되지 못한다. 하지만 똑같은 땀방울을 흘리더라도, 그대에게 1년에 한 번 다이아몬드 원석을 발굴해 낼 기회가 주어진다면, 그대는 종교적 신념을 갖게 될 것이다. 그대의 곡괭이질은 다이아몬드라는 의미를 갖게 된 것이며, 이 다이아몬드는 자연의 일부는 아니다. 이제 그대는 나무의 평온을 얻게 되었으며 삶의 의미를 찾게 되었다. 삶의 의미란 신의 영광으로 한 계단 한 계단 올라가는 것이 아니겠는가!

그대는 밀을 위해 밭을 갈고 축제를 위해 바느질을 하며 다이아몬드를 위해 바위를 부순다. 행복해 보이는 저 사람들이 모든 걸 엮어주는 신의 매듭에 대해 알고 있다는 것 외에 그대보다 많이 가진 게 뭐가 있던가?

그대의 의지에 따라 아무것도 변화시킬 수 없다면 그대는 평온을 구하지 못할 것이다. 그대가 운반 수단이자 전달 통로, 매개체가 되지 못한다면, 제국에는 오로지 피가 난무할 것이다. 그대는 존중받고 존경받길 원하고 있다. 그리고 그대는 그대를 위해 존재하는 무언가를 잡아 세상에서 뽑아냈다고 주장한다. 하지만 그대는 아무것도 찾아내지 못할 것이다. 그대가 아무것도 아니기 때문이다. 그대는 쓰레기 가득한 구덩이에 그대의 물건들을 아무렇게나 집어던진다.

• • •

그대는 스스로와 닮은 대천사장 같은 무언가가 외부에서 출현해 주길 기대했다. 이웃의 방문에서보다 대천사장의 방문에서 그대가 더 많이 끌어낼 수 있는 건 무엇이었는가?

얼핏 보면 비슷해 보여도 아픈 아이를 향해 가는 걸음걸이와 사랑하는 여인을 향해 가는 걸음걸이, 빈집을 향해 가는 걸음걸이가 모두 제각각이라는 사실을 알기에, 나는 존재하는 것들을 통해 만남의 장소가 되거나 물이 닿는 기슭이 된다. 그리고 모든 게 변한다. 나는 밭 가는 일을 넘어 밀이 되고, 아이를 넘어 사람이 되며, 사막을 넘어 샘이 되고, 땀을 넘어 다이아몬드가 된다.

나는 그대에게 그대 안에 집 한 채를 짓도록 강요한다.

집이 완성되면 그대의 가슴을 불태울 사람이 와서 살 것이다.

190

죽음을 받아들이는 것과 죽음의 위험을 받아들이는 것은 본질적으로 다르다. 나는 죽음을 무릅썼던 훌륭한 젊은 이들을 알고 있었다. 대개 이들에게 박수를 쳐주는 건 여자들이었다. 전쟁에서 돌아오면 여자들이 불러주는 환영가가 그대를 기쁘게 해줄 것이다.

그대는 남자다움으로 승부라는 고된 시련을 받아들인 거다. 중요한 건 그대가 패배할 위험을 감수하고 목숨을 건 헌신을 한다는 점이다. 이는 자신들의 재산을 주사위에 거는 모험을 감행하는 도박사 또한 잘 알고 있다. 지금 당장으로써는 저들의 재산이 아무런 쓸모가 없다. 저들의 재산은 주사위의 담보가 되고, 손에는 비장함이 넘쳐나는 가운데 널따란 탁자 위에 황금색 입방체 주사위가 던져진다. 그러면 주사위는 그대 영지의 수확물과 목장과 평야를 펼쳐 보인다.

전쟁에서 돌아온 남자는 승리의 후광을 즐기며 어깨는 정복한 무기의 무게로 무겁다. 그리고 아마도 핏물이 꽃처럼 피어올라왔을 것이다. 그는 그저 잠시 동안만 빛을 발할 뿐이다. 아마도 잠시 동안일 것이다. 그대는 그대의 승리로써 살아갈 수 없기 때문이다.

● ● ●

따라서 죽음의 위험을 받아들인다는 건 곧 삶을 받아들인다는 뜻이다. 그리고 위험을 사랑한다는 건 곧 삶을 사랑한다는 것이다. 마찬가지로 그대의 승리는 그대의 창조력에 의해 극복된 패배의 위험을 의미하는 것이다. 아무런 위험 요소 없이 가축들을 관장하며 승리자로서 뽐내는 사람을 그대는 한 번도 본 적이 없을 것이다.

그대가 제국을 위한 늠름한 병사가 되길 원한다 하면, 나는 그대에게 더 많은 것을 요구한다. 넘기 힘든 문턱이 있어도 마찬가지다. 죽음의 위험을 받아들이는 것과 죽음을 받아들이

는 것은 다른 문제다.

• • •

나는 그대가 나무에서 비롯된 존재이길 바라며 또 나무에
종속된 존재이길 바란다. 그대의 자부심이 나무 안에 자리 잡
길 바라며 그대의 삶이 하나의 의미를 가졌으면 좋겠다.

위험을 받아들이는 건 그대에게 있어서는 선물이 될 뿐이
다. 그대는 호기롭게 번뜩이는 기지를 발휘하여 여자들의 마
음을 사로잡는 걸 좋아한다. 그대가 위험을 감수했다는 사실
을 말해야 할 필요성이 생기기도 한다. 위험을 무릅쓴 것이 대
가를 바라는 행위가 된 것이다. 내 허풍쟁이 하사관들은 그런
경우다. 하지만 이들은 오직 자신에게만 영광을 돌릴 뿐이다.

스스로의 재산을 자각하고 이를 거머쥐기 위해, 구체적이
고 물질적인 실체로써 이를 자각하기 위해, 또 차곡차곡 쌓아
둔 짚단과 이삭의 무게, 목장에 있는 가축의 수, 연기가 모락
모락 피어나는 촌락의 규모로 재산의 존재를 느끼기 위해 주
사위 놀음으로 재산을 탕진하는 것은 별개의 문제다. 그대의

곡식과 가축과 촌락을 날려버리고 더 오래 사는 건 별개의 문제다. 그대의 재산을 더욱 가다듬어 나가고 위기의 순간 빛을 발하도록 하는 것과, 해변에서 옷을 하나하나 벗어던지고 맨몸으로 바다의 품에 안기듯 그대의 재산을 버리는 건 별개의 문제다.

• • •

맨몸으로 바다의 품에 안기려면 그대는 죽어야 한다.

그대는 눈을 혹사시켜 가며 성당의 시트를 바느질하여 신께 입혀드리려는 나이 든 여인의 방식으로 살아남아야 한다. 그녀들이 만드는 건 신이 입을 옷이다. 여인들의 손가락이 지어낸 기적으로 기다란 린넨 천은 기도를 만들어낸다.

그대는 오로지 길이자 통로일 뿐이다. 그대가 변모시키는 것으로써만 그대가 실질적으로 살아갈 수 있다. 나무는 흙을 나뭇가지로 변모시키고 꿀벌은 꽃을 꿀로 변모시키지 않던가. 그리고 그대가 밭을 갈면 시커먼 땅이 활활 타오르는 밀밭으로 변모된다.

따라서 일단 내게 중요한 건 그대의 신이 잇자국이 박힌 빵보다 더 현실적으로 존재하는 것이다. 그리하면 그대의 희생까지도 그대를 열광케 할 것이며, 그대의 희생은 사랑을 통해 이뤄지는 궁극적인 결합이 될 것이다.

축제의 참된 의미를 상실한 그대는 모든 걸 파괴하고 모든 걸 탕진해 버렸다. 그리고 그대가 비축해 두었던 것들을 그날그날 나누어줌으로써 스스로가 부유해진다고 생각했다. 그대가 시간의 의미에 대해 잘못 생각했기 때문이다. 그대 앞에 역사학자와 논리학자, 평론가들이 모습을 드러냈다. 재료에 대해 고찰하는 법만 알았지, 이를 관통하는 의미에 대해서는 무지했던 이들은 그대에게 이를 즐기라고 조언했다.

그대는 단식 기간 이후에 즐기는 축제의 만찬이 얼마나 즐거운 것인지 모르고 단식 자체를 거부했다. 그대는 축제 때 불타는 밀밭의 밀이 빛을 발한다는 사실을 모르고 밀 베기 자체를 거부했다.

보잘것없는 계산 때문에 눈이 멀어버린 그대는 삶의 가치가 있는 한 순간이 존재한다는 사실을 이제 더는 생각하지 못하게 되었다.

191

나는 죽음을 받아들이는 것에 대해 생각해 보았다. 사실 논리학자, 역사학자, 비평가들은 스스로를 위해 바실리카 성당에 쓰인 재료들을 찬양한다. (재료는 그저 재료일 뿐이라고 생각하겠지만, 훌륭한 곡선을 만들어내는 은제 물병 손잡이는 금으로 된 물병 이상의 가치를 지니며 그대의 영혼과 마음을 어루만져준다.)

따라서 그대가 원하는 방향을 명확히 모르는 상태에서, 그대는 소유에서 행복을 얻을 수 있다고 생각하고, 바실리카 성당을 이루고 있었던 돌들을 무더기로 쌓아올리느라 진을 뺀다. 여기서 그대의 행복 조건을 만드는 것이다. 하지만 바위 하나라 할지라도, 그것이 신의 얼굴을 닮아 있다면 능히 영혼을 북돋워줄 것이다.

그대는 체스의 규칙을 모르는 탓에 금과 상아를 쌓아 두는

것에서 즐거움을 찾고, 그 과정에서 오직 적군밖에는 보지 못하는 플레이어와 비슷하다. 반면 신성한 규칙 덕에 교묘한 게임의 맛에 눈을 뜬 다른 이의 경우는 성긴 나무의 부스러기에서도 빛을 만들어낸다. 모든 것을 셈하겠다는 욕심 때문에, 그대는 재료들이 이루고 있는 얼굴과 우선적으로 인정받아야 할 얼굴보다 재료 그 자체에 집중한다. 따라서 그대가 하루하루의 축적물처럼 삶에 집착하는 것은 필연적 귀결일 뿐이다. 만일 성전이 순전히 선으로만 이뤄진 것이라면 더 이상 성전이 돌을 규합하지 못한다는 사실이 미치도록 유감스러울 것이다.

그러니 그대 집에 있는 벽돌은 몇 개인지, 그대의 영지에 있는 목장은 몇 개인지, 떼거리로 있는 그대의 가축은 몇 마리인지 헤아려주느라 내 정신을 흐리지 마라. 그대의 아내가 갖고 있는 금은보화의 개수와 그대가 얼마큼의 연애 경험을 갖고 있는지도 셈하지 마라. 그런 건 내게 별로 중요하지 않다. 내가 알고 싶은 것은 다 만들어진 그대의 집이 어떤 질적 가치를 지니고 있는지, 그대의 영지에서 종교에 대한 열기는 어느 정도인지, 일을 마치고 돌아온 밤·그곳에서 행해지는 저녁식사는 즐거운지 정도다. 그리고 그대는 어떤 사랑을 만들어가는 지, 그대의 존재와 더불어 주고받는 것은 무엇인지, 그대 자신 보다 더 단단한 무엇을 주고받는 것인지 정도다. 나는 그대가 무언가가 되었으면 한다. 그대가 만들어낸 무엇에서 그대의 존재를 느껴보고 싶다. 그대의 덧없는 영광을 만드는 별거 아 닌 재료들로부터 그대의 존재를 느끼고 싶진 않다.

그대에겐 본능을 향한 투쟁 의식이 있다. 그래서 그대가 죽 음에서 도망치려 하는 것과 지상 위의 모든 동물들이 삶을 추 구한다는 사실을 관찰했다. 그대는 내게 이런 말을 할 것이다.

"그 모든 사명감을 지배하는 것은 살아남아야 한다는 사 명감입니다. 현재의 삶은 그 가치를 평가할 수 없는 대단히 귀중한 것이고 나는 여기서 빛을 살려내야 하는 의무가 있 습니다."

물론 그대는 스스로를 구명하기 위해 영웅주의와 더불어 싸 워나갈 것이다. 그대는 공략을 하거나 정복을 할 때, 혹은 약 탈을 할 때에 모두 같은 용기를 보여줄 것이다. 모든 것을 저 울 위로 던져 그 힘을 가늠하는 강자의 취기에 그대는 넋이 나 가 있다. 하지만 그대는 허락된 선물의 비밀과 함께 조용히 죽

219

어가진 않을 것이다.

그러나 나는 그대에게 얼마 전 웅덩이에 빠져 허우적대는 아들을 구하려 뛰어들어야 한다는 사명감을 갖게 된 아버지 얘기를 해주고 싶다. 아들의 얼굴은 구름 사이로 언뜻언뜻 비치는 달처럼 점점 창백해졌다.

나는 그대에게 "이 아비가 생에 대한 본능의 지배를 받는 건 아니다."라는 말을 해줄 것이다. 그러면 그대는 이런 말을 할 테지.

"그렇긴 합니다만 본능은 좀 더 멀리 갑니다. 살아야 한다는 본능은 아버지와 아들 모두에게 그 가치를 발합니다. 대원들을 파병하는 주둔군 전체에도 그 가치를 발합니다. 아버지와 아들은 하나로 이어져 있는 겁니다."

그대의 답변은 보다 바람직하고 복잡하며 의미심장한 말들로 이뤄져 있다. 그러나 나는 그대에게 이런 가르침을 주고 싶다.

"물론 생에 대한 본능은 존재한다. 하지만 그건 보다 강한 본능의 한 양상일 뿐이다. 본질적인 본능은 영속성에 대한 본능이다. 살아 꿈틀거리는 살로 만들어진 자는 살에서 존재의 영속성을 찾는다. 자식에 대한 사랑으로 만들어진 자는 자식을 구해 내는 데서 존재의 영속성을 찾는다. 그리고 신에 대한 사랑으로 만들어진 자는 신에게 조금씩 닿아가는 과정에서 존재의 영속성을 찾는다.

그대는 그대가 알지 못하는 것을 찾으려들지 않으며 그대가 느끼는 한도 내에서 성장의 조건들을 구해 내려 한다. 그대가 느끼는 한도 내에서 사랑의 조건들을 구해 내려 한다. 나는 그대의 삶을 삶 이상의 것과 맞바꿔줄 수 있다. 아무것도 앗아가는 것 없이 말이다."

192

만일 존재하는 그대로 껍질 속에 갇힌 그대로의 나무를
위해 나무가 살아간다고 생각한다면 그대는 그 어떤 기쁨도
짐작할 수 없을 것이다. 나무는 날개 돋친 씨앗을 만들어내는
근원이고 세대를 거듭하며 모습을 바꾸어 더욱 아름다워지는
존재다. 나무는 자신의 방식으로 나아가는 것이 아니라 바람
에게 자신을 내어맡긴 불길처럼 앞으로 나아간다. 그대가 산
마루에 백향목을 심으면 숲은 세기를 거듭하며 느리게 산책
하듯 나아갈 것이다.

나무는 자신에 대해 뭐라고 생각하겠는가? 나무는 스스로
를 뿌리이자 줄기며 또 이파리라고 생각할 것이다. 뿌리를 내
리면서 나무는 그게 자신을 위한 일이라고 생각할 지도 모르
나 나무는 길이자 통로일 뿐이다. 나무를 통해 흙이 해바라기

의 꿀과 결합하며 싹을 틔우고 꽃봉오리를 터뜨려 씨앗을 만드는 것이다. 그렇게 만들어진 씨앗은 삶을 실어다준다. 활활 타오를 준비는 되었으나, 아직 모습을 드러내지 않는 불처럼 씨앗은 삶을 실어다준다.

내가 바람에다가 씨앗을 던진다면, 나는 흙을 불태우는 셈이다. 하지만 그대에게는 더디게 보일 것이다. 그대의 눈에 이 파리는 움직이지 않는 것으로 보이며 가지는 묵직하게 보인다. 그대는 나무가 제자리에만 머물러 있다고 생각하며, 자신을 밑천으로 삼아 살아가는 존재, 자신 안에서 여물어가는 존재로 생각한다. 근시안에다 후각도 무딘 그대는 아무렇게나 사물을 본다. 씨앗에서 불길이 터져 나오고 불길에서 다른 불길들이 터져 나오며 그렇게 불이 활활 타올라 나무껍질이라는 옷을 벗어버리는 걸 보기 위해서는 뒤로 한 발 물러나 하루하루를 거시적으로 보는 것만으로 충분하다.

숲은 소리 없이 타오르기 때문이다. 그대는 이 나무도 못 보고 다른 것도 보지 못한다. 그리고 뿌리라는 것은 서로서로를 위해 쓰이는 게 아니라 모든 걸 먹어치우는 동시에 새로운 걸 만들어내는 이 불을 위해 쓰인다는 점을 알게 된다. 그대의 산

에 옷을 입힌 어두운 빛깔의 이파리들은 태양의 힘으로 비옥해진 대지일 뿐이다. 그리고 숲 속의 빈터에는 산토끼들이 자리를 잡으며 나뭇가지에는 새들이 둥지를 튼다. 나무의 뿌리를 보면서 그대는 이 뿌리들이 무엇에 소용되는 지 선뜻 말할 수 없을 것이다. 나무는 하나의 단계이자 다른 것들이 지나가는 통로에 지나지 않는다. 씨앗에 대해 생각하지 않는 것을 나무에 대해서는 생각하고 싶어 하는 까닭이 무엇인가?

그대는 "씨앗은 자신을 위해 산다. 씨앗은 완전하게 만들어진 존재다. 줄기는 자신을 위해 산다. 줄기는 완전하게 만들어진 존재다. 줄기가 모습을 바꾸어 만들어진 꽃은 그 자신을 위해 산다. 꽃은 완전하게 만들어진 존재다."라는 식으로 말하지 않는다.

돌 사이로 고집스럽게 줄기를 뻗는 새순 또한 마찬가지다. 여기에 이르도록 하려면 어떤 단계를 선택해야 하는 것인가? 내가 아는 건 오직 흙에서 올라왔다는 것뿐이다.

• • •

사람도 이와 같으며 어디로 갈지 모르는 내 백성들도 이와
같다. 밤이 되면 헛간 문은 닫히고 그 안에 있는 것들은 여물
어간다. 아이들은 잠이 들고 할아버지, 할머니도 잠이 든다.
저들의 길에 대해 내가 무엇을 말할 수 있겠는가? 분간하기는
힘들다. 한 계절의 바뀜에 따라 불완전하게나마 인생을 분간
해 보는 건 너무 어렵다. 한 계절이 바뀌면 그저 노파의 얼굴
에 주름이 하나 더 늘어날 뿐이요, 아이는 말을 몇 마디 더 배
울 뿐이고, 미소가 약간 달라질 뿐이다. 한 계절이 바뀐다고
해서 사람의 완전함과 불완전함에 변화가 생기는 건 결코 아
니다. 하지만 내가 여러 세대를 감싸 안아주는 이유는 그대,
나의 백성이 자각하고 반성하기 때문이다.

물론 그 누구도 자신을 벗어나서는 생각하지 않는다. 사실
정말 그렇다. 중요한 건 조각가가 주의를 잃지 않고 은을 조
각하는 것이며, 기하학자가 기하학을 생각하는 것이요, 왕이
통치를 하는 것이다. 일을 진행시켜 나가는 조건들이기 때문
이다.

마찬가지로 비록 자신들이 배의 탄생을 주관한다 하더라도
못을 만드는 대장장이는 못으로써 자신들의 노래를 부르고

판자를 자르는 사람은 판자로써 자신들의 노래를 부른다. 시로써 범선을 알아가는 것은 저들에겐 반가운 일이다. 반대로 바다의 바람으로부터 힘을 얻어 날개 단 듯 날아가는 배 안에 저들이 존재하고 완성된다는 것을 아는 자들은 저들의 판자와 못을 덜 좋아할 리 없다.

· · ·

그대의 목표가 너무 커서 그대가 아침에 방을 청소할 필요도 다른 것들을 많이 심은 뒤 한 줌 보리를 심을 필요도 반복적인 노동 행위를 할 필요도 그대의 아들에게 글자 하나, 기도 하나라도 더 가르칠 필요가 없더라도, 배에 대해 안다면 판자와 못을 무시하는 게 아니라 소중히 여겨야 하는 것과 마찬가지로, 이는 단순히 밥을 먹거나 기도를 하거나 밭을 가는 일과는 다르며 그대의 아이를 볼 일도, 그대에게 속한 것들에 대해 축제를 벌일 문제도, 그대의 집을 멋지게 꾸며줄 물건에 해당하는 일도 아님을 그대가 확실히 인식하기 바란다.

이들은 모두 조건이자 길이며 통로의 역할을 맡는다. 이런 대상들을 우습게 넘기지 않고 주의 깊게 보면 그대는 여러 가지를 존경하게 될 것이고 들장미 향기와 밭고랑, 언덕을 따라 나있는 비탈길 등을 품은 이 길을 소중히 여길 것이며 구불구불한 불모지 길이 아니라 바다를 향한 길이라면 이 길에 대해 더욱 잘 알게 될 것이다.

나는 그대가 '청소는 해서 뭐하느냐, 이렇게 무거운 짐은 질질 끌고 가서 뭐하느냐, 이 책은 알아서 뭐하느냐?'라고 말하도록 내버려두진 않을 셈이다. 그대가 잠을 자면서 보초병처럼 제국이 아닌 따뜻한 수프를 꿈꾸는 것도 좋지만, 예고 없이 찾아와 그대의 눈과 귀를 트이게 해주고 그대의 처량한 빗자루질을 말로 표현 못할 의식적 행위로 바꾸어줄 무언가의 방문에 대해 준비를 하고 있는 것도 좋기 때문이다.

심장의 떨림, 고통, 욕망, 저녁나절의 울적함, 식사, 일을 향한 노력, 미소, 하루하루 더해 가는 나태함, 각성, 잠이 들 때의 감미로움, 이 모두는 사물의 본질을 꿰뚫는 신의 의미를 담고 있다.

스스로를 창고에 쌓인 물건들 가운데 있는 또 하나의 비축품이라고 생각하여 한 곳에 정착해 버리고 만다면 그대들은

아무것도 발견하지 못할 것이다. 성장하길 멈춘 비축품이란 건 더 이상 존재하지 않는 죽은 것이나 마찬가지다.

194

한곳에만 정착하여 사는 이의 문화를 찾으려다 진이 다 빠져버린다 해도 그리 놀랄 일이 아니다. 그런 문화라는 것 자체가 존재하지 않기 때문이다.

• • •

아버지께서는 이렇게 말씀하셨다.

"문화를 내어준다는 건 곧 갈증을 내어준다는 것이다. 나머지는 자신에게서 생겨날 것이다."

하지만 그대는 이미 가득 찬 배에 규격대로 정해진 음료를 집어넣고 있지 않은가?

사랑은 사랑을 향한 부름이다. 문화도 이와 같다. 문화란 갈

증 그 자체에 있는 것이다. 하지만 갈증을 어떻게 문화로 만들 것인가?

• • •

그대가 요구하는 것은 오직 그대의 영속성을 위한 조건들뿐이다. 술을 정당화했던 사람은 술을 요구하기 마련이다. 술이 그에게 이익이 되서가 아니다. 술 때문에 목숨까지도 잃지 않던가. 그대의 문명으로 기반을 닦아준 이 사람은 이제 그대의 문명을 요구한다. 그는 본능적으로 영속성을 원하고, 영속성은 삶에 대한 본능을 지배한다.

사실 나는 무리에서 떨어진 삶을 사느니 차라리 죽음을 택하겠다는 이들을 많이 보았다. 그대의 손에 잡힌 영양이나 새들이 자살을 하는 것에서도 이를 알 수 있다.

만일 사람들이 그대를 그대의 아내에게서 그대의 아이들에게서 그대의 관습으로부터 떼어놓는다면 혹은 그대의 삶을 지속시켜 주었던 빛이 세상에서 완전히 꺼져버린다면 이로 인해 그대는 죽을 수도 있다. 사실 수도원 깊은 구석에도 빛은 있지 않던가!

죽음으로부터 그대를 구해 내고 싶다면 연인이 기다리고 있는 영혼의 제국으로 그대를 초대하기만 하면 된다. 그러면 그대는 계속해서 살아갈 것이다. 그대의 인내심은 무한하기 때문이다. 그대가 일부를 이루고 있는 집은 제아무리 멀다 해도 사막에서 유용한 공간이 된다. 제아무리 멀리 있다 해도 그리고 비록 잠들어 있다 해도 그대가 사랑하는 여인은 그대에게 쓸모 있는 사람이다.

하지만 대상을 아무렇게나 퍼뜨려 놓아 하나로 묶고 있던 매듭이 풀려버리는 상황을 그대는 감내하지 못한다. 만일 그대의 신들이 죽어버린다면 그대 또한 살아 있지 못할 것이다. 그대가 삶을 영위하고 있는 건 그들 덕분이기 때문이다. 그대는 그대가 목숨을 걸 수 있는 것으로써만 삶을 살아갈 수 있다.

• • •

내가 만일 그대에게 몇몇 비장한 감정들을 일깨워준다면, 그대는 이를 세대에서 세대로 전수시킬 것이다. 그대의 아이

들에게는 사물의 본질을 꿰뚫어 보고 그 얼굴을 읽어내는 법을 가르칠 것이다. 영지를 이루는 요소들을 통해서 내가 유일하게 사랑해야 할 영지가 무엇인지 가르치듯 말이다.

그대는 영지를 이루는 개별 요소를 위해 목숨을 내놓지는 않을 것이다. 이들 개별 요소들은 영지에 빚을 지고 있다. 그대는 오직 길이요 통로에 불과하기 때문이다. 그대는 이 요소들을 영지에 예속시킨다. 하지만 하나의 영지가 만들어지면 그대는 영지를 온전한 상태로 구해 내기 위해 목숨을 걸 것이다. 그대는 책의 의미에 목숨을 걸지만 종이나 잉크에 목숨을 걸지는 않는다.

그대는 관계를 이어주는 매듭이며 그대의 정체성은 얼굴에 살점에 재산에 웃음에 나타나는 게 아니라 그대를 통해서 만들어졌던 구축물과 그대를 만들어준 얼굴들에서 나타나는 것이기 때문이다. 그 연관성은 그대를 통해 이어져 있으며, 그대 또한 그 일부가 된다.

그대는 가끔 이런 얘기를 한다. 이를 타인에게 말로 전해 줄 수 없다는 것이다. 그대가 사랑하는 여인 역시 마찬가지다. 만일 그대가 내게 그녀의 이름을 말해 준다고 해도 각 음절이 내게 그녀의 사랑스러움을 전해 줄 수 없다. 내 눈으로 그녀를 봐야 그녀의 사랑스러움을 알 수 있는 것이다. 중요한 건 행위지 말이 아니다.

하지만 그대는 백향목을 알고 있다. 내가 '백향목'이라고 말하면 그대에게는 백향목의 장엄함이 전해진다. 그대가 줄기와 가지와 뿌리와 이파리로 이루어진 백향목에 눈을 떴기 때문이다.

사랑의 기반을 닦는 유일한 방법은 그대가 사랑을 위해 스스로를 희생하는 것뿐이다. 그러나 짚더미 위에서 먹이를 받아먹는 저들이 믿는 신이란 건 대체 무엇인가?

그대는 선물로써 저들을 살찌우며 성장시켜 준다는 주장을 펴고 있다. 하지만 그 선물 때문에 저들은 죽고 말 것이다. 그대는 오직 매일매일 조금씩 그 형태를 변화시킴으로써만 살아갈 수 있다. 대상과 그대를 맞바꾸므로 그대는 사멸한다.

바느질을 하느라 시력이 악화된 노파들도 교환의 가치에 대해 잘 알고 있다. 그대는 노파들의 눈을 구해 주겠다고 말을 한다. 이미 저들의 눈은 쓸모가 없어졌다. 그대는 저들이 교환할 수 없게 만들어놓고만 셈이다.

233

그대가 포식시켜 주었다고 주장하는 저들은 무엇과 교환 행위를 할 것인가?

그대는 소유를 갈구하게 만들 수는 있으나 소유는 교환이 아니다. 그대는 수가 놓인 옷감을 쌓아두는 것을 갈구하게 만들 수는 있지만 그 결과는 창고에 미친 영혼만을 만들 뿐이다. 시력을 잃도록 바느질을 하고 싶어 하는 목마름을 그대는 만들어줄 수 있겠는가? 사실 이런 갈증만이 진정한 삶에 대한 갈증이다.

● ● ●

내 사랑을 내색하지 않은 채, 나는 정원사들과 양모실 잣는 여인들을 유심히 살펴보았다. 나는 저들에게 주어진 것은 별로 없으나 많은 것이 요구됨을 주목했다. 마치 세상의 운명이 정원사들과 실 잣는 여인들에게 달려 있는 것 같았다.

나는 각각의 보초병이 제국 전체의 책임자가 되었으면 한다. 이자는 심지어 정원 초입의 애벌레조차 반대한다. 값비싼 제의를 바느질하는 여인은 희미한 빛밖에는 발하지 않을지 모르나, 그녀는 자신의 신을 꾸며주었고 전날보다 멋지게 장식된 신은 여인에게 밝은 빛을 비춰준다.

사람에게 사물의 본질을 꿰뚫어 내면을 읽어내는 법을 가르치는 것이 아니라면 나는 사람을 기른다는 것이 무엇을 의미하는지 모르겠다. 나는 신들을 영원히 존재하게 만든다. 체스의 즐거움 또한 이와 같다. 체스의 규칙을 살려서 말을 구제해준다. 하지만 그대는 체스에서 이겨줄 노예를 원하고 있다.

연애편지를 받아든 사람들 일부가 편지를 받고 눈물을 흘린다는 사실에 주목한 그대는 연애편지를 선물로 주고 싶어 한다. 그리고 상대가 눈물을 뽑아주지 않으면 이를 의아하게 생각한다.

주는 것만으로는 충분하지 않다. 받는 이가 제대로 받아줄 만한 환경을 만들 필요가 있다. 체스의 즐거움을 느끼려면 체스를 함께 할 사람이 필요하고 사랑을 하려면 사랑에 대한 갈증을 만들어놔야 한다.

마찬가지로 신을 영접하기 위해서는 우선 제단이 필요하다. 나는 보초병들이 성벽에서 이리저리 거닐도록 강제하면서 그들의 마음속에 제국을 건설했다.

196

사람들의 인정을 받고 싶어 하는 어떤 이가 있다. 사람들을 위해서 그는 이것저것을 했다. 하지만 거둬들인 상품도 없었고 비축해 둘 무언가가 생기지도 않았다. 그대가 준 것은 한 사람에게서 다른 사람에게로 순환된다. 만일 그대가 아무것도 주지 않는다면 그대는 아무것도 받지 못할 것이다. 그대는 내게 이렇게 말할 것이다.

"어제의 저는 칭송받을 만했고, 저는 그 혜택을 유지하고 있습니다."

그러면 나는 이렇게 대답할 것이다.

"그렇지 않다! 물론 그대가 어제 세상을 떠났더라면 공적을 얻은 채 세상을 떠났을 테지만 그대는 오늘도 살아 있지 않는가. 중요한 것은 오직 죽는 순간 그대가 어떤 존재였느

냐는 것이다. 과거에 그대가 관대한 사람이었다 하더라도 오늘의 그대는 나병에 걸린 사람에 지나지 않는다. 그렇다면 그대가 죽는 건 나병의 온상인 자 하나가 세상을 떠나는 것에 불과하다."

● ● ●

그대는 나무의 뿌리며 나무는 그대를 기반으로 하여 살아간다. 그대는 나무에 이어진 존재다. 그게 그대의 의무가 되었다. 하지만 뿌리는 이렇게 말할 것이다.

"나는 수액을 너무 많이 빼내 줬어!"

그리하여 나무가 죽어버렸다. 뿌리는 나무의 죽음을 승인할 권리를 가졌다고 우쭐해할 수 있을까?

보초병이 지평선 감시를 게을리하고 잠이 든다면 도시는 죽어버린다. 순찰을 마친 예비 순찰대도 없고 그대의 심장 어느 한 구석에만 할애된 두근거림도 없다. 그대의 곳간 자체는 쌓아둔 물건이 아니라 기항지에 불과하다. 그대는 밭을 가는 동시에 이를 약탈한다.

하지만 그대는 잘못 생각하고 있다. 그대는 창조된 예술품들을 미술관에 쌓아놓음으로써 창작에서 벗어나 휴식을 취하는 것이라고 생각한다. 그대는 미술관에 그대의 민족 자체를 쌓아둔 것이다. 하지만 예술품은 없다. 동일한 예술품으로부터 다양한 언어로 된 다양한 의미가 존재한다. 잠수부와 창녀, 상인에게 있어 흑진주의 의미는 각각 다르다.

그대가 다이아몬드를 캐내어 팔 때 이를 누군가에게 줄 때 이를 잃어버렸을 때 이를 되찾았을 때 축제의 중심 장식이 되어줄 때 다이아몬드의 가치가 빛을 발하기 마련이다. 평상시의 다이아몬드에 대해서는 아는 게 없다. 하루하루의 다이아몬드는 그저 텅 빈 조약돌에 지나지 않는다. 다이아몬드를 보유하고 있는 여자들 또한 이를 잘 알고 있다. 그녀들은 보석함 가장 깊은 곳에 다이아몬드를 꽁꽁 감춰둔다. 그곳에서 다이아몬드가 곤히 잠들어 있도록 하기 위해서다. 그리고는 왕의 탄신일에만 다이아몬드를 꺼낸다. 그러면 다이아몬드는 거만한 거동을 하게 된다. 여인들은 다이아몬드를 결혼식 날 저녁에 받는다. 그때 다이아몬드는 사랑의 행보를 한다. 과거 모암을 깨부순 이에게 있어서 다이아몬드는 단 한 번의 기적이었다.

• • •

꽃은 이를 바라보는 눈에게 그 가치를 지닌다. 하지만 가장 아름다운 건 고인을 위해 내가 바다에서 피어나게 했던 꽃들이다. 그 누구도 결코 고인에게 주목하진 않을 것이다.

어떤 이가 자신의 과거를 고려하여 말을 한다. 그는 내게 이런 식으로 말한다.

"내가 어떤 사람이냐면……"

나는 그가 죽는다는 조건하에서 그에게 경의를 표하는 걸 받아들인다. 하지만 나는 진정한 기하학자인 내 친구로부터 그가 자신의 삼각형들을 자랑한다는 이야기를 들어본 적이 없다. 그는 삼각형을 위해 일하는 자였고, 기호라는 정원의 정원사였다.

어느 날 밤 나는 그에게 말했다.

"스스로의 일을 자랑스러워 하는 자네는 사람들에게 많은 것을 주었네."

그 친구는 처음에는 말이 없더니 이어 내게 이렇게 대답했다.

"주는 것의 문제가 아닙니다. 저는 주거나 혹은 받거나 하는

사람들을 경멸합니다. 선물을 요구하는 왕자의 탐욕스러운 입맛을 제가 어떻게 떠받들 수 있겠습니까? 게걸스럽게 먹는 걸 스스로 방치하는 이들 역시 마찬가지입니다. 왕자의 권위는 저들의 권위를 부인합니다. 이 권위 혹은 저 권위 사이에서 선택을 해야 하지요. 하지만 저를 비굴하게 만드는 왕자라면 저는 그를 경멸합니다. 저는 그의 집에서 비롯된 존재이고 그는 나를 성장시킬 의무를 지고 있습니다. 제가 커지면 저도 제 왕자님을 크게 만들 수 있지요.

제가 사람들에게 준 게 무엇입니까? 저는 그들 가운데 속해 있는 존재입니다. 저들이 삼각형에 대해 생각을 한다면 저는 그 생각의 일부가 되는 존재입니다. 사람들은 저를 통해 삼각형에 대한 고찰을 해봅니다. 저들을 통해 매일매일 저는 빵을 먹었습니다. 그리고 저들이 키운 염소에서 나온 우유를 마셨고 저들이 키운 소의 가죽으로 만든 신을 신었습니다."

내가 사람들에게 주는 게 있는가 하면 이들로부터 온갖 것을 다 받기도 한다. 한 사람에 대한 다른 한 사람의 우선권은 어디에 있는가? 내가 더 많이 주면 나는 더 많이 받게 된다. 나는 더 고귀한 제국이 되고 있다.

가장 통속적인 재력가로부터 이를 이해할 수 있을 것이다. 이들은 자신들 스스로의 힘만으로는 살아갈 수 없다. 재력가들은 자신이 가진 에메랄드 재산으로 고급 창부를 먹여 살린다. 그녀에게서는 빛이 나고 재력가들이 그 빛으로써 존재한다. 이들은 가진 재산이 그토록 빛나는 것에 대해 만족스러워한다. 하지만 이들은 불쌍한 존재다. 이 창부로서만 존재하기 때문이다. 다른 어떤 이는 자신의 모든 걸 왕에게 내주었다.

"그러면 그대는 무엇으로서 존재하는가?"

"왕으로서 존재합니다."

이자야말로 진정 빛을 발하는 사람이다.

199

제힘으로는 아무것도 만들어낼 줄 모르는 글쟁이는 판자를 자르는 사람의 노래나 못을 만드는 사람의 노래보다는 다 완성된 배의 노래를 더 좋아한다. 마찬가지로 배가 장비를 갖추고 물 위에 띄워져 바람에 돛이 부풀어 오르면 그는 배가 바다와 매 순간 사투를 벌이게 될 것은 언급하지 않고 음악의 섬 예찬론을 펼 것이다. 물론 이 음악의 섬이란 건 배를 이루는 판자와 못 그리고 바다와의 사투가 합쳐진 것이라는 데에 그 의미가 있다. 단, 그 결과물로써 음악의 섬이 탄생될 험난한 변화의 시간을 도외시하지 않는다면 말이다.

하지만 이자는 처음 못 하나를 본 순간, 썩어 문드러진 환상 속에서 어찌할 줄 모르며 형형색색의 새소리와 산호 위로 내비친 황혼 같은 것에 대해서 노래할 것이다. 오색빛깔 새들의

노랫소리니 산호 위의 황혼이니 하는 것들은 역겨움을 일으
킨다. 나는 달콤한 잼보다는 딱딱한 빵이 더 좋기 때문이다.
달콤한 건 일단 미심쩍다. 회색 빛깔의 새들이 하늘을 수놓는
가운데 추적추적 비가 내리는 우중충한 섬도 존재하기 때문
이다. 그런 섬에 당도하게 되면 나는 무채색의 새들이 수놓는
잿빛 하늘의 심금을 울리는 노랫소리를 들으며 잔잔한 애정
을 느낄 것이다.

• • •

　나는 돌도 없이 대성당을 짓겠노라고 떠들어대지는 않는다.
본질에 닿는 건 오직 다양성을 아우를 때에만 가능하다. 왜 꽃
잎은 다름 아닌 그런 개수를 가지고 있고 왜 색깔은 다름 아닌
그런 색깔을 갖고 있는지 등과 같은 특별한 것이 없다면 꽃에
서 나는 아무것도 잡아내지 못한다. 나는 못을 만들었고 판자
를 잘랐으며 바다의 의심스런 어깻짓을 하나하나 빨아들였
다. 나는 그대에게 직접 바다에서 끌어올린 풍요롭고 완전한
섬을 노래해 줄 것이다.

243

사랑도 이와 같다. 만일 글쟁이가 보편성을 대거 섞으며 사랑 예찬론을 펼친다면 여기에서 나는 무엇을 알게 되겠는가? 그런데 특별한 어떤 여인이 내게 하나의 길을 열어준다. 이 여인은 이렇게 말하지 다르게 말하지 않으며 이렇게 미소를 짓지 다르게 미소 짓지 않는다. 그 어떤 여인도 이 여인을 닮을 수는 없다.

밤마다 내가 창문에 팔을 괴는 이유는 마치 신을 발견하는 것 같기 때문이다. 사실 그대에게는 진짜 오솔길이 필요하다. 구부러지고 땅 색깔을 갖고 있으며 길가에는 들장미 밭이 펼쳐져있는 오솔길 말이다. 그렇게만 된다면 그대는 어딘가로 갈 것이다. 갈증으로 죽어가는 자는 샘을 향해 걸어가는 환상에 젖는다. 하지만 그는 결국 죽는다.

● ● ●

내 연민도 마찬가지다. 그대는 지금 아이들을 고문하는 것을 비난하고 있으며 입이 쩍 벌어질 정도로 나를 놀라게 한다. 하지만 그대는 나를 어딘가로 데려가지는 않았다. 그대는 내

게 이렇게 말한다.

"난파로 인해 아이들 열 명이 익사했습니다."

그러나 나는 산술에 대해서는 전혀 이해하지 못하며 그 수가 배로 늘어난다고 해서 두 배 더 열심히 울지는 않을 것이다. 제국이 건설된 이후로 수십만 명이 죽었지만 그래도 그대는 삶의 정취를 느끼며 행복할 수 있다.

만일 그대가 나를 그 난파 현장에 인도할 수 있다면 나는 그 사건을 슬퍼할 것이다. 이를 통해 나는 모든 아이들을 되찾을 것이며 눈물을 흘릴 것이다. 비단 아이들을 위해서만이 아니라 모든 사람들을 위해서 말이다.

언젠가 그대는 내게 주근깨 투성이에다 절름발이 아이가 모욕을 당하는 이야기를 해준 적이 있다. 마을 사람들이 그 아이를 싫어한다고도 했다. 아이는 마을에서 기생충처럼 살아가는 버림받은 존재였고 어떤 날은 모르는 곳에 다녀오기도 했다. 사람들은 아이에게 이렇게 소리쳤다.

"이 빈대 같은 녀석, 너는 우리 뿌리에 붙어 기생하는 버섯 같은 존재야!"

그대는 아이를 만나 이렇게 얘기했다.

"주근깨 많은 꼬마야, 아버지는 안 계시니?"

아이는 대답하지 않았다. 아이에게 친구라곤 오직 동물과 나무뿐이었다.

"왜 또래 아이들하고 놀지 않니?"

아이는 어깨만 으쓱해 보일 뿐이었다. 아이가 다리를 절거나 악의 구렁텅이 같은 어딘가 먼 곳에서 돌아오는 모습을 보면 동네 아이들은 그 아이에게 돌을 집어던지곤 했다.

아이가 감히 동네 아이들이 노는 곳에 끼어들라치면 어여쁘고 말끔한 모습의 동네 아이들은 아이 앞으로 몰려가서는 이렇게 말했다.

"걷는 폼이 완전 게 같군. 너희 동네로 가! 네가 우리까지 흉측하게 만들고 있잖아! 우리 마을은 아주 예쁘고 걷기도 똑바로 걷고 말이야!"

아이는 뒤돌아서 다리를 질질 끌며 멀리 사라져 갔다.

그대는 아이를 만나 이렇게 얘기했었다.

"주근깨 많은 꼬마야, 어머니도 안 계시니?"

아이는 대답하지 않았다. 그저 아주 잠시 동안만 그대를 잠깐 쳐다본 뒤 얼굴을 붉혔을 뿐이다.

그대는 아이의 상황이 가혹하고 서글프다고 생각하기 때문에 아이가 말없이 온화한 모습을 보이는 것을 이해하지 못한다.

어느 날 저녁, 마을 사람들은 몽둥이질로 아이를 추방시키려 했다.

"이 절름발이 종자가 우리 마을을 떠나 다른 곳에 뿌리를 내리면 좋으련만!"

그대는 아이를 보호하며 이렇게 말한다.

"얘야, 주근깨 많은 꼬마야, 너는 형제도 없니?"

그러자 아이의 얼굴에는 화색이 돌았고 아이는 그대를 똑바로 쳐다보며 이렇게 말했다.

"있어요! 형제가 하나 있어요!"

자부심에 얼굴이 온통 붉게 달아오른 아이는 그대에게 형 얘기를 했다.

아이의 형은 제국 어딘가의 대위로 있다고 했다. 영광으로 빛나는 어느 날, 형은 말 위에 절름발이 주근깨 투성이 동생을 태웠다. 아이의 형은 다시 한 번 나타날 것이다. 그래서 마을 사람들이 보는 앞에서 말안장 위에 아이를, 더러운 절름발이 동생을 태워줄 것이다. 아이는 이렇게 말했다.

"이번에는 형을 마중 나가서 형한테 무등을 태워달라고 할 거예요. 형은 무척 좋아할 거예요! 그러고는 제가 '왼쪽, 오른쪽, 더 빨리!' 이런 식으로 형을 조종할 거예요. 형이 거절하진 않을 거예요. 형은 제가 웃는 모습을 좋아해요. 그 우리 둘이 함께인 거예요!"

형에게 동생은 주근깨 투성이의 못생긴 절름발이가 아니다. 그에게 동생은 못난 존재가 아니다. 동생은 한 명의 형제다. 영광으로 빛나는 어느 날, 형은 동생을 군마에 태워 산책을 시켜줬다.

형이 돌아오는 날, 아이는 낮은 담벼락 위로 다리를 늘어뜨리고 앉아 있다. 다른 아이들은 이 아이에게 돌을 집어 던진다.

"이 사팔뜨기 절름발이야, 넌 뛸 줄도 모르지!"

하지만 아이는 그대를 쳐다보고는 미소를 지어보인다. 그대는 아이와 모종의 협약으로 이어진 존재다. 그대는 주근깨 투성이에 절름발이 꼬마밖에 보지 못하는 아이들 전체를 목격한 증인이다. 그렇지만 아이는 군마를 타고 올 형의 동생이 아니던가!

오늘 아이의 형은 자신의 휘장으로 아이를 깨끗하게 씻겨줄 것이며 자신의 명성으로써 아이에게 방어막을 만들어 돌에 맞지 않게 해줄 것이다. 달리는 말의 대단한 기세 덕에 그동안 허약한 아이로 취급받았던 동생은 정화된 존재가 될 것이다. 사람들은 이제 아이를 못생겼다고 생각하지 않을 것이다. 그 형이 멋진 사람이기 때문이다. 아이는 그동안 받았던 모욕을 깨끗하게 씻어버릴 것이다. 그의 형이 즐겁고 영광스런 존재이기 때문이다.

태양 아래서 아이는 뜨겁게 달아오를 것이다. 그리고 이 아이의 존재를 새로 인정하게 된 다른 아이들은 모든 놀이에 아이를 초대할 것이다.

"멋진 형을 둔 애야, 우리랑 같이 놀지 않을래? 너네 형 멋지더라."

그리고 아이는 형에게 다른 아이들도 차례로 말에 태워달라고 부탁할 것이다. 이번에는 다른 아이들이 말 타고 달리는 바람 맛을 볼 수 있도록 말이다. 아이는 몰라서 그랬던 이 꼬마들에게 엄하게 대하지 않을 것이다. 아이는 다른 아이들을 좋아할 것이며, 아이들에게 이렇게 말해 줄 것이다.

"우리 형이 돌아올 때마다 내가 너희들을 불러 모을 거고 그럼 우리 형이 너희한테 그간 있었던 전투에 대해 말해 줄 거야."

다른 아이들은 그대에게 가까이 다가간다. 동네 아이들이 그동안 아이를 어떻게 대해 왔는지 그대가 알고 있기 때문이다. 그대에게 아이는 그렇게 추해 보이지 않는다. 그대는 아이를 통해 형의 모습을 보고 있기 때문이다.

• • •

하지만 그대는 아이에게 천국이, 구원이, 태양이 있다는 생각은 잊어버리라고 말하려 했다. 돌세례를 맞으면서도 용기를 잃지 않게 했던 갑옷을 아이에게서 벗기려 했다. 그대는 아이를 아이의 비참한 처지에 굴복시키려 했다. 그리고 아이에게 이렇게 말했다.

"꼬마야, 다르게 존재하는 법을 찾으렴. 군마를 타고 산책하길 바라서는 안 되기 때문이야."

아이에게 형이 군대에서 추방되었다는 얘기는 어떻게 전할

251

것이고 창피한 모습으로 마을을 향해 오고 있다는 소식은 또 어떻게 전할 것이며 길에서 다리를 절고 있고 사람들이 그에게 돌을 던지고 있다는 소식은 또 어떻게 전할 것인가?

만일 그대가 내게 "아이가 빠져 있던 늪에서 나는 죽은 아이를 건져냈습니다. 태양이 없어져 아이는 더 이상 살아갈 수가 없었기 때문입니다."라고 말한다면 나는 사람들의 가련함에 눈물을 흘릴 것이다.

다름 아닌 그 얼굴 덕분에, 다름 아닌 그 군마 덕분에, 영광스러운 날 그 말 위의 산책 덕분에, 마을 초입에서 당한 창피함 덕분에, 그대가 내게 늪에 살던 거위와 늪가에서 빨래를 말리던 가련한 여인의 얘기를 해주었던 늪 덕분에, 이제 나는 신을 만나고 있다. 내 연민은 사람들을 통해 멀리 나아간다. 이 아이에 대해 말해 주면서 그대가 나를 진짜 오솔길로 인도했다.

사원을 이루는 요소들 가운데 하나인 빛부터 먼저 찾으려 들지 마라. 빛이 밝게 비춰주는 건 사원의 돌들이다.

201

그대의 비난은 내게 도움이 된다. 물론 언뜻 본 나라에 대해 기술하면서 내가 틀릴 수도 있다. 강의 위치를 잘못 말한다거나 마을 이름을 잊어버렸을 수도 있다. 그대는 당당하게 나를 찾아와 내 오류를 지적한다. 나는 그대의 지적을 긍정적으로 받아들인다.

내게는 모든 걸 가늠하고 헤아릴 시간이 없었다. 중요한 건 내가 선택했던 산에서 그대가 세상을 판단한다는 것이다. 그대는 판단에 흥미를 느끼고 나보다 더 멀리 나아갈 것이다. 내가 약한 부분에서 그대는 강하다. 하여 나는 만족스러움을 느낀다.

• • •

그대가 나를 부인하려 든다면 그건 내가 걸어온 길을 그대가 잘못 판단했기 때문이다. 그대에게는 논리학자와 역사학자, 비평가의 혈통이 흐른다. 이들은 얼굴을 이루는 개별 요소에 대해 왈가왈부할 뿐, 얼굴 전체가 가지는 표정에 대해서는 알지 못한다. 법이니 특별 명령이니 하는 것이 내게 뭐가 중요하겠는가? 이를 만들어내는 건 그대의 몫이다. 만일 내가 그대에게 바다를 좋아하는 마음을 심어주고 싶다면 나는 항해 중인 배와 별들로 수놓인 밤과 그리고 향기의 기적으로 섬이 만들어놓는 제국에 대해 묘사해 줄 것이다. 나는 그대에게 이렇게 말하겠다.

　"그대가 사람 사는 세상으로 들어가는 아침이 온다. 향신료 바구니처럼 아직은 눈에 보이지 않는 섬이 바다 위에 제국을 배치한다. 그대는 그대의 선원들이 투박하거나 난폭하다고 생각하는 게 아니라 이유는 모르지만 온화한 선망의 대상 때문에 열정적으로 타오른다고 생각한다. 우리는 종소리를 듣기 전에 종을 떠올린다. 서툰 의식은 요란한 소리를 요구하지만 귀는 이미 알고 있다. 정원을 향해 걸어갈 때 나는 이미 장미꽃이 늘어서 있음에 행복감을 느낀다. 해풍에 따라 사랑의 맛, 휴식의 맛, 혹은 죽음의 맛을 느낀다."

그대는 내 말에 반박한다. 내가 묘사했던 배는 폭풍우의 시련에 처해 있지 않으며, 중요한 건 이런저런 세부적인 것들에 따라 배를 고쳐야 한다는 점이다. 나도 동의한다. 그럼 어디 한번 바꾸어보라. 나는 판자와 못에 대해 아는 게 전혀 없다.

이어 그대는 내가 약속했던 향신료들을 부인한다. 그대는 다른 향신료일 거라며 내게 과학적으로 입증해 보인다. 나도 동의한다. 그대가 논하는 식물학에 대해 나는 아는 게 아무것도 없다. 내게 중요한 건 오직 그대가 배를 만들고, 먼 바다의 섬들을 손에 넣는 것이다. 따라서 그대는 내게 맞서기 위한 항해를 할 것이다. 그대는 내게 맞설 것이다. 나는 그대의 승리를 존중할 것이다. 나중에 내 사랑을 내색하지 않고 천천히, 나는 그대가 돌아온 뒤 항구의 좁은 골목길을 가볼 것이다.

그대는 돛이 올라가고 별의 움직임을 읽으며 갑판이 물로 씻겨가는 등의 절차에 의해 굳건히 기반을 다진 모습으로 돌아올 것이며, 그늘에서 나는 그대가 아들들에게 불러주는 노랫소리를 들을 것이다. 그대의 자식들도 무사히 항해를 마칠 수 있도록 바다 위에 시장을 배치해 둔 섬에 대한 노랫소리를

들으며 흐뭇한 마음으로 돌아갈 것이다.

• • •

본질적으로 그대는 내 허점을 잡아낼 수도 진지하게 나를 부인할 수도 없다. 나는 원인이지 결과가 아니다. 어떤 조각가에게 전사의 흉상을 조각하기보다는 여자의 얼굴을 조각하는 게 나을 뻔했음을 그대가 입증하겠다고 주장하는 건가?

남자든 여자든 그대는 받아들인다. 그대에게 이들은 너무나도 단순하다. 만일 내가 별 쪽으로 간다 하더라도 나는 바다가 그립지 않을 것이다. 나는 별들을 생각한다. 내가 무언가를 만들어낼 때, 그대의 저항 따위는 별로 놀라운 게 아니다. 내가 그대의 재료를 써서 전혀 다른 얼굴을 만들었기 때문이다. 그대는 반박하고 나서겠지. 그리고 내게 이렇게 말할 것이다.

"이 돌은 이마에 들어가야지 어깨에 들어가면 안 됩니다."

나는 이렇게 대답한다.

"그럴 수도 있겠다. 그건 그렇군."

"이 돌은 코가 되어야지 귀가 되어선 안 됩니다."

"그럴 수도 있겠다. 그건 그렇군."

"그리고 이 눈은……."

내게 맞서고, 뒤로 갔다 앞으로 갔다, 왼쪽으로 기울었다 오른쪽으로 기울었다하며 내 작업에 비판만 하던 와중에 빛을 받으며 내 창작품의 일부가 나타나는 순간이 올 것이다. 그러면 그대는 할 말을 잃어버리겠지.

그대가 내게 지적하는 잘못된 부분들은 내겐 별로 중요하지 않다. 진실은 이를 초월해 있다. 말은 진실 속에 들어가기가 힘들어서 오히려 말 하나하나가 비판의 대상이 된다. 언어가 약한 탓에 나는 사람들의 반박을 받는 일이 종종 있었다. 하지만 나는 속지 않았다. 함정과 포획물을 혼동하지 않은 것이다. 재료들을 엮어주는 건 논리가 아니라 재료들 전체가 섬기는 동일한 신이다.

내 말은 실수가 많고 비일관적인 외양을 갖추고 있다. 내가 중심에 있는 게 아니다. 나는 그저 단순하게 존재할 뿐이다. 만일 내가 진정한 몸속에 있다면, 나는 치마 주름의 진실에 대해 걱정할 게 없다. 아름다운 여인이 걸어갈 때 주름이 흩어졌다 다시 모였다를 반복하나 이들은 필연적으로 서로가 서로

에게 대답하는 것이다.

　나는 치마 주름의 논리에 대해서는 알지 못한다. 하지만 치마 주름은 내 심장을 두근거리게 하고 숨은 욕망을 일깨운다.

202

가령 내가 그대에게 주는 선물이란 건 도시를 내려다보는 은하수에 대해 이야기해 주는 것이다. 내가 줄 선물들은 간단하다. 나는 그대에게 이렇게 말했었다.

"여기, 별들이 총총 박혀 있는 밤하늘 아래 사람들의 보금자리가 있다."

맞는 말이다. 따라서 그대가 보는 저곳에서, 만일 그대가 왼쪽을 향해 걸어간다면, 그대는 외양간과 나귀를 본다. 오른쪽으로 가면 집과 아내가 있다. 그대의 앞에는 올리브 정원이 있고 뒤로는 이웃집이 있다. 이것이 그대가 몸을 낮추고 조용히 하루하루 나아가야 할 방향이다. 만일 타인이 겪은 모험을 들어서 그대의 모험이 늘어나는 거라 여긴다면 그대에게 의미를 갖게 된 모험을 위해 친구의 집 대문을 두드릴 것이다. 이

윗집 아이의 병을 치료해 준 방법으로 그대 아이를 치료할 수 있다. 야밤에 도둑맞은 쇠스랑은 살금살금 걸어가는 모든 도둑들의 밤을 연장시켜 주고 그대는 정신을 바짝 차리고 불침번을 서게 된다.

그대의 친구가 죽으면 그대 또한 죽을 것 같은 고통에 빠져든다. 그러나 사랑을 즐기는 게 좋다면 겨울 난로 안으로 던져진 나무토막에 불길이 즐겁게 타오르는 것처럼 금실 수가 놓인 천이나 새 물병, 향수 등 그대가 웃음 지으며 볼 수 있는 무엇이든 눈앞에 가져다 놓으며 미소 지을 것이다. 동이 터서 일하러 가야 한다면, 그대는 다소 무거운 발걸음으로 느릿느릿 축사로 가서는 서서 잠든 나귀의 잠을 깨운다. 그리고 나귀의 목덜미를 어루만져주고 나귀를 앞세워 길을 떠난다.

비록 그대가 아무것도 사용하지 않고, 어디에도 관심을 갖지 않으며 단지 숨만 쉬고 있다 하더라도, 그대는 끌려가는 힘과 끌려오는 힘, 바라는 것과 거부하는 것이 존재하는 이끌림의 세계에 둘러싸여 있다. 그 안에서 내딛는 걸음에 따라 그대에게 다양한 상태가 표출된다. 비가시적 세계에서 그대는 수풀과 사막 그리고 정원으로 이루어진 나라를 소유하고 있으

며 현재로서는 마음속에 아무런 생각이 없더라도 그대라는
존재는 다름 아닌 그런 환경 속에서 태어난다.

• • •

그대가 앞, 뒤, 좌우를 보고 있으니 내가 그대의 제국에 방향
하나를 더한다면, 가난으로 숨이 막혀 죽을 것 같은 동네에서
해군처럼 의기양양하게 걸어갈 수 있도록 만들어주는 대성당
의 궁륭을 열어 보인다면, 호밀이 익어가는 시간보다 더딘 시
간을 만들어 버린다면, 그리하여 그대를 천 년 더 늙게 만들거
나 한 시간 더 젊게 만든다면, 호밀 같은 내 사람이여, 그렇게
되면 별빛 아래에서 새로운 방향 하나가 더해질 것이다.

만일 그대가 사랑의 세계로 향한다면 그대는 창문을 닦듯
그대의 마음을 씻어낼 것이다. 가난으로 숨이 막혀 죽을 것 같
은 동네에서 그대는 연인에게 이렇게 말할 것이다.

"당신과 나, 오직 우리 두 사람만이 별 아래 있소."

숨을 쉬고 있는 한 그대는 순수할 것이다. 그리고 마치 하늘
과 바위 사막 사이에서 사막 한 가운데를 뚫고 올라온 어린 새

261

싹처럼 그대는 살아 있다는 신호가 될 것이다. 마치 잠에서 깨어나듯 생명의 싹을 틔운 어린 새싹은 언제 죽을지 모르는 연약한 존재이나 수세기에 걸쳐 퍼져나갈 엄청난 힘을 갖고 있다. 그대는 사슬을 이어주는 고리가 될 것이며 막중한 역할을 감당할 존재가 될 것이다.

혹은 그대 이웃집에서 난롯가에 쭈그리고 앉아 세상이 만들어 내는 소리를 듣는다면 (그대에게 이웃집 이야기를 해주고, 병사가 돌아온 얘기를, 소녀가 결혼한 얘기를 들려주는 무척이나 겸허한 그 소리를 듣는다면) 나는 그대에게 이러한 비밀들을 들어주는 데 어울리는 영혼을 세워줄 것이다. 결혼, 밤, 별, 병사의 귀환, 침묵 등은 그대에게 새로운 음악이 될 것이다.

205.

나는 축제에 대해 생각해 보았다. 어떤 의식이 일어나는 과정을 지켜봄으로써 하나의 탄생을 준비할 수 있게 될 때, 그렇게 한 상태에서 다른 상태로 가는 순간 축제가 생겨나는 것이다. 그대에게 나는 배에 대한 이야기를 했었다. 판자와 못으로 층을 쌓아 만들어야 하는 집과 같던 배는 선구를 갖추고 나면 바다의 남편이 된다. 그대가 바다와 배를 결혼시키는 것이다. 이는 축제의 순간이다. 하지만 배로써 살아가려는 그대가 배를 출항시키는 것에 안주하지는 않는다.

• • •

나는 그대에게 아이에 대한 이야기를 해주었다. 아이의 탄

생은 축제에 속한다. 그러나 몇 년 동안 매일매일 그가 태어난 것에 대해 만족스러워하며 살진 않을 것이다. 그대는 또 다른 축제를 위해 상태의 변화를 기다릴 것이다. 언젠가 나무의 열매가 새 나무의 그루터기가 되어 왕조의 뿌리를 내리는 것과 마찬가지로 말이다.

나는 그대에게 곡식을 수확한 이야기를 해주었다. 이번 축제는 곳간에 곡식을 넣는 축제다. 다음에는 파종, 이때는 그대 손으로 뿌린 씨를 시원한 연못의 부드러운 풀로 바꾸어주는 축제다. 조금 더 기다리면 그대는 수확의 축제를 하게 되고 그 후에는 다시 곳간을 채우는 축제를 하게 된다. 죽을 때까지 축제가 거듭된다. 비축된 것이 남아 있지 않기 때문이다.

어디에서 왔는지 어디로 가는지 몰라 그대가 접근할 수 없는 축제라면 내가 아는 한 이는 축제가 아니다. 그대는 한참을 걸어왔다. 문이 열린다. 축제의 순간이다. 이곳이 다른 데보다 더한 삶의 원동력을 제공해 주지는 않을 것이다. 하지만 나는 그대가 어딘가로 향하는 문턱을 넘으며 기뻐하면 좋겠다. 언젠가 그대가 허물을 벗게 될 그 순간을 위해 기쁨을 축적해 두라. 사실 그대는 보잘것없는 힘을 가진 존재며 매 순간 보초병처럼 눈을 뜨고 살지는 않는다. 나팔과 북과 승리로 빛날 나날들을 위해 할 수만 있다면 나는 이 기쁨을 축적해 둔다. 욕망을 닮은 무언가가 그대 안에서 준비되어야 하고 종종 잠을 청하기도 해야 한다.

• • •

나는 화려한 방 안에서 천천히 한 걸음 한 걸음 왕궁의 깊숙한 곳으로 나아간다. 오후에는 차가운 공기가 빠져나가지 않고 머물러 있었기 때문에 통 속에 갇혀 있는 기분이었다. 내딛는 걸음으로 스스로를 달래면서 나는 내가 가는 곳을 향해 끊임없이 노를 젓고 있다. 나는 더 이상 조국에 속한 몸이 아니다.

현관 입구의 벽은 서서히 시간의 옷을 입는다. 눈을 들어 어느 다리의 아치처럼 부드럽고 둥근 천장을 바라본다. 느릿느릿 황금 타일 위로 한 걸음, 검은 타일 위로 한 걸음 디디면서 나는 그대에게 우물을 뚫고 잔해를 올려다주는 인부들처럼 천천히 내 일을 한다. 인부들은 부드러운 근육으로 밧줄을 잡

아당기며 박자를 맞춘다. 나는 내가 어디로 갈지 안다. 나는 더 이상 조국에 속한 몸이 아니다.

현관에서 현관으로 옮겨가며 나는 여행을 계속한다. 벽들은 이런 모양을 하고 있고 매달린 장식들은 저런 모양을 하고 있다. 커다란 촛대가 놓인 대형 은제 탁자를 돌아본다. 그리고는 손으로 대리석을 쓰다듬어본다. 언제나 그렇듯 차갑다. 이번에는 사람이 사는 곳으로 들어간다. 몽환적인 소리들이 들려왔다. 나는 더 이상 조국에 속한 몸이 아니다.

하지만 내부에서 들려오는 뜬소문들이 내게는 감미롭게 느껴졌다. 마음이 부르는 은밀한 노랫소리는 언제나 즐겁다. 완전히 잠든 건 아무것도 없다. 그대의 개 또한 마찬가지다. 잠이 들었어도 꿈속에서 짤막하게 짖을 수 있고 무언가에 놀라 불안해할 수 있다. 내 왕궁 또한 마찬가지다. 점심때면 왕궁 전체가 잠이 들지라도 조용한 가운데 어딘가에선 문이 덜거덕거리게 되어 있다. 하녀들이 일을 하는 것일 수도 있다. 그곳은 그네들의 공간이 아니던가? 여인들은 깨끗해진 빨래들을 빨래통 속에 접어 넣었다. 둘씩 이리저리 움직이며 빨래를 제자리에 갖다 놓았다. 정리한 뒤 키 높은 옷장 문을 닫으면 이들의 일은 끝이 났다. 해야 할 일을 모두 마친 것이다. 이제 막 무언가가 끝난 참이다. 휴식을 취해야 할 시간이건만 저들이 무엇을 할지 내가 어떻게 알 수 있겠는가? 나는 더 이상 조국에 속한 몸이 아닌 것을.

현관에서 현관으로, 검은 타일에서 황금 타일로 옮겨 가면서, 나는 천천히 부엌 쪽을 굽어본다. 사기그릇 부딪는 소리가 들린다. 은제 물병의 노랫소리와도 마주쳤다. 그리고 오묘한 문이 살그머니 소리를 냈다. 그리고는 침묵이 흘렀다. 이어 바쁜 발걸음 소리가 났다. 무언가가 소홀히 이루어져 갑자기 그대의 존재가 필요한 상황들이 생겨난다. 우유가 끓는다던가 아이가 울음을 터뜨린다던가 혹은 고양이의 친숙한 울음소리가 예기치 않게 사라졌다던가 하는 상황이 발생한 것이다. 조금 전 펌프나 꼬챙이 혹은 제분기 같은 것에 무언가가 끼었다. 그대는 분주히 뛰어가 겸허한 기도를 시작한다.

곧이어 발걸음 소리가 연기처럼 사라졌다. 우유는 무사했고 아이는 잘 달래주었으며 펌프와 꼬챙이와 제분기는 다시 요란한 소리를 뱉어냈다. 사람들은 위협에 대비했다. 상처를 치료했고 기억을 되살렸다. 어떤 기억인지는 나도 모르겠다. 나

는 더 이상 조국에 속한 몸이 아니므로.

이번에 나는 향기의 제국으로 들어간다. 내 왕궁은 마치 과일로부터 꿀을 만들어내고 포도주로부터 향기를 만들어내는 포도주 지하 저장고와 닮았다. 나는 부동의 시골 마을들을 지나 이곳저곳을 돌아다닌다. 잘 익은 마르멜로 열매가 있다. 나는 두 눈을 감고 온몸으로 이를 느껴본다. 여기에는 나무상자 안에 백단이 있다. 시원하게 씻겨진 포석이 있다. 각각의 향기는 수세기 전부터 제국을 점유해 왔고 장님이라도 이 향기를 알아챌 수 있다. 그리고 아버지께서는 이들 식민지를 다스리셨다. 하지만 나는 그럴 생각이 없다. 나는 더 이상 조국에 속한 몸이 아니므로.

노예는 나를 만났을 때 해야 하는 절차에 따라 내가 지나가자 벽 뒤로 모습을 감추었다. 하지만 나는 그에게 호의를 베풀어 이렇게 말했다.

"그대의 바구니를 보여달라."

그가 세상에서 중요한 존재임을 느끼게 해주기 위해서였다. 그자는 반짝이는 팔로 바구니를 머리 위에서부터 조심스럽게 내려놓았다. 그는 눈을 아래로 깔고 내게 대추야자, 무화과,

밀감에 대한 경의를 표했다. 나는 그 냄새를 맡았다. 이어 미소를 지어보였다. 그러자 그자의 웃음도 환하게 얼굴 위로 퍼져 나갔고 그는 나를 똑바로 쳐다보았다. 주인에게 노예인 자가 하면 안 되는 행동이었다. 이어 그는 바구니의 팔 손잡이를 잡고 머리 위로 다시 광주리를 올려 놓았고, 시선은 계속해서 나를 바라보고 있었다. 나는 속으로 이렇게 생각했다.

'이 불 켜진 램프는 무엇을 만들어내는가? 사랑과 항거는 들불처럼 번지는 게 아니던가? 이 벽 너머로 내 왕궁 깊은 곳에서 타오르는 은밀한 불길은 무엇일까?'

그리고 나는 노예를 바라보았다. 마치 그가 벽과 벽 사이의 심한 간극을 상징해 주는 것 같았다. 나는 속으로 이렇게 말했다. '사람의 신비란 끝이 없구나!' 그리고 수수께끼가 풀리지 않은 채 가던 길을 계속 갔다. 나는 더 이상 조국에 속한 몸이 아니므로.

나는 휴게실을 지나갔고 회의실 앞에서는 걸음이 빨라졌다. 이어 천천히 계단을 내려갔다. 마지막 문으로 가는 계단이었다. 큰 보폭의 걸음으로 계단을 내려가기 시작했을 때 어디선가 소동이 벌어지는 소리가 아련히 들려왔고 무기들이 내는

소리도 어렴풋이 들려왔다.

나는 너그러이 웃음을 지었다. 정오의 왕궁은 모든 게 느려지고 잠이 든 벌집과도 같았으니 보초병들은 아마 잠이 들었을 것이다. 그곳은 좀처럼 휴식을 취하지 못하는 변덕스런 사람들이나 뭘 놓고 와서 부리나케 달려가는 건망증 환자들 때문에 가까스로 움직임이 일고 있을 뿐이었다. 아니면 늘 무언가를 바로잡거나 망가뜨리며 정신을 차리지 못하는 사람이 부산스레 움직이는 것일 수도 있다. 염소 떼도 마찬가지로 언제나 우는 소리를 내는 암컷이 있기 마련이고 잠든 도시에서는 언제나 이해할 수 없는 외침 소리가 들려오며 죽음의 냄새가 가장 짙은 묘지에서는 여전히 야간 경비원이 서성인다. 나는 느릿느릿 가던 길을 계속 갔고 보초병들이 괜히 서둘러 자세를 바로잡는 모습을 보지 않기 위해 고개를 푹 숙이고 지나갔다. 이들이 일을 열심히 하는지 안 하는지는 내게 별로 중요하지 않기 때문이다. 나는 더 이상 조국에 속한 몸이 아니다.

강인해진 저들이 경례를 하며 문을 활짝 열어주고 나는 눈부신 햇살에 눈살을 찌푸리며 문턱 위에 잠시 머무른다. 그곳에 전원 풍경이 펼쳐졌기 때문이다. 봉긋 솟아오른 언덕은 태양빛 아래 포도밭을 뜨겁게 달궈준다. 수확이 끝난 곳은 네모 반듯하게 정리가 되어 있다. 흙에서 분필 냄새가 난다. 꿀벌과 메뚜기와 귀뚜라미는 또 다른 음악을 만들어내고 나는 한 문명에서 다른 문명으로 넘어간다.

　나는 이제 막 새로 태어난 참이다.

206.

세상에 단 하나뿐인 진정한 기하학자를 찾아갔다. 차에, 이글이글 타오르는 불에, 주전자에, 보글보글 물이 내는 노랫소리에, 첫 입에 들어간 차 한 모금에, 침착한 그를 보는 건 내게 감동을 안겨준다. 차향이 퍼진다. 이 짧은 시간 동안 그 친구가 기하학 문제보다 차에 더 정신을 쏟는 것이 나를 기쁘게 한다.

"자네는 아는 게 많아도 사소한 일이라 하여 무시하지 않는군."

하지만 그 친구는 내게 대꾸를 하지 않는다. 무척이나 만족스러운 표정으로 찻잔에 물을 따르며 그는 이렇게 말했다.

"아는 게 많다고요…… 무슨 말을 하고 싶으신 겁니까? 고작 음표 사이의 관계에 대해 뭘 좀 안다는 이유로 기타리스트가 어찌 다도(茶道)를 업신여길 수 있겠습니까? 저는 삼각형을 이루는 선분 사이의 관계에 대해 조금 더 알고 있을 뿐입니다. 하지만 물이 보글보글 끓는 소리와 제 친구가 되신 전하를 명예롭게 하는 다도 또한 제게 즐거움을 주지요."

그 친구는 잠시 생각에 잠긴 후, 이렇게 말했다.

"제가 아는 게 뭐가 있겠습니까…… 제가 삼각형에 대해 많이 안다고 해서 차 마시는 즐거움에 대해서도 잘 알고 있을 거라고는 생각하지 않습니다. 하지만 차 마시는 즐거움 덕에 삼각형에 대한 문제들이 조금 명확하게 보일 수는 있겠지요."

"기하학자인 그대가 내게 그런 말을 하다니!"

"느끼는 게 있으면 저는 이를 묘사해야 할 필요성을 느낍니다. 사랑하는 여인이 있다면 그 여인의 머릿결, 속눈썹, 입술, 마음에 울리는 음악 같은 그녀의 행동에 대해 이야기를 하겠지요. 여자의 얼굴을 자세히 보지 않았다면 그녀의 행동이나 입술, 속눈썹, 머릿결 같은 것에 대해 어떻게 말할 수 있었겠습니까? 저는 그녀의 웃음이 어떻게 감미로운지 말해 드릴 수 있습니다. 하지만 그 전에 그녀의 웃음에서 감미로움을 느껴야 하겠지요…….

저는 명상의 비밀을 찾겠다고 돌무더기를 파헤치진 않을 겁니다. 돌들의 단계에선 명상이 의미하는 바가 아무것도 없기 때문입니다. 중요한 건 성전이죠. 그럼 저는 생각이 바뀔 겁니다. 돌들 사이의 관계에 대해 고찰해 보는 방향으로 나아가겠지요…….

저는 오렌지나무가 만들어지는 원리를 설명하겠다고 흙 속에 있는 염분을 운운하진 않을 겁니다. 흙 속에 있는 염분의 단계에선 오렌지나무가 의미하는 바는 없습니다. 하지만 오렌지나무가 자라는 걸 보다 보면 흙 속의 염분이 올라가고 있다는 걸 설명할 수 있을 겁니다.

• • •

먼저 사랑을 느껴야 합니다. 전체를 바라볼 수 있어야 합니다. 이어 개별 요소들이 전체를 이루고 있고 이들이 어떻게 조합을 이루는지 생각해 볼 겁니다. 그러나 개별 요소 하나하나를 다스리는 게 없다면, 그래서 제가 추구해야 할 방향을 발견할 수 없다면, 이들 요소에 대해 연구하진 않을 겁니다.

저는 삼각형에 대해 깊이 생각해 봤습니다. 삼각형에서 각 선분들을 지배하는 법칙을 찾았지요. 전하 또한 사람들의 어떤 모습을 사랑하셨습니다. 내면의 열정이 보여주는 모습을 사랑하셨지요. 전하는 이 모습이 유지될 수 있도록 특별한 의식적 절차를 도출해 내셨습니다. 덫에 걸린 동물이 꼼짝 못하고 잡혀 있듯 여기에 그 열정이 담기도록 하기 위해서 말입니다. 그렇게 지속되길 바라는 것이지요. 하지만 그 자신을 위한다며 코와 눈과 수염에 집착하는 조각가가 어디 있겠습니까? 그에게 어떤 의식적 절차를 강요하실 것인지요? 선분들이 모여 하나의 삼각형을 이루지 않는다면 선분들에서 저는 어떤 결론을 끌어내야 하는 겁니까?

우선 저는 묵상에 젖어듭니다. 할 수 있다면 이야기를 꺼내 볼 겁니다. 저는 단 한 번도 사랑을 거부한 적이 없습니다. 사랑을 거부하는 건 자만입니다. 삼각형에 대해 아는 게 하나도 없는 여자라도 저는 존경했습니다. 그 여자는 웃음의 기술에 대해서 저보다 아는 게 더 많았으니까요. 웃는 걸 본 적이 있으십니까?"

"그야 물론이지……"

"그 여인의 안면 근육이나 속눈썹, 입술 등은 아직은 아무 의미 없는 요소들일 뿐이지만 그녀는 누구도 감히 따라할 수 없는 걸작품을 쉽게 만들어 냈습니다. 그 미소를 바라본 사람에겐 만물의 평화가 깃들고 영원한 사랑이 자리 잡았지요. 이어 여인은 예의 그 걸작품을 해체해 버렸습니다. 여인이 또 다른 조국에 틀어박히기 위해 필요했던 그 걸작품을 말입니다. 그녀가 만들어낸 작품이 미술관을 풍요롭게 해주는 데 소용되지 않는다고 해서 어찌 이를 무시할 수 있겠습니까? 저는 다 만들어진 대성당 위에 무언가를 꾸밀 줄은 압니다만 그녀는 제게 대성당 전체를 만들어준 존재였죠……."

"하지만 선분 사이의 관계에 대해 그녀가 자네에게 가르쳐 준 게 뭐가 있는가?"

"연결이 된 대상은 별로 중요하지 않습니다. 우선 저는 관계를 읽어내는 법을 배워야 합니다. 오래 살다보니 저는 사랑했던 이가 죽거나 혹은 치유되는 걸 본 적이 있지요. 어린아이가 벌써 세상과 담을 쌓고 맛이 쓰다는 이유로 젖을 거부하듯, 전하께서 사랑하는 여인이 어깨 위에 고개를 기울인 채 우유 그릇을 사양하는 날이 올 수도 있습니다. 여자는 미안하다는 듯 미소를 지어보일 겁니다. 더 이상 전하로부터 양분을 얻지 못하게 된 것이 가슴 아팠던 것이지요. 그녀는 이제 전하가 필요 없게 됐습니다. 전하는 창가로 가 남몰래 눈물을 훔치겠지요.

저기 저곳에는 전원이 펼쳐져 있습니다. 느끼시겠지요. 태아가 탯줄로 어미와 연결되어 있듯 전하께서 만물과 그렇게 연결되어 있다는 걸 말입니다. 보리밭, 밀밭, 전하께 양식이 되어 줄 꽃핀 오렌지나무, 태곳적부터 물레방아를 돌려온 태양 등과 이어진 끈을 느끼시는 거지요. 그리고 세월이 갉아먹은 다른 수로를 대신하여 도시에 물을 대주기 위해 새로 만들어지는 수로 건설 현장에서 짐수레 지나가는 소리가, 혹은 그냥 짐수레 소리가, 짐을 지고 걷는 나귀 발소리가 들리실 겁니다.

모든 것을 지속시켜 주는 보편적인 기운이 흐르고 있다는 걸 느끼게 됩니다. 그리고는 느릿느릿 침대로 발길을 돌리고 땀으로 반짝이는 얼굴을 닦아냅니다. 그녀는 아직 그 곳, 전하의 곁에 있습니다. 하지만 죽음의 기운으로 정신이 혼미해진 상태지요. 이제 전원의 풍경들은 더 이상 그녀를 위해 노래하지 않습니다. 새로 만들어지는 수로가 보내오는 노랫소리도

짐수레가 들려주는 노랫소리도 종종걸음으로 걸어가는 나귀 소리도 더 이상 들리지 않습니다. 오렌지나무에서 풍겨오는 향기도 더 이상 그대의 사랑을 위한 것이 아니지요.

• • •

서로 아껴주던 두 친구를 기억하실 겁니다. 한밤중에 한 친구가 단순히 친구의 농담이나 조언을 듣고 싶다거나 혹은 그저 친구를 보고 싶다는 이유로 찾아갔었지요. 한 사람이 여행을 떠나기라도 하면 다른 한 사람은 그 친구를 그리워했습니다. 그런데 엉뚱한 오해가 생겨 이들의 사이가 벌어지고 말았지요. 둘은 서로 만나도 못 본 체 했습니다.

놀라운 건 이들이 후회를 하지 않는다는 겁니다. 사랑에 대해 후회가 남는 것 또한 사랑이지요. 두 사람이 서로를 통해 받았던 건 세상 그 누구에게서도 없을 겁니다. 각자 자기만의 방식으로 농담하고 조언하고 호흡했기 때문이죠. 후에 관계가 끊어지고 서로에게 존재감이 줄어들게 되었지만 둘은 이를 알아채지도 못했습니다. 이제 맘껏 쓸 수 있는 시간이 생겼다고 이들은 무척이나 자신만만했습니다. 상점 진열대 앞에서 빈둥거리며 돌아다니며 각자 시간을 썼습니다. 친구와 노닥거리느라 '허비' 하는 시간이 없게 된 것이지요.

두 사람의 추억이 깃들어 있던 다락방에서 서로의 끈을 굳건하게 하는 노력 따위는 이제 둘 다 거부할 것입니다. 추억으로 살아가던 부분 자체가 없어져버렸기 때문입니다. 추억으로 키워갈 수 있는 부분이 이제 더 이상 존재하지 않는데, 어찌 요구란 게 있을 수 있겠습니까?

• • •

전하께서 정원사가 되신다면, 나무에게 무엇이 부족한지 아실 겁니다. 나무의 관점에서 부족한 게 아닙니다. 나무의 관점에서 보면 나무에게는 부족한 게 아무것도 없기 때문입니다. 나무는 완벽하니까요. 그보다는 나무를 위한 신의 관점에서, 필요한 곳에 가지를 접붙여주는 신의 관점에서 살펴보는 겁니다. 그리고 끊어진 줄과 원래의 탯줄을 다시 이어주는 것이지요. 화해를 시켜주는 겁니다. 그러면 이들은 예전의 열정을

되찾을 겁니다.

어느 상쾌한 아침, 사랑하는 여인이 전하께 염소 우유와 부드러운 빵을 달라고 한 걸 알고 있습니다. 전하께서는 그녀 쪽으로 몸을 기울이며 한 손으로는 목을 받치고 다른 한 손으로는 창백한 입술에까지 우유 그릇을 갖다 대었지요. 그리고 그녀가 우유 마시는 걸 지켜보셨습니다. 전하께서는 전달 통로이자 운반 수단이 되신 겁니다. 단지 그녀에게 먹을 것을 주거나 병을 치료해 준 거라고 생각하진 않으실 테지요. 그녀가 있던 곳에, 시골 풍경에, 수확한 곡식에, 샘물에, 태양에 그녀를 다시 엮어주는 것처럼 느끼실 겁니다.

그럼 이제는 태양이 물레방아를 돌리는 것도 약간은 그녀를 위한 것이 되고 수로를 축조하는 것도 약간은 그녀를 위한 것이 되며 짐수레가 탈탈거리고 가는 것도 약간은 그녀를 위한 것이 됩니다. 그 아침, 전하에게 그녀는 마냥 어린애 같을 겁니다. 깊이 있는 지식에 대한 열정이 아닌, 새로운 집이나 장난감 또는 친구들에 대한 열정을 보이는 어린아이 같은 그녀에게 전하께서는 '자, 잘 들어 봐.'라며 조곤조곤 말을 하겠지요. 그러면 그녀는 종종걸음으로 걸어가는 나귀를 알아보고 웃음을 지은 후 태양과도 같은 전하 쪽을 돌아볼 겁니다. 사랑에 목말라 있는 상태니까요.

• • •

늙은 기하학자인 저는 학교에 있었습니다. 전하가 상상으로 떠올렸던 그런 관계밖에는 없었기 때문입니다. 전하께서는 "어차피 마찬가지 아닌가."라고 말하시겠지요. 그러면 문제 하나가 사라집니다.

저는 어떤 남자에게 우정에 대한 갈증을 안겨주어 그를 화해시켰고 어떤 여자에게는 우유와 사랑에 대한 목마름을 안겨주었습니다. 그리고 저는 이렇게 말했습니다. "어차피 마찬가지 아닙니까."

삼각형을 이루는 선분 사이의 관계를 말하며 저는 이렇게 얘기했습니다.

"이 삼각형이든 저 삼각형이든 다 똑같은 겁니다."라고……

그렇게 하나둘 문제들이 사라지고, 저는 천천히 신께로 향합니다. 그 어떤 문제도 제기되지 않는 신께로 말입니다."

•••

느린 걸음으로 이 친구의 곁을 떠나며 나는 분노로부터 완전히 치유됐다. 내가 쌓아놓은 산에 화해도 포기도 융합도 그렇다고 분단도 아닌 진정한 평화가 만들어졌기 때문이다. 사실 나는 갈등이 일어나는 조건들을 알고 있다. 자유가 있으려면 구속이 있어야 하고 사랑이 있으려면 사랑에 반하는 규칙이 있어야 하며 내가 존재하려면 내 맞수가 있어야 하듯 바다가 없으면 배도 생겨날 수 없다.

이쪽과 저쪽의 적과 화해를 하면서 아울러 이쪽과 저쪽에서 새로운 적을 만들면서 나 또한 오르막길을 따라 올라가며 신께 평정을 구하는 길로 나아간다. 배에게 바다의 공격에 대해 관대하라는 것도 바다에게 배에 대해 나긋나긋 대해 달라는 것도 아니다. 바다의 공격을 우습게 본 사람들은 침몰하고 말 것이요, 바다의 공격을 받지 않은 사람들은 순항하는 배 위에서 빨래나 널며 타락할 것이기 때문이다.

전쟁은 평화의 전제조건이요, 죽음은 삶의 전제조건이며, 금욕은 축제의 전제조건이다. 번데기 과정을 거쳐야 날개가 나오는 법이다. 중요한 건 가차 없는 전쟁 중 길 위에 죽은 자를 내버리고 금욕과 번데기를 받아들이면서 잘못된 애정으로 타락하지도 뜻을 굽히지도 않는 것이다.

　나보다 더 높은 저곳에서 신께서 나를 엮어주신다.

　주여, 당신의 의지에 따르는 저는 당신 품 안이 아닌 곳에서의 사랑이나 평화는 알지 못할 겁니다. 당신 안에서는 모든 게 마무리가 되므로 제국의 북쪽을 다스렸던 사랑했던 이자와 제 자신은 오직 당신 품 안에서만 화해를 할 것입니다.

　주여, 사랑과 사랑의 조건들은 오직 당신의 품 안에서만 갈등 없이 하나로 합쳐질 수 있습니다.

208

날이 밝았다. 나는 팔짱을 끼고 서 있는, 바다 냄새를 물씬 풍기는 해군 같았다. 나는 점토를 앞에 둔 조각가 같았다. 나는 언덕 위에 있었고 신께 이런 기도를 드렸다.

주여, 저의 제국에 또 하루가 밝았습니다. 연주할 채비가 다 끝난 하프처럼 아침은 그렇게 찾아왔습니다. 주여, 도시와 종려나무 숲과 비옥한 토양과 오렌지 대농원이 햇살 속에서 태어납니다. 제 오른편에는 만이 있고 왼편에는 하얀 양들이 비탈을 수놓은 푸른 산이 있습니다. 산은 사막에 암석들을 펼쳐놓습니다. 오직 태양만이 기승을 부리는 저 너머에는 진홍색 모래가 있습니다.

이것이 바로 제국의 모습입니다. 강줄기 방향을 바꾸어 사막에 물을 대는 게 제 소관이긴 합니다만 현재로선 아닙니다. 여기에 신도시 하나를 세우는 게 제 소관이긴 합니다만 현재로선 아닙니다. 씨앗을 휙 던져 무성한 백향목 숲을 만드는 게 제 소관이긴 합니다만 현재로선 아닙니다. 저는 전복된 과거를 물려받았기 때문입니다. 곡을 연주할 채비가 된 하프와 같은 상태를 물려받았기 때문입니다.

주여, 과일 바구니 안에 과일들이 담겨 있듯 모든 게 제자리에 놓여 있는 제국을 아버지의 마음으로 신중히 살펴보는 제가 불평할 게 뭐가 있겠습니까? 제가 왜 분노를, 회한을, 증오를, 혹은 복수에 대한 목마름을 느끼겠습니까? 그런 게 제가 풀어야 할 실타래입니다. 그런 게 제가 경작해야 할 밭입니다.
그런 게 제가 켜야 할 하프입니다.

날이 밝아 영지 주인이 자신의 땅에서 돌을 고르고 가시를 뽑아내는 모습을 볼 수 있을 것입니다. 그는 가시나 자갈이 있다하여 이를 성가시게 여기지 않습니다. 그는 자신의 땅을 아름답게 가꾸고 여기에서 사랑을 느끼지요.

날이 밝아옴에 여인이 집 안 문을 활짝 열어젖히고 먼지를 쓸어내는 모습을 볼 수 있을 것입니다. 여인은 먼지를 성가시게 여기지 아니합니다. 그녀는 자신의 집을 아름답게 가꾸고 여기에서 사랑을 느끼지요.

이 산이 국경을 이렇게 굽어놓았다고 해서 제가 어찌 불평할 수 있겠습니까? 산은 손바닥으로 조용히 거절하듯 사막으로부터 올라오는 부족들을 거부합니다. 이건 좋습니다. 저는 멀리, 저기 제국이 벌거벗은 곳에 내 성채를 세울 겁니다.

제가 어찌하여 사람들에게 불만을 갖겠습니까? 저는 이 새벽에 저들이 존재하는 그 모습 그대로 저들을 받아들입니다. 물론 죄를 도모하는 자들도 배신을 생각하는 자들도 그럴듯한 거짓말을 준비하는 자들도 있습니다. 반면 열심히 자기 일에 매진하며 연민이나 정의를 위해 힘쓰는 이들도 있습니다. 저 또한 경작지를 아름답게 가꾸기 위하여 자갈과 가시를 골라내되 이 자갈과 가시에 대한 증오감은 갖지 않을 것입니다. 오직 사랑만을 느낄 겁니다.

주여, 이는 제가 기도를 하는 가운데 평화를 찾았기 때문입니다. 저는 당신에게서 비롯된 존재입니다. 제 자신이 마치 나무들을 하나하나 보살피는 정원사처럼 느껴집니다.

• • •

물론 나도 살아가는 동안 분노와 회한과 증오와 복수에 대한 목마름을 느껴본 바 있다. 역모 같은 싸움에서 패색이 짙어가는 끝자락에 내가 나 자신을 무능하다 여길 때, 나 자신의 벽 속에 갇힌 것처럼 내 의지로써 어찌할 수 없을 때, 내 말 따위는 더 이상 듣지 않는 뒤죽박죽 엉망진창인 군대를 어찌해야 할지 모를 때, 스스로를 황제로 세우며 반란을 선동하는 장군들에 대해서 그리고 수많은 사람들의 눈을 멀게 하는 미치광이 점쟁이들에 대해서 어찌해야 할지 모를 때면 나도 화가 난 사람의 행동을 보인다.

하지만 그대는 과거에 손을 대고 싶어 한다. 그대는 만족스

287

러운 결정을 너무 늦게 생각해 낸다. 그대는 스스로를 구했던 행보를 다시 시작한다. 하지만 가담하라. 그로 인해 시간이, 썩어들어간 꿈의 시간이 지나가기 때문이다. 물론 계산에 따라 그대에게 서쪽을 공격하라는 조언을 해준 장군도 있었다. 그대는 속으로 그자의 속셈을 계산하고는 그자를 교묘히 속여 북쪽을 공격한다. 산의 단단한 바위에 대고 길 하나를 터보려고 애쓰는 것과 같은 상황이다. 그대가 상상했던 게 무너지자 그대는 속으로 이렇게 되뇐다.

'만일 그 사람이 그런 행동을 취하지 않았더라면, 그 사람이 그런 말을 하지 않았더라면, 그 사람이 잠을 자지 않았더라면, 그 사람이 믿음을 갖지 않았거나 믿기를 거부했더라면, 그 사람이 있었더라면, 그 사람이 다른 데 있었더라면, 그러면 나는 승자가 되었을 텐데!'

저들은 회한의 혈흔 같은 것을 지우지 못한다는 이유로 그대를 업신여기고 있다. 그대는 저들을 극심한 고문으로 산산조각을 내어 내쫓아버리고 싶은 마음이 굴뚝같다. 어쩌면 그대는 제국의 처치 곤란이던 모든 짚더미를 저들 위로 쏟아버릴 지도 모른다. 그대의 꿈이 썩어들어가는 가운데 지나간 과거를 재창조하고 책임자를 추궁하며 살아가는 그대는 게으를 뿐더러 나약하기까지 하다. 숙청에 숙청을 거듭하는 과정에서 그대는 국민 전체를 무덤에 묻어버리는 우를 범하게 될 것이다.

저들이 패배를 가져온 사람들이었을 수 있지만 승리를 가져온 사람들은 왜 이들을 제압하지 못했는가? 백성이 지지하지 않았기 때문에? 그렇다면 백성이 형편없는 양치기를 선호하는 이유는 무엇인가? 저들이 거짓말을 했기 때문에? 거짓말은 항상 드러나는 법이다. 모든 건 진실과 거짓으로 얘기되지 않던가. 저들이 돈을 주었기 때문에? 하지만 돈은 항상 주어지기 마련이다. 뇌물을 주는 사람은 항상 있으므로.

어떤 제국의 사람들이 기본이 잘되어 있다면 내가 뇌물을 주라고 보낸 자는 그곳에서 웃음거리가 될 것이다. 저들에게 부패는 먹히는 수단이 아니기 때문이다. 마음이 닳아빠진 제국의 사람들이라면 앞의 경우에선 소용없었을 이런저런 방법이 먹혀들어갔을 것이다. 저들에게 부패라는 병은 먹히는 수단이었기 때문이다. 그럼 전자는 제국의 부패에 책임을 갖고 있을까? 지극히 깨끗한 제국이라 해도 종양덩어리를 가져오

는 사람들이 존재하지 않는다고는 주장하지 못할 것이다. 그들은 흔들리게 되는 때를 기다리는 것이다. 때가 되면 병이 퍼지는 것이며 기존의 보균자 따위는 필요치 않다. 다른 감염체를 찾았으니까. 병해를 입어 포도나무가 뿌리에서 뿌리로 썩어가더라도 맨 처음 병에 걸린 뿌리를 탓하지 않을 것이다. 전년도에 이를 태웠더라도 다른 녀석이 또 포문을 열어주었을 것이다.

제국이 부패해 간다면 모두가 여기에 일조한 셈이 된다. 다수가 묵인한다고 책임이 사라지는가? 아이가 늪에 빠져 죽어가는데 그대가 아이의 구조를 지체한다면 나는 그대를 살인자라 부를 것이다.

• • •

꿈이 썩어가고 있는 상황에서 부패의 동조자로 몰아 부패한 자들의 목을 치고 비굴함의 동조자로 몰아 겁쟁이들의 목을 치며 배신의 동조자로 몰아 반역자의 목을 치면서 나중에 내가 지나간 과거를 다시 조각하려 한다면 나는 모자란 조각

가가 될 것이다. 결과를 거듭 바꿔가며 가장 잘 된 것들까지
도 쓸모없어졌다며 망쳐놓을 것이니까. 그리고 내게 남은 일
은 게으름과 비겁함과 어리석음을 나무라는 것밖에 없을 것
이다.

종국에는 병에 걸려 병의 근원이 쉽게 자리잡을 수 있는 토
양을 제공한 것으로 의심되는 사람을 전멸시켜 버리겠다고
우길 것이며 그러면 모두가 병에 걸릴 수도 있다. 모두가 원인
제공을 할 수 있는 토양이 되므로 이들을 모두 없애야 한다.
그렇게 되면 세상은 완벽해질 것이다. 악이 완전히 제거되었
기 때문이다. 하지만 완벽함이란 죽은 자의 미덕이다. 보다 나
은 조각가가 되려면 실력 없는 조각가를 발판으로 삼아 저급
한 취향이 뭔지 깨달아야 한다.

나는 잘못한 이들을 처형하면서 진리를 추구하진 않을 생각
이다. 진리란 실수에 실수를 거듭하며 만들어지는 것이기 때
문이다. 창작력이 부족한 이들을 모두 없애며 창작을 옹호하
지도 않을 생각이다. 창작이란 실패에 실패를 거듭하며 완성
되는 것이기 때문이다. 나와 다른 진리를 옹호하는 이를 처형
하며 내 진리를 강요하지도 않을 것이다. 내 진리는 자라나는

나무 같기 때문이다.

내가 아는 건 오직 밭을 갈 수 있는 땅뿐이다. 땅은 아직 나무에게 양분을 주지 않았다. 나는 현재에 존재한다. 나는 제국의 과거를 유산으로 물려받는다. 나는 흙을 향해 걸어가는 정원사다. 내가 백향목 종자라면 선인장과 가시가 정말 우습겠지만 그렇다고 흙에 대고 선인장과 가시를 키웠다고 나무라지는 않을 것이다.

나는 증오를 싫어한다. 관대해서가 아니다. 모든 게 실재하는 주님에게서 나온 제국이 매 순간 내게 실재하기 때문이다. 그리고 매 순간 나는 시작한다.

• • •

아버지의 가르침이 떠오른다.

"자기를 왜 백향목이 아닌 채소로 만들었냐며 흙에게 불평을 하는 씨앗은 우습기 짝이 없다. 그래서 이 씨앗이 채소밖에 되지 못하는 것이다."

• • •

아버지께서는 이런 말씀도 하셨다.

"사시인 사람이 한 여자에게 미소를 지어보였다. 여자는 멀쩡한 두 눈으로 볼 줄 아는 사람들 쪽으로 몸을 돌려버렸다. 사시는 똑바른 시선이 여자들을 망쳐놓고 있다고 말하며 가버렸다."

시행착오를 거칠 필요가 전혀 없고 불의나 실수를 저지른 적도 없고 주체 못할 수치심에 시달린 적도 없다는 의인(義人)들의 사고는 얼마나 건방진가. 나무를 업신여기는 과일은 그저 우스울 뿐이다.

209

마찬가지로 이자는 수많은 물건들을 쌓아놓은 부속에서 기쁨을 찾는다고 생각하나 거기에는 기쁨이 존재하지 않는 까닭에 계속해서 부를 늘리고 물건만 높이 쌓아 올린다. 그리고는 지하 창고에 쌓인 물건들 가운데서 불안해한다. 북소리를 잡아보겠다며 북을 죄다 분해해 버리는 무식한 사람과도 비슷한 꼴이다.

또한 시어와 조각의 재료, 악보의 음표에 힘이 깃들어 있다고 생각하는 사람들은 구속력 있는 단어로 말미암아 시에 몰입되고, 흡인력 있는 구조로 말미암아 조각에 빠져들며, 음표들 사이의 구속력 있는 관계로 말미암아 기타리스트의 감정에 사로잡히는 것이라고 알고 있어 이 모두를 총체적 무질서 속에서 가지고 논다. 거기에는 당연히 힘이 깃들어 있지 않기에 괜히 지나칠 정도로 요란하게 떠들어대며 목소리를 높인다. 그러면서 접시가 깨질 때나 나올 법한 감정을 심어주려 온갖 애를 다 쓴다. 차라리 그런 감정은 논할 만한 가치가 있는 대상이고 논할 만한 힘을 가진 주체며 다른 곳에서 더욱 효과적으로 그대를 움직이며 자극할 것이다. 헌병이 그대의 발을 짓이길 때 짓눌리는 무게로 인해 생기는 감정처럼 말이다.

• • •

'10월의 태양'이나 '눈의 군도(軍刀)'를 운운하며 그대를 사로잡고자 한다면, 나는 본질도 아닌 걸 가둬두기 위한 함정을 만들어야 한다. 하지만 침울, 석양, 연인 등과 같이 시장통에나 굴러다닐 법한 구역질 나는 시어들을 차마 사용하지 못하고 함정의 대상 자체로 그대를 감동시키고자 한다면 나는 모방이라는 소극적 행동을 취할 것이고 내가 '장미꽃 바구니'가 아닌 '시신'이라는 단어를 쓰면 그대는 기분이 조금 가라앉을 것이다. 어느 것도 진정 그대를 사로잡지는 못하지만 말이다.

나는 관습적인 것에서 벗어나 최대한 정제된 표현으로 고문에 대해 묘사하고자 한다. 내가 추억이라는 장치를 이용하면 가까스로 그대에게서 씁쓸함을 이끌어낼 뿐인 미약한 단어의 힘에 기댄 나머지 있지도 않은 감정을 끌어내느라 고심하던 그대는 광기 어린 표현들을 섞기 시작하고 고문에 대해 그 냄새까지 상세하게 기술하여 결국 헌병의 적절한 발길질보다 더 못한 자극만을 내게 주었다.

평범하지 않은 것에서 만들어진 충격이라는 미약한 힘에 의해 놀라게 해주려고 애를 쓰는 것이다. 물론 나는 강당에 뒷걸음질로 들어가 그대를 놀라게 할 수도 있고 혹은 예기치 못한 무언가를 터뜨림으로써 그대를 놀라게 할 수도 있다. 그럼 나는 표절자에 지나지 않는 존재가 되고 무언가 파괴될 때 나는 소음을 만들 뿐이다. 그렇게 들어오는 나를 두 번째 보는 상황이라면, 내가 강당에 뒷걸음질로 들어간다 해도 그대는 놀라지 않을 것이며 한번 익숙해지고 나면 상상도 못했던 행동뿐 아니라 예기치 못했던 행동까지도 놀라움을 일으키지 않는다. 그리고 곧 그대는 닳고 닳은 세상에 무관심한 채 침울한 표정으로 쭈그리고 앉을 것이다. 그대에게 아직 하소연의 움직임을 끌어낼 수 있는 유일한 시는 근위대의 징 박은 커다란 군화로 쓴 시일 것이다.

사실 무심한 사람은 없다. 혼자인 개인도 없고 홀로 떨어져 있는 사람도 없다. 장난감 피리를 만드는 사람들보다 더 순진한 건 바로 시라는 미명하에 사랑과 달빛과 가을과 한숨과 산들바람을 섞어 저속한 시구를 만들어내는 사람들이다.

그대의 그림자가 이렇게 말을 한다.

"나는 그림자다, 나는 빛을 경멸한다."

하지만 그림자는 빛이 있기에 존재한다.

210

나는 있는 그대로의 그대를 받아들인다. 눈앞의 금제 골동품들을 손에 넣지 못한 것 때문에 그대가 몸져누울 수도 있다. 그리고 그대는 시인일 수 있으므로 나는 시에 대한 애정으로 그대를 받아들일 것이다. 또한 내 금제 골동품에 대한 애정으로 나는 이를 유폐할 것이다.

누군가가 그대에게 고백한 비밀을 그대가 파티에 가는 여자의 몸치장을 위한 다이아몬드 여기듯 생각할 수도 있다. 파티에 가는 여자에게 있어 겉으로 드러나는 진귀한 물건은 여자를 명예롭고 중요한 사람으로 만들어주지 않던가! 하지만 그대가 무용수일 수도 있으므로 나는 춤에 대한 애정으로 그대를 받아들일 것이다. 그러나 비밀을 존중하여 이에 대해서는 침묵을 지킬 것이다.

그대가 단순히 내 친구일 수도 있다. 하여 나는 애정으로써 그대를 받아들일 것이며 있는 그대로의 모습으로 그대를 받아들일 것이다. 그대가 다리를 절면 나는 그대에게 춤을 춰달라고 요구하지 않을 것이다. 그대가 이런저런 것들을 싫어한다면 나는 그것들을 그대 곁에 두지 않을 것이다. 그대가 먹을 것을 필요로 한다면, 내가 먹을 것을 가져다주리라.

그대에 대해 알아보겠다고 그대를 하나하나 뜯어보지도 않을 것이다. 이런저런 행동으로도 그대라는 사람을 온전히 보여주지 못한다. 이런저런 말로도 그대라는 사람을 온전히 보여주지 못한다. 나는 말로도 행동으로도 그대를 판단하지 않을 것이다. 다만 그대에게 비추어 말과 행동을 판단할 것이다.

그 대신 나는 그대가 내 말을 귀 기울여 들어줬으면 좋겠다. 나를 잘 알지도 못하면서 해명만을 요구하는 친구에게 내가 뭘 어찌해야 하는지 모르겠다. 나는 말이라는 연약한 도구 안에 나를 담아낼 능력이 없다. 나는 산이다. 산은 말없이 무언가를 바라볼 수 있다. 하지만 손수레는 그리해 주지 못한다.

사랑으로 들어주지 않는 것을 내가 어찌 설명할 수 있겠는가? 어떻게 말을 하란 것인가? 천박한 소리에 지나지 않는데.

나는 사막의 병사들에 대해 이야기했었다. 전투가 있기 전날, 나는 저들을 말없이 바라본다. 제국은 저들에게 의지하고 있다. 저들은 제국을 위해 죽어갈 것이다. 그리고 저들의 죽음은 이 가치 교환의 과정에서 대가를 받는다.

따라서 나는 저들의 진정한 열의를 알고 있다. 빈껍데기에 지나지 않는 말들이 내게 무엇을 가르쳐줄 수 있는가? 저들이 가시를 불평하고 있다는 것? 저들이 하사를 미워하고 있다는 것? 먹을 것이 부족하고 저들의 희생이 가혹하다는 것? 저들은 분명 이런 말들을 늘어놓을 것이다. 나는 지나치게 서정적인 병사를 경계한다. 비록 그가 자신의 하사를 위해 죽고자 하더라도 그는 그대에게 자신의 시를 읊어주기에 바빠서 죽지 않을 수 있다.

나는 날개를 사랑한다고 믿는 애벌레를 경계한다. 이 애벌레는 번데기 안에서 스스로를 등지고 죽지 않을 것이다. 하지만 내 병사를 통해 그가 하는 빈껍데기 말들에 무뎌진 나는 그가 말하는 것을 보는 게 아니라 그가 누구인지를 본다. 저 자는 전투에서 하사를 자신의 몸으로 덮어 하사의 목숨을 구해낼 것이다.

내 친구는 하나의 관점이다. 나는 그가 어디에서 말하고 있는 건지 귀 기울여 들어야 한다. 바로 그곳에서 이 친구는 특별한 제국이자 마르지 않는 재산이 되기 때문이다. 그가 말을 하지 않아도 그는 나를 채워줄 수 있다. 나는 이 친구의 생각에 따라 생각하며 그에 따라 다르게 세상을 본다. 나 또한 친구에게 내가 어디에서 말하고 있는 건지 알아주길 요구한다. 그럴 때에만 그가 내 이야기를 들을 수 있을 것이다.

말이라는 건 항상 서로 엇갈린 이야기를 해대기 때문이다.

211

사시 예언자가 눈에 힘을 잔뜩 주고 나를 찾아왔다. 그는 밤낮 성스러운 열기를 품고 사는 인물이었다. 그는 내게 이렇게 말했다.

"정의로운 사람들을 구해 내는 게 옳다고 사료되옵니다."

그에게 나는 답했다.

"물론 저들의 처벌에 대한 근거가 되는 명확한 이유는 없다."

"저들을 죄인과 구별해야 합니다."

"물론 그렇겠지. 가장 완벽한 것을 모범으로 삼아야 한다. 그대는 가장 뛰어난 조각가의 가장 훌륭한 조각을 기준으로 삼는다. 그대는 아이들에게 최고의 시들을 읽어준다. 그대는 가장 아름다운 여왕을 위해 행운을 빌어준다. 사실 완벽이란 건 거기에 도달하지 못하더라도 응당 사람들에게 본보기로 보여주어야 할 하나의 방향이기 때문이다."

하지만 예언자는 흥분하며 이렇게 말했다.

"정의로운 무리를 선별해 이들을 구해 내고 부패의 기운을 사멸시키는 것이 중요합니다."

"그대의 주장은 너무 과하다 싶군. 그대는 내게 지금 나무와 강물을 분리할 수 있다고 주장하고 있네. 거름 없이 고귀한 수확을 이뤄내겠다는 것이며, 실력 없는 조각가들의 목을 쳐서 위대한 조각가들을 살리겠다는 말을 하고 있는 걸세. 나는 어느 정도 불완전한 사람들밖에 모른다네. 꽃을 만들어 보겠다는 하찮은 몸부림으로부터 나무가 솟아나는 법이야. 제국의 완벽함은 미천한 것들에 기반을 두고 있다고 생각하네."

"미천함을 두둔하시는 겁니까?"

"그대의 아둔함을 두둔해 주는 만큼 말일세. 미덕이란 바람직하고 현실적으로 이뤄질 수 있는 완전한 상태로써 주어지는 게 좋아. 인간이란 본디 부족한 존재고 완벽함이란 곧 죽음을 의미하기에, 실제로 존재할 순 없더라도 후덕한 사람에 대한 구상은 이뤄지는 게 좋다네. 하지만 방향이란 모름지기 목적이란 게 있어야 하네. 그렇지 않으면 닿을 수 없는 목표를

향해 걸어가는 그대의 발걸음은 점차 느려질 테지.

나는 사막에서 힘겨운 고생을 한 적이 있었네. 우선 내게 들었던 생각은 이길 수가 없다는 것이었어. 하지만 나는 멀리 있는 이 사구(砂丘)를 축복의 기항지로 삼았네. 그리고 거기에 닿으면 그 힘은 사라졌지. 그러면 나는 지평선의 톱니 모양을 축복의 기항지로 삼았고 또 거기에 닿으면 그 힘은 사라졌어. 그러면 또 다른 조준점을 골랐고 그렇게 하나의 조준점에서 다른 하나의 조준점으로 이어가며 나는 모래에서 솟아오르곤 했네.

$$\bullet \ \bullet \ \bullet$$

부끄러움이 없다는 건 단순하고 순수하다는 걸 의미하네. 자유분방한 영양들하고 비슷한 거지. 자유분방함을 천진난만함으로 바꿔버리는 것도 가능하지. 따로 자유분방함은 부끄러움을 공격하며 즐거움을 느끼기도 한다네. 자유분방함은 먼저 부끄러움이 있어야 그 존재가 가능하고 이는 자유분방함이 있기 위한 전제조건이기도 하지. 술에 취해 비틀거리는 병사들이 지나가면 어미들은 제 딸들을 집 안으로 숨기기 바쁘며 딸들에게 모습을 보이지 마라고 지시하지. 하지만 수줍은 듯 두 눈을 아래로 향하며 있는 듯 없는 듯 지나가는 병사들이라면 그대의 딸들이 집 안에서 옷을 다 벗고 다니든 말든 걱정할 게 전혀 없지. 그러나 부끄러움이 있다는 게 자유분방함이 없는 것의 동의어는 아니라네. (그렇게 되면 가장 부끄러움을 많이 타는 사람들은 죽은 사람이 되어야 하네.)

부끄러움이란 건 은근한 열기이자 그 자신에 대한 신중함이며 존중이고 스스로에 대한 용기가 된다네. 소중한 이를 위해 담가 둔 꿀단지를 지키는 것과 같은 일이지. 지나가는 술 취한 병사는 부끄러움이라는 훌륭한 자질을 우리 집에 심어주고 간다고 볼 수 있네."

"술 취한 병사들이 욕설이라도 지껄이길 바라시나 봅니다."

"반대로 나는 저들을 벌하여 스스로 부끄러움을 알 수 있도록 해주려고 하네. 하지만 부끄러움이 확고히 자리 잡을수록 자유분방함은 훨씬 더 매력적으로 다가오는 법이야. 둥근 언덕보다는 가파르게 솟아오른 정상을 기어오르는 것이 더 큰 기쁨을 안겨주지 않던가. 맞서 싸울 생각을 안 하는 얼간이보다는 힘써 저항하려는 적수를 이기는 것이 더욱 통쾌한 법이라네. 여자들이 차도르로 얼굴을 가리고 있을 때에만 이들의 얼굴을 보고 싶다는 욕구가 빗발치는 법이지. 힘들이 서로 어떻게 부딪히는지를 보면서 나는 어느 강도의 처벌이 이를 적절히 균형 잡아줄 수 있을지 생각한다네. 내가 산의 강줄기를 막아버린다면 내게 즐거움을 주는 건 벽의 두께를 재보는 일이 되고 그 두께는 내게 힘이 있다는 걸 증명해 주는 셈이 되지. 별 것 아닌 늪을 막아버리는 건 얇디얇은 종이벽 정도로도 가능하기 때문이지. 내가 왜 무력한 병사들을 원하겠는가? 나는 저들이 성벽을 버티고 서줄 만한 힘을 갖고 있길 바라지. 그래야 죄도 크게 짓거나 혹은 죄 그 자체를 초월하여 창작의 행위로까지 승화될 수 있는 것이네."

"그렇다면 저들에게 파렴치한 행동에 대한 욕구를 불어넣어 주시려는 거군요……."

"아니다. 그대는 내 말을 전혀 이해하지 못했구나."

212

아둔하기 짝이 없는 근위병들이 나를 에워싸며 말했다.

"저희는 제국이 쇠락한 이유를 찾아냈습니다. 필히 뿌리 뽑아야 했던 파벌 때문이었습니다."

하여 내가 물었다.

"뭐라고? 그렇다면 그대는 어떤 면에서 저들이 서로 연계되어 있다고 보는가?"

저들은 내게 그들의 행위에 있어 일치하는 점들을 이야기해 주었고, 이런저런 징후를 보건대 저들의 동족성이 인정되며, 저들의 공동 회합 장소는 어디인지도 말해 주었다.

"그대들은 어떤 면에서 저들이 제국에 위협이 된다고 생각하는가?"

저들은 내게 그들이 저지른 범죄와 범죄의 결말에 대해 상세히 기술해 주었으며 혹자들이 범한 강간과 여러 사람들의 게으름과 저들의 흉측한 모습을 말해 주었다. 하여 내가 이렇게 말했다.

"나는 그보다 더 위험한 파벌을 하나 알고 있네. 그 누구도 그런 파벌을 생각해 낸 사람은 없었지."

"그게 어떤 파벌입니까?"

근위병들은 내게 서둘러 질문을 던졌다.

사실 근위병이란 주먹을 휘두르기 위해 태어난 존재이기 때문에 먹을거리가 부족하면 시들시들해지게 되어 있다. 이들의 질문에 나는 이렇게 대답했다.

"왼쪽 관자놀이에 반점이 있는 사람들의 파벌이다."

내 말 뜻을 전혀 이해하지 못한 근위병들은 투덜대며 내 말을 받아들였다. 사실 근위병이란 이해하지 않아도 주먹을 날릴 수 있는 자들이다. 이들의 주먹질에는 이성이 빠져 있다.

그런데 이들 가운데 하나가 두세 번 헛기침을 했다. 전직 목수였던 자다.

"그들에게는 동족성이 보이질 않고 회합 장소도 없습니다."

그자에게 나는 이렇게 대답했다.

"물론 그야 그렇지. 거기에 위험이 있네. 저들은 눈에 띄지 않고 움직이기 때문이야. 하지만 저들을 대대적으로 지명하는 법령을 내가 공표하자마자 그대는 저들이 서로를 찾아 헤매고 한데 모여 함께 불의한 행동을 하며 자신들의 계급을 의식하는 걸 볼 수 있을 것이네."

"너무 당연한 말씀만 하십니다."

다른 근위병들은 내 말에 동의했다. 하지만 전직 목수였던 자는 다시 목을 가다듬으며 이렇게 말했다.

"제가 그 가운데 한 사람을 알고 있습니다. 그는 부드러운 사람이며 관대한 성품을 지녔고 정직한 친구입니다. 제국을 지키다 세 군데나 부상을 입었었지요."

그에게 내가 대꾸했다.

"물론 알고 있네. 그대는 여자들이 경솔하다는 이유로 모든 여자는 이성적이지 않다는 결론을 내릴 수 있겠는가? 장군들이 화통하다는 이유로 수줍음을 타는 장군은 단 한 명도 없다는 결론을 내릴 수 있겠는가? 예외적인 경우를 배제하지 마라. 의미를 지니고 있는 것들이 선별되고 나면 저들의 과거는

파헤쳐진다. 저들은 범죄의 온상이요, 유괴와 강간의 근원이고 배신과 횡령의 주범이자 탐욕과 파렴치의 핵심이다. 자네는 저들이 그런 악행으로부터 순수하다고 주장할 텐가?"

근위병들이 소리쳤다.

"물론 그렇지 않습니다."

저들의 불끈 쥔 주먹에서 잠자던 욕구가 깨어나고 있었다.

"그런데 한 그루의 나무가 썩은 열매를 맺을 때 부패의 책임을 나무에게 묻겠는가, 과일에게 묻겠는가?"

근위병들이 소리쳤다.

"나무에게 묻겠습니다."

"몇몇 멀쩡한 과일들은 나무의 죄를 용서하겠는가?"

"아닙니다! 그렇지 않습니다!"

다행히 자신들의 직업을 좋아했던 근위병들이 소리쳤다. 근위병이란 직업은 용서가 없는 직업이다.

"그렇다면 왼쪽 관자놀이에 반점을 가진 이들을 내가 없애버리는 게 공평한 처사겠구나."

하지만 전직 목수였던 자는 다시 목청을 가다듬었다. 그에게 나는 이렇게 말했다.

"반론을 해보게."

하지만 직감에 이끌린 그의 동료들은 관자놀이 방향으로 의미심장한 눈길을 던졌다.

그 가운데 하나가 당돌하게 혐의 내용을 풀어놨다.

"그자를 안다고 말하는 자라면…… 아마도 그 형제거나…… 혹은 아버지거나…… 아니면 그자와 한통속인 누군가가 아닐까요?"

모두가 찬동의 뜻을 보이며 쑥덕거렸다.

하여 내 분노가 타올랐다.

"오른쪽 관자놀이에 반점이 있는 자들의 파벌이 여전히 더 위험하다! 이에 대해서는 우리가 상상조차 하지 않았었기 때문이다! 더욱이 이 파벌은 더더욱 모습을 드러내지 않는다. 이보다 더 위험한 파벌은 반점을 갖지 않은 자들의 파벌이다. 이들은 역모자들처럼 변장을 하고 있다. 결국 나는 파벌 전체를 잡아들여 문책한다. 파벌은 확실히 범죄의 온상이요, 유괴와 강간의 근원이고 배신과 횡령의 주범이자 탐욕과 파렴치의 핵심이기 때문이다. 그리고 근위병 또한 사람이므로 나는 숙청이라는 편리한 방법을 사용하여 이들부터 제거해 나갈

것이다. 하여 나는 그대들이 속한 근위대에게 그대들이 속한 근위병을 내 성채의 지하 감옥에 처넣어 버리라는 명을 내린 것이다."

생각을 주먹으로 하기에 별 소득 없는 생각에 골똘히 잠기면서 곤혹스러운 표정으로 근위병들은 물러갔다.

• • •

하지만 나는 목수였던 이는 남겨두었다. 그자는 눈을 아래로 향하며 겸손하게 굴었다. 그에게 이렇게 말했다.

"그대는 파면이다. 목수에게 진리란 오묘하고 상반적이다. 나무가 목수에게 저항을 하는 관계에 있기 때문이다. 목수의 진리는 근위병의 진리와는 다르다. 관자놀이에 점이 있는 사람들이 악의 무리로 분류됐을 때, 이곳저곳에서 근위병을 찾아대고 이에 따라 근위병들은 스스로 힘이 강해졌다고 생각하는 상황이 재미있다. 부관이 그대의 세계에서 통용되는 이치에 따라 그대를 되돌려 보내는 것도 기분 좋은 일이다. 만일 부관에게 결정권이 있다면 그는 그대가 위대한 시인이라는

이유로 그대의 잘못도 용서할 것이다. 마찬가지로 그는 독실
하다는 이유로 그대의 이웃 또한 용서할 것이다. 그대 이웃의
이웃 또한 용서할 것이다. 순결함의 귀감이 되기 때문이다. 정
의는 그렇게 위세를 떨칠 것이다.

하지만 전쟁 중에는 우회적인 치밀한 속임수도 사용되기 마
련이고, 서로가 서로에게 장애물이 되어버린 병사들은 소란
을 피우며 자신들에게 모든 걸 파괴해 버리라는 명령이 내려
지길 호소한다. 부관이 인정이라도 해주면 이들은 그것으로
크게 위로를 받을 것이다.

하여 나는 그대의 나뭇짐이 있는 곳으로 그대를 돌려보내려
한다. 행여 진리에 대한 그대의 애정이 언젠가 불필요한 피를
확산시키게 될까 두렵기 때문이다."

213

자리에서 물러나면서 나는 신께 이런 기도를 드렸다.

"신이시여, 지금 단계에서 저는 무엇이 요체인지 분간해 내지 못하더라도 다만 부상을 만들어내는 병사와 부상을 치료하는 의사의 모순된 진리는 일시적으로 받아들이겠습니다. 뜨거운 음료와 차가운 음료를 섞어 미적지근한 음료수로 만들지 않을 겁니다. 저는 적당히 사람들이 상처 주고 치료하는 것을 원치 않습니다. 치료를 거부하는 의사를 벌할 것이며 가해를 거부하는 병사를 벌할 겁니다. 서로 상반되는 말 따위는 제게 별로 중요하지 않습니다.

중요한 건 오직 다양한 재료로 만들어진, 그러나 그 개별 요소가 모여 전체의 하나를 이루고 있는 덫으로써 제가 잡아들이고자하는 목표물, 즉 사람 그리고 다름 아닌 사람의 자질을 손에 넣는 것입니다.

저는 더듬더듬 당신의 힘이 성스럽게 오고 가는 역선(力線)을 찾아 헤매고 있습니다. 그리고 단계에서는 명확하지 않기에, 제가 해방될 수 있다면 기념 의식의 선택에 있어 스스로 옳았다고 생각합니다. 말로 설명할 수 없지만 왼쪽으로 마무리 손질을 하며 만족스러워했던 조각가도 마찬가지입니다. 그렇게 해야 점토 반죽에 힘을 실어주는 것처럼 느꼈기 때문입니다.

저는 씨앗에서 힘이 미치는 방향에 따라 자라나는 나무처럼 당신에게 갑니다. 주여, 맹인은 불에 대해 아는 게 전혀 없습니다. 하지만 그의 손바닥은 불의 기운이 미치는 방향을 예민하게 잡아냅니다. 그는 가시밭길 사이를 걸어갑니다. 사실 탈피하는 모든 과정은 고통스러운 법입니다.

주여, 저는 당신에게로 향해갑니다. 당신의 은총에 따라 무언가가 되게 만드는 기질에 따라 당신에게로 나아갑니다.

당신께서는 당신의 피조물로 몸을 낮추지 않습니다. 난로의 열기니 씨앗의 긴장이니 하는 것이 아니라면 저는 더 가르침을 원할 것도 없습니다. 애벌레가 날개에 대해 아는 게 하나라도 있겠습니까? 저는 대천사장의 출현에 대한 정보를 인형극

놀음 따위로 알고 싶진 않습니다. 가치 있는 건 아무것도 말해 주지 못할 것이니까요. 애벌레에게 날개에 대해 말해 주는 건 쓸데없는 짓입니다. 못을 만드는 이에게 배에 대해 말하는 것처럼. 배는 건축에 대한 열정만 있어도 그 힘이 발현되기 마련이고 날갯짓은 애벌레가 태어날 알만 있어도 그 힘이 발현되기 마련이며 나무는 씨앗만 있어도 그 힘이 충분히 발휘될 수 있습니다. 신이시여, 당신은 그저 존재할 뿐입니다.

• • •

신이시여, 제 고독은 가끔 얼음같이 차가울 때가 있습니다. 저는 사막에서 포기하고 싶은 순간에 하나의 신호를 요구합니다. 생각을 거듭하던 중 당신은 제게 가르침을 주셨지요. 저는 모든 신호가 헛된 거라고 깨달았습니다. 만일 당신께서 지금의 제 단계를 보신다면, 제게 성장을 강요하지 않으셨겠지요. 지금 이 단계에서 제가 무엇이 될 수 있겠습니까?

그래서 저는 걷습니다. 응답 없는 기도를 하며 걷습니다. 눈이 멀어 오직 힘없는 손바닥 위의 미약한 열기만을 나침반 삼아 걷습니다. 그리고 제게 대답을 주지 않는 것에 대해 당신을 찬양합니다. 만일 제가 찾아 헤매던 것을 구했다면 저는 무언가가 되는 과정을 완수했겠지요.

만일 당신께서 아무런 대가도 요구하지 않은 채 대천사장의 발길을 인간에게 향하게 하셨더라면 인간은 완성된 존재가 되었을 것입니다. 인간은 더 이상 판자를 자르지도 않았을 것이며, 못을 만들지도, 싸우지도, 더 이상 치료를 하지도 않았을 것입니다. 자신의 방을 치우지도, 사랑하는 여인을 아껴주지도 않았을 겁니다.

만일 인간이 가만히 당신을 응시한다면 사람들을 통해 보여주는 당신의 자비에 존경심을 표하게 될 겁니다. 사원이 세워지면 눈에 들어오는 것은 사원이지, 사원을 이루고 있는 개개의 돌들이 아닙니다.

• • •

주여, 이제 저는 늙고 병약해졌습니다. 겨울바람이 불어올 때 나무들이 약해지듯 약해졌습니다. 제 친구들에게도 적들

에게도 지쳤습니다. 죽여야 하고 동시에 치유해야 하는 상황이 싫습니다. 당신께서는 제게 상반되는 모든 것들을 다스려야 하는 의무를 부과해 주셨습니다. 하여 제 운명이 이토록 잔인해진 겁니다. 하지만 이렇게 여러 문제들을 하나하나 해치우다보니 당신의 침묵 속으로 향해 가게 되더군요.

주여, 제국의 북쪽에서 친애하는 적이 되어준 자와 세상 단 하나뿐인 진정한 기하학자와 산등성이 뒤의 산비탈처럼 후세대를 남긴 저를 당신의 영광을 위해 모두 하나로 만들어 주소서.

제가 열심히 일했던 황량한 사막 한 구석에 저를 잠들게 해 주소서."

215.

부두에 정박해 하역하는 배와 같이 그대는 움직이지 않는다. 내려진 짐은 항구의 부두를 생기 넘치는 형형색색으로 물들인다. 짐들에는 금빛 옷감들과 붉고 푸른 향신료, 상아들이 있으며 모래 위로 흐르는 달콤한 물줄기처럼 태양은 하루를 실어다 준다. 아름다운 광채에 놀란 그대는 우물이 있는 언덕의 경사 위에서 미동조차 하지 않고 서 있다. 큰 그림자의 동물들 또한 부동의 자세를 지키고 있다. 어떤 것도 동요하지 않는다. 한 소매상이 행렬을 중단하고 있다. 물은 아직 분배되지 않은 상태다. 사람들이 가져오는 커다란 물통들은 물이 아쉽다. 양손으로 허리를 짚은 채 그대는 멀리 바라보며 이렇게 말한다.

"저 사람들 지금 뭐하는 거지?"

• • •

모래에서 찾아낸 우물 속에서 그대가 건져 올렸던 사람들은 자신들의 도구를 펼쳐 놓고는 가슴 위로 팔짱을 꼬았다. 저들의 미소는 그대에게 가르쳐주었다. 물이 있다고. 사실 사막에서 사람은 흉할 정도로 입을 쭉 내밀고 더듬더듬 젖꼭지를 찾아 헤매는 동물이 된다.

마음이 놓인 그대 또한 웃음을 지었다. 낙타를 부리는 사람들도 그대의 웃음을 보고는 웃음을 짓는다. 모두가 웃는다. 모래도 빛을 내며 웃고, 그대의 얼굴도, 그대와 함께한 사람들의 얼굴도 웃고, 아마도 몇몇 짐승들 또한 웃을 것이다. 자신들이 물을 먹을 수 있다는 사실 때문이다. 그리하여 거기에 부동자세로 서서는 기쁜 소식을 받아들이는 것이다. 바다에서 구름이 살짝 틈을 열어 태양 빛을 내보낼 때의 순간 같은 것이다. 이럴 때 그대는 왠지 모르게 신의 존재를 실감한다. (사막에서 살아있는 물은 예고도 약속도 없는 선물처럼 찾아오는 까닭에) 노고에 대한 대가를 받았다는 느낌과, 그대의 몸을 꼼짝 못하게 사로잡을 물과 장차 혼연일체가 될 거란 기대 때문일 것이다.

　팔짱을 꼬고 있던 사람들은 자리에서 움직이지 않았다. 주먹 쥔 손을 양 허리에 올려놓은 그대가 언덕 위에 서서 지평선의 한 점을 바라보고 있다. 모래 비탈길 위로 행렬하는 그림자 큰 동물들은 아직 발걸음을 떼지 않았다. 물을 담을 커다란 물통을 가져온 사람들이 아직 나타나지 않았고, 그대는 여전히 '저 사람들이 지금 뭘 하고 있는 거지?'라며 궁금해하고 있다. 모든 건 여전히 중단된 상태다. 하지만 모든 게 약속된 상태기도 하다.

　그대는 웃음의 평화에 젖어든다. 물론 그대들은 곧 물을 마실 것이나 그건 미래의 기쁨일 뿐이고 지금의 물은 그대들에게 있어 사랑 그 자체다. 하여 지금 사람들과 모래와 동물들과 태양은 바위틈의 단순한 물구멍 하나로 말미암아 서로의 의미로 엮인 존재가 되었다. 다양한 것들로 둘러싸여 있으나 그대의 눈에는 같은 의식의 대상들과 하나의 의식을 이루는 요소들과 하나의 성가를 이루는 가사밖에 들어오지 않는다.

　제사를 관장하는 대제사장인 그대는, 병사들에게 명령을 내리는 장관인 그대는, 부동자세를 유지한 채 두 주먹으로 허리를 짚고 어떤 결정을 내릴지 고민 중인 의전장인 그대는, 지평

321

선 멀리 사람들이 마실 물을 담을 커다란 물통을 가져오는 걸 본다. 의식을 위한 대상 하나가, 시를 이루는 단어 하나가, 승리를 위한 장병 하나가, 잔치를 위한 향신료 하나가, 제사를 위한 제사장 하나가, 바실리카 성당이 찬란한 빛을 발하게 하는 돌 하나가 부족하다. 커다란 물통을 세상에서 가장 중요한 요체인 것처럼 가지고 오는 사람들이 천천히 다가오고 있다. 그대는 이들에게 이렇게 외칠 것이다.

"어이, 거기, 좀 서두르시오!"

그러나 이들은 대답을 하지 않고 언덕을 올라갈 것이다. 곧 무릎을 꿇고 앉아 집기들을 펼쳐 놓을 것이다. 그러면 그대는 한 가지 행동을 취할 것이다. 대지를 만들어내는 밧줄은 소리치며 동물들은 천천히 거동할 것이다. 사람들은 몽둥이를 들어 질서정연하게 동물들을 다스리기 시작할 것이며 고압적인 목소리로 호통을 칠 것이다. 그리고 태양 볕이 뜨겁게 달궈지는 가운데 물을 수여하는 의식이 전개될 것이다.

219

나는 그대에게 형제에 대한 사랑을 심어주고 싶었다. 형제와의 이별로 인한 슬픔 또한 심어주고 싶었다. 아내에 대한 사랑을 심어주고 싶었고 아내와의 이별로 인한 슬픔 또한 심어주고 싶었다. 아울러 친구에 대한 사랑도 갖게 해주고 싶었다. 친구와 헤어짐으로 인한 슬픔도 심어주고 싶었다. 샘을 파는 자가 샘을 없애기도 하는 것처럼 말이다.

다른 모든 아픔으로 인한 것보다 헤어짐으로 인한 슬픔에 더욱 동요되는 그대를 보면서, 나는 그대를 이별의 아픔으로부터 치유해 주고 싶었고 그대 곁에 누군가가 있다는 사실을 알려주고 싶었다. 갈증으로 죽어가는 사람에게 어딘가에 샘이 있을 거란 사실은 샘이 아예 없는 것보다 더 매력적으로 다가오기 마련이다. 그리고 영원히 돌아오지 못할 먼 곳으로 추

방되었어도, 그대의 집이 불타면 그대는 눈물을 흘린다.

나는 나무같이 관대한 풍채를 가졌다는 것이 뭔지 안다. 나무는 자신의 가지를 멀리 뻗어 그림자를 드리우지 않던가. 때문에 나는 제자리에 머물러 그대에게 그대의 보금자리를 만들어준다.

• • •

따사로운 아침 햇살을 받아 더욱 선명해진 채소들을 나귀 등에 넘칠 정도로 주렁주렁 쌓아 올리고 시장으로 길을 떠나는 순간 아내를 품에 안았을 때의 사랑의 맛을 기억하라. 그러면 아내는 그대에게 웃음을 지어보일 것이다. 그대의 아내 또한 그대처럼 문간에서 그대를 도울 자세로 서 있다. 그녀는 청소를 할 것이고 집안 살림을 반짝반짝 닦아놓을 것이며 그대를 생각하면서 맛있는 식사를 만드는 데 정성을 쏟을 것이다. 깜짝 놀랄 만큼 맛있는 음식을 정성껏 준비하면서 당신의 아내는 이런 생각을 할 것이다.

'그이를 위한 내 깜짝 선물 준비가 다 끝나기 전까지 그이가

집에 오면 안 되는데⋯⋯.'

그대가 비록 멀리 있더라도 그리고 그대가 조금은 늦게 오길 아내가 바라고 있을지라도 그대와 그대의 아내 사이에는 한 치의 거리감도 존재하지 않는다. 그대 또한 마찬가지다. 그대가 길을 떠난 건 그대의 가정을 위해서다. 낡은 곳을 수리해주고 기쁨을 키워가야 할 의무가 있는 가정을 위해서다. 질 좋은 양모 카펫을 판매한 이득으로 아내를 위해 은 목걸이를 사다주면 그녀가 기뻐할 모습이 그려지므로 그대는 길을 떠나며 콧노래를 부르는 것이고 사랑의 평온함 속에 머물러 있는 것이다.

겉으로는 가정으로부터 멀리 떨어져 있는 것으로 보여도 그대는 그대의 가정과 함께인 것이다. 나귀를 끌고 가면서 바구니를 매만지면서 이른 시간이기에 졸린 눈을 부비면서 그대는 그대의 가정을 꾸려간다. 문간에서 지평선을 바라보는 한가로울 때보다 이렇게 분주할 때 그대는 아내와 더더욱 한 배를 탄 몸이 된다. 심지어 집으로 돌아가서 그대가 만들어놓은 성 안에 속한 그 무엇이든 이런 것들을 맛보려는 생각조차 하지 않는다. 저 멀리 그대가 만들어가고 싶은 결혼을 꿈꾸거나

혹은 힘든 일을 하며 친구처럼 지내길 꿈꾸기 때문이다.

• • •

몽상에서 완전히 깨어난 지금 그대는 조약돌 소리 같은 나귀의 걸음걸이 소리를, 그러나 그리 오래 가지 않는 빠른 걸음걸이 소리를 듣고 그대의 아침에 대해 곰곰이 생각해 보고는 입가에 미소를 짓는다.

은팔찌를 흥정할 가게를 선택했기 때문이다. 그대는 가게 주인을 알고 있다. 그대의 방문을 달가워할 것이다. 가게 주인은 그대와 가장 친한 친구이기 때문이다. 그도 그대의 아내에 대해 알고 있다. 가게 주인은 그대에게 아내의 안부를 묻는다. 그대의 여인은 연약하고 소중한 존재다. 그 친구는 그대에게 이런저런 좋은 얘기들을 해준다. 그리고 호소력 있는 목소리로 이런 얘기를 할 것이다. 가장 둔감한 사람이라도 그런 칭찬을 들으면 그녀가 충분히 금팔찌를 낄 만한 자격이 있다고 생각할 것이라고.

하지만 그대는 한숨을 내쉴 것이다. 삶이란 그런 것이기 때문이다. 그대는 왕이 아니다. 그대는 채소를 키워다 파는 채소 장수일 뿐이다. 주인장 또한 한숨을 내쉴 것이다. 그대들이 손에 넣을 수 없는 팔찌를 부러워하며 한숨을 내쉴 때, 그는 자신이 이 은팔찌를 더 좋아한다는 얘기를 털어놓는다. 그는 그대에게 이렇게 말할 것이다.

"팔찌란 무거워야 해. 금으로 된 건 늘 가볍다네. 팔찌에는 묘한 의미가 있어. 자네들을 서로 이어주는 사슬의 첫 번째 고리라는 거야. 사랑해서 사슬의 무게를 느끼는 맛이란 참으로 달콤하지. 손으로 면사포를 매만질 때 예쁘게 드러난 팔에 드리운 보석은 무시 못할 영향력을 갖고 있지. 마음을 보여주기 때문이네."

이어 남자는 가게 창고에서 가장 무거운 고리들을 가져와서는 그대에게 눈을 감고 팔찌를 저울질하며 기쁨의 질에 대해 상상하면서 팔찌가 가진 영향력을 살펴보길 부탁할 것이다. 그대는 잘 살펴본 뒤 주인장의 말에 동의할 것이다. 그리고 이번엔 또 다른 한숨을 내쉴 것이다. 삶이란 그런 것이기 때문이다. 그대는 엄청난 대상 행렬의 수장이 아니다. 그저 나귀 한 마리를 부리는 사람일 뿐이다. 그대는 문 앞에서 기다리고 있

는, 생기라곤 전혀 찾아볼 수 없는 나귀를 보여준다. 그리고 이렇게 말할 것이다.

"내 재산이란 너무나도 보잘것없는 것이기에, 오늘 아침 나귀는 짐을 잔뜩 이고 종종걸음으로 걸어와야 했네."

이번엔 주인장이 한숨을 내쉴 것이다. 그대들이 손에 넣을 수 없는 무거운 팔찌를 부러워하며 한숨을 내쉴 때 주인장은 이 가벼운 팔찌에 대해 그대에게 이런 얘기를 할 것이다. 무엇보다 중요한 건 조각이 얼마나 섬세하게 잘 새겨져 있는지의 문제라고. 그리고는 그대가 원하는 팔찌를 하나 보여줄 것이다. 그대가 한 나라의 수장과 같이 현명하게, 며칠 전부터 마음을 먹고 있었기 때문이다. 월수입에서 얼마는 양질의 양모 카펫을 위해 따로 떼어 두어야 하고, 얼마는 새로운 쇠스랑을 사기 위해 떼어 두어야 하며, 또 얼마는 하루하루 일용할 양식을 위해 떼어 두어야 한다.

• • •

이제 진짜 춤이 시작된다. 주인장은 사람들의 속마음을 알기 때문이다. 주인장은 자신의 마음 낚시질이 잘 먹히고 있음을 알기에 낚싯줄에 걸린 그대를 놓아주지 않을 것이다. 하지만 그대는 그에게 팔찌가 너무 비싸서 그냥 가겠다고 한다. 주인장은 그대를 다시 불러 세운다. 그는 그대의 친구가 아니던가. 그대의 아내가 가진 아름다움에 주인장은 희생을 감행하기로 결정한다. 못생긴 여자의 손에 자신의 보물을 안겨주는 건 그를 몹시 슬프게 만드는 일일 것이다.

그대는 다시 느린 걸음으로 되돌아온다. 돌아오는 모습은 마치 산보하듯 어슬렁거리는 것 같다. 그대는 입을 삐쭉 내밀고 팔찌의 무게를 손으로 어림잡아본다. 무겁지 않다면 가치가 없는 것이다. 은으로 된 것은 전혀 반짝거리지 않는다. 다른 상점에서 보았던 예쁜 색깔 천과 빈약한 보석 사이에서 그대는 갈등한다. 그러나 너무 건방져 보여선 안 된다. 주인장이 물건을 팔지 못할 것 같아 미리 실망한다면 그대가 가버리도록 방치할 것이고 그대는 그의 마음을 다독거리기 위한 불순한 핑계를 대며 우왕좌왕하다 얼굴이 빨개지고 말 것이다.

• • •

329

내게 자기 친구 이야기를 해주었던 중년의 정원사가 하나 있었다. 두 사람은 삶이 둘을 갈라놓기 전까지 형제처럼 지냈었다. 저녁이면 함께 차를 마셨고 똑같은 파티에 환호했으며 조언이 필요할 때면 서로를 찾았고 비밀이 있으면 서로에게 털어놓곤 했다. 서로에게 많은 말을 하지 않았다. 그보다는 오히려 일이 끝나면 함께 산책하는 모습이 사람들 눈에 띄었고 말 한 마디 없이 함께 꽃을 바라본다거나 정원을, 하늘을 그리고 나무를 함께 말없이 응시하곤 했다. 하지만 둘 중 한 사람이 어떤 식물을 손으로 만져보며 고개를 끄덕끄덕 흔들면 다른 한 사람 또한 고개를 숙여 애벌레의 흔적을 발견하고는 고개를 끄덕끄덕 흔들었다. 활짝 만개한 꽃들은 두 사람 모두에게 같은 기쁨을 안겨주었다.

그런데 한 상인이 정원사의 친구를 고용하여 몇 주간 자신의 대상 행렬에 동참시켰다. 그 후 수년간 다른 대상들의 탈취, 목숨을 건 모험, 제국 간의 전쟁, 폭풍우, 조난, 파산, 애도, 생업 등이 친구를 괴롭혔다. 하여 정원사는 바다를 떠도는 오크통처럼 세상 끝까지 이 정원에서 저 정원으로 떠돌아다녔다.

정원사가 말없이 세월을 흘려보내던 중 친구로부터 편지 한 통을 받았다. 신께서는 이 편지가 얼마나 많은 시간 동안 표류하고 다녔는지 알고 계신다. 이 편지를 수많은 파도 물결에서부터 그의 정원으로 보내 주기 위하여 어떤 마차들이, 기병들이, 배들이 차례로 노력해 왔는지 신께서는 알고 계신다. 그날 아침 행복에 겨워 얼굴이 활짝 핀 정원사가 자신의 행복을 나눠주길 원하고 있었으므로 그는 내게 마치 시를 권하듯 자신이 받은 편지를 읽어보라고 권유했다.

그는 편지를 읽는 동안 내 얼굴의 표정변화를 유심히 살폈다. 물론 편지에는 몇 마디 말밖에는 없었다. 이들은 편지를 쓰는 것보다는 함께 정원에서 삽질을 하는 데 더 익숙했기 때문이다. 그저 쓰여 있는 것이라곤 '오늘 아침, 내 장미나무들을 다듬어주었네.' 정도가 전부였다. 우정의 본질이 보이는 것 같아서 깊이 생각해 본 후, 나는 두 사람이 했던 것처럼 고개를 끄덕끄덕 흔들었다.

정원사는 쉬는 걸 모르는 사람이 되었다. 틈만 나면 지리에 대해, 항해에 대해, 우편물에 대해 알아봤으며, 대상 행렬과 제국 간의 전쟁은 어떻게 되어가는지도 알아봤다.

그로부터 3년이 지난 어느 날, 내가 반대편으로 파견했던 대사가 우연히 찾아왔다. 하여 나는 정원사를 불렀다.

"그대의 친구에게 편지를 써도 좋다."

이에 따라 내 나무들은 괴로움을 호소했고 밭의 채소들도 괴로워했으나 반면 애벌레들은 속으로 쾌재를 불렀다. 정원사가 자기 집에 처박혀, 썼다 지웠다 썼다 지웠다를 반복하며 숙제 때문에 고심하는 아이처럼 한 글자 한 글자를 뽑아내느라 진을 빼고 있었기 때문이다.

정원사에겐 친구에게 전해 줄 위급한 말이 있었고 온전한 참뜻을 알려줘야 했던 까닭에 그토록 고심하여 편지쓰기에 매진했던 것이다. 그는 심연 위로 다리를 만들어 시간과 공간을 통해 자신의 반대편 쪽과 조우해야 했으며 자신의 사랑에 대해서도 말해야 했다. 하여 그는 얼굴이 완전히 빨개져서 내게 자신의 답장을 맡기러 왔다. 내 얼굴에서 받는 사람의 얼굴을 환히 빛나게 해줄 기쁨의 기색을 유심히 살피고 자신의 비밀이 가진 힘을 시험해 보기 위해서다.

나는 서툴지만 정성스런 글씨로, 무척 설득력 있는 기도라도 하듯 그가 친구에게 쓴 편지를 읽어보았다. 편지에 쓴 말들은 지극히 평범했다.

"오늘 아침, 나 또한 내 장미나무들을 다듬어주었네."

(두 눈이 아프도록 바느질을 하는 노파들이 스스로의 신을 환히 장식해 주는 것
처럼 그에게 있어 이는 자신과 맞바꾸어 상대에게 전해 주는 것이기 때문에 그에게
알려줘야 할 더 중요한 진리는 없었다.)

나는 말없이 정원사의 답장을 읽으며 어렴풋이 보이기 시작
한 본질에 대해 깊이 생각해 보았다.

"주여, 이 자는 장미나무를 뛰어넘어 자신도 모르는 사이 당
신과 혼연일체를 이루며 당신을 찬양하고 있습니다!"

• • •

신이시여, 최선을 다해 백성을 가르친 저는 이제 저를 위해
기도할 겁니다. 내가 좋아했던 이런저런 일을 하기에는 제가
당신으로부터 받은 일이 너무 많기 때문이요, 오직 마음의 즐
거움만을 가져다주는 거래에서는 이제 손을 떼야 했기 때문
입니다.

이곳으로 돌아오는 것이 특별한 목소리가 만들어내는 음성

이, 다른 모든 보석들로부터 멀어지게 만드는 죽음을 한탄하면서도 자신은 잃어버린 보석 때문에 우는 것이라 믿고 있는 여인의 치기 어린 고백이 더 달콤한 법입니다. 하지만 당신은 제게 침묵의 벌을 내려주셨습니다. 말의 허세에서 벗어나 그 진정한 의미를 파악할 수 있도록 하기 위해서입니다. 내가 치유해 주기로 마음먹은 사람들의 불안함에 주의를 기울이는 게 바로 내 역할이니까요.

물론 당신은 내가 부질없는 수다를 떠느라 소모해 버린 시간을 아끼길 원하셨지요. 그리고 우정이나 사랑과 같이 잃어버린 보석에 대한 끔찍한 얘기도 아끼길 원하셨습니다. (문제는 보석이 아니라 죽음이기 때문에 누구도 이 갈등으로부터 헤어나지 못할 겁니다.) 사랑이나 우정은 오직 당신 안에서만 진정으로 엮어질 수 있는 것이기 때문이며, 대답 없는 당신에게 이를 수 있도록 해주는 것은 오직 당신의 결정뿐이니까요.

나는 무엇을 받게 되는 겁니까? 내가 있는 곳으로 나를 찾아오는 건 당신의 위엄이 서는 일도 당신의 요청도 아님을 압니다. 대천사장이 나타나는 꼭두각시놀음에서는 아무것도 기대하지 않습니다. 그저 그런 아무나가 아니라 목동 같은 일꾼에게 말을 하는 나는 줄 건 많아도 받을 건 없기 때문입니다. 나는 왕이며, 저들의 피로 일구어진 제국은 나를 중심으로 한데 엮여 있습니다. 또한 반대로 나를 통해서 제국은 저들이 흘린 피에 대해 미소로 보상을 해줍니다. 나의 미소로 보초병의 사기가 북돋워질 수는 있지만 보초병의 미소로부터 내가 기대할 수 있는 것은 무엇입니까?

● ● ●

누구에게든지 나는 사랑을 구걸하지 않습니다. 저들이 나를 무시하거나 미워하더라도 그건 내게 별로 중요하지 않습니다. 저들이 나를 당신에게로 가는 길로써 존중해 주기만 한다면 말이지요. 나는 내가 존재하는 근거가 되는 당신 하나만을 위해서 사랑을 구걸합니다. 저들이 보여주는 경배의 몸짓을 하나로 엮으면서, 내가 제국을 대표하듯 내 보초병의 추종을 당신에게 위임하면서 말입니다.

나는 벽이 아닙니다. 흙으로부터 태양을 향해 뻗은 가지를 끌어내는 씨앗의 움직임, 그게 곧 나입니다.

하여 때로는 당신께서 나를 받아주시고, 내가 사랑하는 이들과 나를 융화시켜 주시는 단계까지 나아가는 게 좋을 때도 있습니다. 내게는 웃음으로써 보답을 해줄 왕이 없기 때문입니다. 따라서 이따금씩은 혼자라는 권태감에 백성과 함께 어울릴 필요성이 느껴질 때가 있습니다. 아마도 내가 아직은 충분히 순수하지 않은 까닭인 것 같습니다.

자신의 친구와 함께 소통하는 정원사가 행복하다고 생각하기 때문에, 나 또한 저들의 신에 의거하여 제국의 정원사들에게 이어지고 싶다는 욕심이 생깁니다. 동이 트기 전에 나는 가끔씩 정원으로 향하는 왕궁의 계단을 걸어 내려갑니다. 나는 장미밭 쪽을 향합니다. 이곳저곳을 살펴보고 어떤 줄기는 몸을 기울여 주의 깊게 살펴보기도 합니다. 그리고 점심때가 되면 나는 용서할지 죽일지 평화인지 아니면 전쟁인지를 선택할 것입니다. 생존을 택할 것인지 아니면 제국의 파괴를 택할 것인지를 선택할 것입니다. 이어 간신히 제 일에서 벗어날 겁니다. 나이가 들었기 때문이죠. 그리고 살았든 죽었든 모든 정원사들에게 마음속으로 이렇게 말할 겁니다.

"오늘 아침, 나 또한 내 장미나무들을 다듬어주었네."

저들에게 닿을 수 있는 유일한 방법이기 때문이죠. 그 말의 위력이 그 후로도 지속되든 어떤 결과에 다다르든 그건 제게 별로 중요하지 않습니다. 제가 그 말을 한 목적은 그런 게 아닙니다. 내 정원사들의 대열에 합류하기 위하여 나는 그저 저들의 신, 동틀 무렵의 장미나무를 반갑게 맞이했을 뿐입니다.

• • •

주여, 내 자신을 초월할 때에만 함께 할 수 있는 그러나 나의 친애하는 적 또한 마찬가지입니다. 나와 닮은 꼴을 한 그이기에 그 또한 똑같습니다. 하여 내가 내 지혜로써 정의를 바로 세우듯, 그는 그의 지혜로써 정의를 바로 세웁니다. 만일 각자의 정의가 서로 대립하여 둘 사이에 분쟁의 씨앗이 커져간다면 저마다의 정의는 서로 모순관계에 있는 것처럼 보일 수도 있습니다. 하지만 서로 다른 길을 가고 있더라도, 우리는 손바닥으로 더듬더듬해 가며 하나의 난롯불이 뿜어내는 힘의 기운을 따라갑니다. 그리고 이 힘의 기운은 바로 당신, 신 안에서만 하나로 통합됩니다.

• • •

내 일이 끝나면 나는 백성의 영혼을 아름답게 가꾸어 주었습니다. 나와는 적대관계에 있던 그 또한 자신의 일이 끝나면 자기 백성들의 영혼을 아름답게 가꾸어 주었지요. 나는 그를 생각했고 그는 나를 생각했습니다. 우리가 서로 같은 언어를 사용했던 것은 아니지만 판단을 내리거나 의식을 정하거나

처벌 혹은 사면을 했을 때, 그는 나를 위해 그리고 나는 그를
위해 우리는 서로 이렇게 말할 수 있습니다.

"오늘 아침, 나는 내 장미나무들을 다듬어주었네."

• • •

바로 당신, 신께서 우리 서로에게 공통의 척도가 되어주시
는 까닭입니다.

당신은 모든 행위를 하나로 엮어주는 근원적 매듭이십니다.

생텍쥐페리
Antoine Marie Roger De Saint Exupery

■ 생애와 연보

1900년
6월 29일, 프랑스 리옹에서 백작인 아버지 장 마리 드 생텍쥐페리와 프로방스 지역 명문가 집안 출신 어머니 마리 브와이에 드 퐁스콜롬브 사이에서 2남 3녀 중 셋째로 출생. 위로는 마리-마들렌(1897년 출생), 시몬(1898년 출생)이 태어났으며, 아래로는 프랑수아와 가브리엘이 태어남. 귀족 출신 집안에서 다섯 형제 자매들과 풍족한 생활을 보냄.

1904년
부친인 장 드 생-텍쥐페리, 열차 사고로 사망. 유년시절은 숙모의 저택인 생 모리스 드레망에서 보냄.

1909년(9세)
가족과 함께 르망으로 이사. 10월, 예수회에서 운영하는 생 크루아 학교에 입학.

1912년(12세)
앙베리외 비행장에서 유명한 베르린과 우연한 기회에 비행기를 처음 타보게 됨.
키엘뵈프 선생에게 처음으로 바이올린 교습을 받음.

1914년(14세)
동생 프랑수아와 함께 빌프랑슈 쉬르 손 시의 몽그레 중학교 입학. 그러나 첫 학
기가 끝나자 다시 스위스의 프리브루에 있는 마리아니스트 수도회에서 경영하
는 중고등학교로 전학해 이곳에서 1917년까지 수학함. 제1차 세계대전이 발발
하자 어머니는 앙베리외 역에서 부상병 간호에 종사함.

1917년(17세)
대학입학자격시험에 합격함. 여름에 동생 프랑수아 사망. 이 사건은 비극적인
결말로 장식된 〈어린 왕자〉의 모티브가 됨. 10월, 파리의 보쉬에 고등학교로 전
학. 후에는 해군사관학교 입학 준비를 위해 루이 르 그랑 고등학교에서 공부함.

1919년(19세)
해군사관학교 입학시험에서 필기는 합격했으나 구술시험에서 낙방함. 생 루이
고등학교를 거쳐 미술학교 건축과 입학.

1921년(21세)
4월, 군에 입대. 스트라스부르 제2전투기 연대 배속. 6월, 모로코 라바트의 제37
비행 연대에 배속. 병역을 마치고 그곳에서 조종사 자격증을 취득함.

1922년(22세)
1월, 남프랑스의 이스토르로 견습 조종사로 파견됨. 육군항공대 조종병이 되고
하사로 진급. 예비사관 후보생으로 아보르에 가서 예비 소위로 임관.

1923년(23세)
부르제의 제33비행 연대에 배속됨. 그러나 비행장에서 최초의 사고를 당하여 두

개골 골절. 3월, 예비역 중위로 제대.(공군에 머무르려고 했으나 약혼녀 쪽의 반대로 이루지 못함.) 곧 약혼 취소. 부르통 타일 제조 회사의 제품 검사원으로 일하면서 시와 소설 습작에 몰두함.

1924년(24세)
소렐 자동차 회사에 입사. 2개월 연수 뒤에 몽뤼송 지역의 대표 판매원이 됨. 18개월 동안에 판 차는 트럭 한 대가 전부였고 주로 글 쓰는 일에 전념함.

1925년(25세)
사촌 누이 이본 드 레트랑주의 살롱에서 장 프레보, 지드 등을 알게 됨. 장 프레보는 잡지 〈은선(銀船)〉지의 편집장으로 생텍쥐페리가 작품을 발표하는 데 많은 도움을 줌.

1926년(26세)
〈은선〉지 4월호에 단편소설 〈비행사〉 발표. 이는 그의 처녀작인 〈남방 우편기〉의 초고가 됨. 봄에 자동차 회사에 사표를 내고 프랑스 항공 회사에 입사. 10월, 보쉬에 고등학교의 스승인 쉬두르 신부가 추천해 줌으로써 라테코에르가 설립한 항공 회사의 총지배인 레포 드 마시미를 알게 됨. 함께 일할 것을 권유받음. 그 무렵은 디디에 도라를 중심으로 정기 항공로가 개발되고 있을 때였고, 그는 조종사로 일할 것을 원했지만 정비사로 채용됨.

1927년(27세)
툴루즈―카사블랑카 간, 다카르―카사블랑카 간 정기 항공기편의 조종사로 우편 비행 담당함. 10월, 중간 기착지인 스페인령 사하라 쥐비 곶의 비행장 책임자로 임명되어 파견 근무. 18개월 동안 스페인 및 불귀순 무어인과의 외교적 임무 수행과 동료 비행사들의 비행사고 구조를 위해 적극적으로 활동함. 〈남방 우편기〉 집필.

1929년(29세)
3월에 〈남방 우편기〉 원고를 가지고 귀국함. 사촌 누이의 살롱에서 알게 된 작가들을 통해 출판사와 연결됨. 이때 인연을 맺은 출판사 사장 가스통 갈리마르와 7편의 소설 계약. 〈남방 우편기〉 출간. 동료 메르모와 기요메에게서 함께 일하자는 요청을 받고 부에노스아이레스로 감. 여기서 아르헨티나의 아에로포스탈 항공 회사 지배인 직책 맡음. 〈야간 비행〉 집필 시작.

1930년(30세)
6월 13일, 안데스 산맥에서 행방불명된 가장 친한 동료 기요메를 찾기 위해 5일간 수색 비행. 쥐비에서의 공로로 레종 도뇌르 훈장 받음. 11월, 친구 소개로 훗날 그의 아내가 된 스페인 여성 콘수엘로 순신과 알게 됨. 〈야간 비행〉 시나리오 썼으나 상연되지는 못함.

1931년(31세)
앙드레 지드의 서문을 붙여 〈야간 비행〉 출간. 3월, 콘수엘로 순신과 결혼. 5월, 카사블랑카, 포르에티엔 간을 야간 비행하여 프랑스와 남미를 연결하는 항로 개척. 12월, 〈야간 비행〉으로 페미나 문학상 수상. 〈야간 비행〉 영역판으로 출간되는 한편, 미국에서 영화로 만들어짐.

1933년(33세)
전 항공사가 통폐합되면서 〈에어 프랑스〉 항공 회사 창립. 이 회사에 입사하지 못하고 라테코에르 비행기 제조 회사의 시험 비행사로 근무. 11월, 생라파엘 만에서 수상 비행기 시험 비행 중 두 번째 사고를 당함.

1934년(34세)
4월, 〈에어 프랑스〉에 입사. 유럽의 여러 나라뿐만 아니라 북아프리카 등으로 다니며 연수 및 강연 여행을 함. 7월, 사이공으로 출장 비행을 하다가 메콩 강 하류에 불시착, 부상당함. 이 무렵 에딩턴, 존스 등과 같은 과학자의 저서를 읽음. 착륙 장치를 개발하여 특허를 받는 등 그 후에도 발명을 계속하여 12개의 특허를 받음.

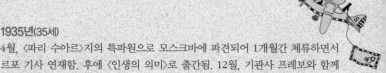

1935년(35세)
4월, 〈파리 수아르〉지의 특파원으로 모스크바에 파견되어 1개월간 체류하면서 르포 기사 연재함. 후에 〈인생의 의미〉로 출간됨. 12월, 기관사 프레보와 함께 파리와 사이공 간의 비행 기록 경신 수립을 위해 장거리 비행 시도, 리비아 사막에 불시착. 닷새 동안의 고투 끝에 한 대상(隊商)에 의해 기적적으로 구조됨.(이때의 체험이 〈인간의 대지〉와 〈어머니께 보내는 글〉에 기술됨.)

1936년(36세)
알렉산드리아로 돌아온 그는 8월, 스페인 내전을 취재하기 위해 〈랭트랑지장〉지 특파원으로 바르셀로나에 파견. 동료 메르모가 남대서양에서 순직함.

1937년(37세)
〈파리 수아르〉지 특파원으로 마드리드에 파견되어 에스파냐 내란 취재. 9월, '시문' 기로 뉴욕에서 아메리카 남단, 티에라델푸에고 섬 간의 비행 항로 개척. 〈마리안〉 지에 〈아르헨티나의 왕녀〉 발표함.

1938년(38세)
2월 15일, 뉴욕과 남미 대륙 최남단까지의 장거리 시험 비행 도중 과테말라 공항에서 이륙 중에 속도 상실로 추락, 수일 동안 의식 불명이 될 정도로 중상을 당함. 3월, 귀국 후 스위스와 남프랑스 등지에서 요양. 〈인간의 대지〉 집필. 아내와 별거 시작. 7월, 뉴욕으로 건너가 영문 번역자에게 〈인간의 대지〉 원고 제1부 넘김.

1939년(39세)
1월, 프랑스 국민훈장 수여. 2월, 갈리마르 출판사에서 〈인간의 대지〉 출간. 4월, 이 작품으로 아카데미 소설대상 수상. 미국에서는 〈바람과 모래와 별들〉이라는 제목으로 번역, 출판되었고, 뉴욕에서는 '이 달의 양서'로 선정됨. 뉴욕에서 다시 귀국, 제2차 세계대전 발발로 다시 대위로 소집되어, 오르콩트 2-33 정찰 비행단에 배속. 전투 조종사로 복무하면서 〈어린 왕자〉 초안 집필.

CITADELLE

1940년(40세)
5월 22일, 아라스 지구 정찰 비행. 6월 20일, 보르도에서 알제리까지 기재를 수송하는 임무 수행. 8월 5일, 동원 해제. 마르세유로 돌아와 아게에서 〈성채〉 집필 시작. 11월 27일, 친구 앙리 기요메가 비행기에서 격추당하여 사망.

1941년(41세)
1월, 뉴욕에 정착함. 캘리포니아에서 외과수술 받음. 프랑스인의 분열에 대해 고뇌하면서 〈전시 조종사〉 집필.

1942년(42세)
2월 12일, 〈전시 조종사〉가 〈아라스 지구 비행〉이라는 제목으로 뉴욕에서 출판되어 베스트셀러가 됨. 독일 점령 당국에서 판매금지 조치함. 5월, 캐나다로 강연 여행. 11월 6일, 연합군의 북아프리카 상륙작전 성공으로, 다시 알제리의 2-33 비행단에 단 5회만 출격한다는 조건으로 복귀함. 〈프랑스인에게 고한다〉라는 글을 써서 발표함으로써 프랑스인의 단결 호소. 11월, 〈전시 조종사〉 파리에서 출판됨.

1943년(43세)
2월, 〈어느 볼모에게 보내는 편지〉 뉴욕에서 출간. 4월, 〈어린 왕자〉 출간. 5월, 알제리 우지다 기지에서 미군 사령관 휘하의 2-33 정찰 비행대에 복귀, 라이트닝 P38형기에 배속됨. 6월, 소령으로 승진. 7월, 조국 프랑스 프로방스 지방의 사진 촬영 정찰 비행으로 출격했다가 아게 상공에서 착륙에 실패하는 등 두 번의 사고 당함. 8월, 이것을 빌미로 미군 당국은 연령 제한을 들어(35세) 그를 예비역으로 편입시킴. 원대 복귀를 기다리며 우울한 나날 속에서 〈성채〉 집필.

1944년(44세)
5월, 원대 복귀가 실현되어, 제31폭격 비행대대 사령관 샤생 대령이 그의 부대 배속을 승인함. 2-33 정찰대에 복귀. 6월과 7월 사이에 9차례에 걸친 프랑스 본토를 고공 촬영하기 위해 정찰 비행. 7월 31일 오전 8시 30분, 코르시카 섬 보르고 기지를 휘발유 6시간 분량으로 이륙. 오후 2시 30분, 그가 몰고 떠난 라이트닝 P38형기 행방불명됨. 독일 전투기에 의해 지중해에서 격추된 것으로 추측. 11월 3일, 프랑스 정부 수훈장 추서. 1935년부터 씌어진 작가 수첩 〈사색 노트〉 출간.

이외에도 파리의 NRF 출판사에서 펴낸 〈성채〉와 1923년부터 1931년까지 쓴 서한집 〈젊은이에게 보내는 편지〉, 〈어머니에게 보내는 글〉이 출판되었는데 〈어머니에게 보내는 글〉은 생텍쥐페리의 사후에 그의 어머니 J. M. de Saint Exupery 가 서문을 달아 출판했음. 1940년부터 1944년까지 집필한 수상집 〈인생의 의미〉 가 유고집으로 출간됨.

옮긴이의 글

〈성채〉는 생텍쥐페리가 남긴 마지막 작품이기도 했고, 역자로서도 생텍쥐페리 컬렉션을 완성하는 마지막 작업이었다. 분량도 방대했을 뿐더러 난이도 또한 최고였다. 단언컨대 〈어린 왕자〉만 읽고 성채에 손을 댄 독자라면 아마 첫 장도 다 읽지 못하고 책을 덮어버릴 것이다. 〈야간 비행〉이나 〈남방 우편기〉, 〈인간의 대지〉, 〈전시 조종사〉 등 생텍쥐페리가 남긴 〈어린 왕자〉 이외의 다른 작품을 읽어본 독자라면 알겠지만, 우리에게 '어린 왕자' 로만 너무나도 잘 알려진 작가 생텍쥐페리의 다른 작품들은 사실 그리 쉽게 읽히는 책들이 아니다. 그의 유작인 〈성채〉는 분량도 이전의 책을 모두 합쳐놓은 것 같이 두껍지만, 난이도 또한 이전의 모든 작품을 합쳐놓은 듯한 느낌이며, 역자 개인적으로도 중간에 번역 포기를 심각하게 고려했을 정도다.

일단 번역의 원본으로 삼았던 것은 2000년에 출간된 갈리마르 폴리오 판이었다. 물론 생텍쥐페리가 1936년에 집필을 시작한 이 작품은 1948년에 최초 출간되었다. 생텍쥐페리가 실종된 게 1944년의 일이었으니, 그의 사후 출간된 작품이다. 그러나 초판본의 경우 생텍쥐페리가 타자기로 남긴 원본을 취합해서 만든 것이었고, 작가 사후 출판사가 원고를 취합하여 출간되었다는 점에서는 미완의 작품으로 여겨지기도 한다. 원 저자의 탈고를 거친 작품이 아니기 때문이다. 이어 갈리마르에서는 2000년, 기존 출간본의 80%정도를 발췌한 축소판을 발간하였고, 기존 갈리마르 출간본의 경우에는 현재 절판된 상태이다. 프랑스 중고 서점에서 중고본이라도 구해보려고 하였으나, 주문 단계에서는 주문 완료로 넘어갔어도 이후 품절되어 구할 수가 없다는 답변을 통보받았고, 결국 축소본인 2000년 폴리오판을 번역 원본으로 삼을 수밖에 없었다. 기존의 성채 출판본이 절판된 상황에서 지금 현재의 프랑스 독자들이 읽는 책도 2000년 폴리오 판이라면, 오늘날의 한국 독자들 또한 이 버전의 성채를 보는 게 낫지 않을까 하는 자기 합리화를 해본다.

본격적으로 작품에 대한 이야기를 해보자면, 작품 〈성채〉는 삶의 진리와 참된 인간에 대해 고찰한 잠언 및 우화형 소설이다. 굳이 분류를 따지자면 소설이나 기승전결의 줄거리가 있는 소설은 아니다. 단지 작가가 그동안 이전의 작품들을 통해 하고 싶었던 모든 사상 및 상념들을 소설의 형식을 빌려 이야기해 놓은 것에 불과하다. 저자의 퇴고를 거치지 않은 미완의 습작이어서 그런지 이야기나 문체가 정리되었다는 느낌보다는 작가가 이따금씩 떠오르는 대로 집필한 단상들이 책으로 나왔다는 느낌이 들기도 한다. 하지만 단순히 원고를 모아놓은 것이라고 하기에는 작품 전체를 관통하는 철학의 깊이가 남다르고, 어떻게 보면 작품 〈성채〉는 작가의 모든 사상이 총체적으로 녹아들어간 생텍쥐페리 전집의 정수(精髓)라고도 할 수 있다. 〈어린 왕자〉로 생텍쥐페리의 작품에 손을 댄 독자라면 〈야간 비행〉, 〈남방 우편기〉, 〈인간의 대지〉, 〈전시 조종사〉 등을 거쳐 응당 성채로 그 끝을 보는 것이 마땅하다. 외려 〈어린 왕자〉가 〈성채〉의 진정한 요약본이라는 느낌이 들 정도이기 때문이다.

작품 속에는 그 자체로도 여러 편의 논문이 쏟아져 나올 법한 다소 난해하고 다양한 개념들이 등장한다. 가령 백향목의 경우, 이는 적대적인 환경 속에서 자신에게 위협이 되는 요인들로부터 양분을 취하며 성장해 나아가는 존재를 구현한다. 작가가 봤을 때 존재에 반하는 요인이 없는 삶은 가치 있는 삶으로 거듭나기 힘들며, 부족함 없이 풍족하게 쌓아 두고 사는 삶이란 무위도식하며 피폐해지기 일쑤인 무가치한 삶에 불과하다. 하여 모든 게 풍족하다고 해서 행복한 건 아니며, 무의미한 것들을 하릴없이 쌓아두기만 하는 쓸데없는 풍요를 경계해야 한다. 매 순간 조금씩 성장하는 존재인 인간은 완성되는 순간 곧 사멸하기 마련이고, 허영심이란 타인의 시선에 휘둘리는 이들이 느끼는 보잘것없는 기쁨일 뿐이다. 인간은 교감과 교류를 통해 힘이 오고 가는 선에 따라 존재를 엮어가며,

그렇게 일구어간 전체만이 의미 있는 것이고, 그렇게 전체를 완성해 가는 존재만이 의미 있는 것이다. 이상이 작가가 이 책을 통해 독자들에게 전하고자 하는 메시지의 핵심이라고 생각한다. 작품 〈성채〉에서 생텍쥐페리는 이를 여러 등장인물들의 우화를 통해 혹은 신에 대한 기도를 통해 이야기하고 있으며, 우화 속에서 인간의 어리석음을 꼬집고 이 시대를 살아가는 우리가 추구해야 할 방향을 제시해 준다.

정말로 중요한 건 눈에 보이지 않는다던 그의 통찰을 가슴 깊이 새긴 독자라면 이 책을 통해 매 순간 의미 있게 살아가는 법을 터득할 수 있을 것이다. 순간순간 뼛속 깊이 사무치는 잠언들을 표시해 두고 싶다면 아마도 형광펜을 들고 이 책을 읽어야 할 것이다. 그렇지 않으면 접혀진 페이지가 너무 많아 책이 너덜너덜해질지도 모른다.

생텍쥐페리가 어린 왕자의 곁으로 돌아간 뒤 반세기가 훌쩍 지난 지금이지만 어쩌면 인간과 삶에 대한 예리한 통찰력을 보여주던 그의 철학이 더욱 절실해진 요즘이 아닐까 한다.

국립중앙도서관 출판시도서목록(CIP)

성채. 2 / 생텍쥐페리 지음 ; 배영란 옮김 ; 이립니키 그림. -- 고양
: 현대문화센타, 2010
    p. ;   cm

원표제: Citadelle
원저자명: Antoine de Saint-Exupe'ry
프랑스어 원작을 한국어로 번역
ISBN 978-89-7428-378-0 04860 : ₩12000
ISBN 978-89-7428-376-6(세트)

프랑스 소설 [--小說]

863-KDC5
843.912-DDC21   CIP2010003240

성채 2

초판 1쇄 인쇄 2010년 9월 10일
초판 1쇄 발행 2010년 9월 15일

지은이 | 생텍쥐페리
옮긴이 | 배영란
교 열 | 이현정
발행처 | 현대문화센타
발행인 | 양장목

출판등록 | 1992년 11월 19일
등록번호 | 제3-448호
주소 | 경기도 고양시 일산동구 백석동 1309
전화 | 031-907-9690~1 **팩스** | 031-813-0695
이메일 | hdpub@hanmail.net

ISBN 978-89-7428-378-0 (04860)
ISBN 978-89-7428-376-6 (전2권)